「科幻推進實驗室」的誕生

雖然生物技術已經愈來愈高深
可是《科學怪人》的憂慮卻似乎離我們愈來愈近

雖然「一九八四」已經過去二十幾年
可是人類卻好像愈來愈走向《一九八四》

偉大的科幻心靈就像宇宙中原子聚合的恆星
發光發熱，照亮銀河中黑暗的角落

「科幻推進實驗室」立志要集合這些既精采又深刻
既娛樂又啟發的科幻傑作，逐年出版

把科幻推進到這個社會
讓我們享受這些非凡想像力所恩賜的心靈奇景

讓我們在娛樂中獲得啟發
在通俗中得到智慧

這就是「科幻推進實驗室」誕生的目標

時間軸

AXIS

威爾森◎著

張琰◎譯

貓頭鷹出版社
科幻推進實驗室

前情提要

七十年前，群星忽然熄滅，地球被「假想智慧生物」創造的黑網覆蓋，稱作「時間迴旋」。

地球外的宇宙時間正以驚人速度前進，「時間迴旋」將地球擋在宇宙的飛速之外，地球的一年是宇宙的一億年。

宇宙中太陽以超速燃燒，當太陽燒盡那天，將是人類的末日。

在每一天都可能是最後一天的絕望中，每個人掙扎於恐懼與勇氣、放棄與相信間，冀求尋得一點希望的星火。

經過驚恐的漫長歲月，黑網突然撤除，宇宙時間流速恢復正常，地球終於從「時間迴旋」解放，地球也不再是人類在浩瀚星河中的唯一居住地，許多人穿過「假想智慧生物」創造的大拱門，來到了新世界。

這新世界便是那場流星雨與嶄新故事的發生之地。

事物必須消逝到它們出生之處。
因為它們違抗時間的命令，
必須互相懲罰，彼此補償。

——古希臘哲學家亞納芝曼德

第一部

八月三十四日

第一章

十二歲那年的夏天，也就是天空繁星開始點點墜落的那個夏天，男孩艾沙克發現他可以閉著眼睛分辨出東方和西方。

艾沙克住在「赤道洲」這塊大陸的「大內陸沙漠」邊緣。赤道洲位在與地球相連的行星上，神祕生物（所謂「假想智慧生物」）運用「拱門」將兩個星球串聯在一起。一般人會用各種浮誇、神化或冰冷的科學名詞稱呼這顆行星，不過大多數人是用上百種語言中的一種，簡單稱呼它為「新世界」；或者以擁有最多移居人口的大陸為名，稱它「赤道洲」。艾沙克在算是學校的地方學到這些事。

他住在一處由磚頭和泥塊建造的圍場，離最近的城鎮都很遠。他是這裡唯一的小孩，跟他住在一起的成年人喜歡和其他人保持謹慎的距離。他們很特別，特別在於他們不愛討論。艾沙克也很特別，他們對他說過很多次了，不過他對他們的話半信半疑。他不覺得自己很特別。他常常覺得自己離特別還遠著呢。

偶爾，那些大人會問艾沙克寂不寂寞，尤其是杜瓦利博士和芮布卡太太。他不寂寞。他有書、有影帶圖書室可以填滿時間。他是學生，可以按自己的步調學習，即使不快，也還能穩定進行。在這件事上，艾沙克猜想，他可能讓他的撫養人失望了。書籍、影帶和課程占滿了他的時間，而當他看不下書或影帶時，還有周遭的大自然。自然界已經變成沉寂而漠然的朋友了：灰灰綠綠又帶點土棕色的山坡，連伸到沙漠內地邊緣這片不毛的平原上，綿延成一片石塊和沙土凝結的景象。這裡草木難以生長，因為只有在春天的頭幾個月才會降雨，即使如此，雨水也很稀少。乾燥的窪地上長了些名稱單調的植物，如圓筒黃瓜、皮帶蔓藤。圍場院子裡闢了個花園，種植本土花木：開紫花、毛茸茸的仙人掌；高高的「不青樹」張著蛛網般的花朵，吸收空氣中的水氣。有時一個名叫拉吉的人，會用深入土裡的打水機打水灌溉花園。在澆水的日子裡，早晨的空氣聞起來像是礦味很重的水：一種可以瀰漫好幾公里遠的鋼鐵氣味。岩鼠會在圍籬下方翻土，還會滑稽地翻滾過鋪著地磚的院子。

艾沙克十二歲那年夏初，日子一如往昔，在輕柔的一成不變中過去。但是在老女人到來的那一天，這昏沉沉的平靜結束了。

ʖ ʖ ʖ

神奇的是，她是走來的。

那天下午，艾沙克離開圍場，爬了一小段坡路到丘陵上的花崗岩棚。岩棚從山坡突出，像是從一片石頭海上伸出的船首。下午的太陽把岩石曬得火燙。艾沙克戴了頂寬邊帽、穿著白色棉襯衫，好避開滾燙日光。他坐在突出的岩棚下有陰影的山脊那兒，遠眺地平線。沙漠在一陣陣升起的熔爐熱氣中跳動。他獨自一人，動也不動，在熱氣中漂浮，一如在枯黃石筏上的漂流者。就在這時候，那女人出現了。起初她只是崎嶇道路上的一個小點。這條路從遙遠的城鎮一路通過來，艾沙克的撫養人就是去那兒買食物和補給品的。她走得很慢，或者說看起來走得慢。將近一個小時以後，他才認出那是個女人，然後認出那是個老女人，之後更認出那是個背上有個包袱的老女人。一個弓形腿的身影，加上看來頑固、決然的步履。她穿著一件白袍，戴頂遮陽帽。

道路逼近這塊岩石，幾乎就在正下方。艾沙克出於莫名的原因不想被人看見，於是他很快跑到大石頭後面，在她走近時蹲下去。他閉起眼睛想像自己感覺到下方土地的體積和重量。老女人的兩隻腳搔著沙漠的皮膚，像是一隻蟲子爬在沉睡的巨人身上。他還感覺到了另一樣東西，深埋在土裡：一頭靜止的巨獸，在遙遠西邊的漫長睡眠中動了動……

老女人在岩棚下方停了一下，彷彿可以看到躲著的人。艾沙克感覺到她拖曳步子的節奏打斷了，或者她只是單純停下腳步喝口水壺裡的水。她什麼話也沒有說。艾沙克動也不動，他很擅長於此。

之後腳步聲繼續。她走著走著，從大路走上一條彎向圍場的小徑。艾沙克抬起頭，看著她的背影。這時候她已經在好幾公尺外，午後長長的日光照著她，從她身上拖出長長的影子，活像一幅長腿的人物漫畫。他才看了一眼，她就停下來轉身。就在那一瞬間，兩人的目光似乎接觸了。艾沙克慌忙閃開，不確定自己有沒有被看見。他被她凝望的目光之準確嚇了一跳，躲了好久，直到斜陽深入山間隘口。他甚至躲著自己，靜悄悄像一尾魚，潛在回憶和思索的水池中。

老女人走到園場大門，進去之後就一直待在那裡。天色全部轉黑之前，艾沙克目光一直跟著她。他想，那些大人會不會把他介紹給老女人？也許就在晚餐時刻。

幾乎沒有外人來過園場，來的人大部分都是要住下來。

ᔕ ᔕ ᔕ

艾沙克洗了澡，穿上乾淨的衣服，走到餐廳。

這裡是全體住民每天晚上聚集的地方。住民共有三十個大人。早餐和下午餐都是隨興的，只要願意自己下廚，愛什麼時候吃就什麼時候吃。但是晚餐卻是集體努力的成果，所以永遠都很擁擠，也總免不了吵吵鬧鬧。

平常艾沙克喜歡聽大人間的談話，只是他很少聽得懂，除非是像輪到誰進城買補給品、屋頂要怎麼修，或是井要怎麼改造等等這類瑣事。這些大人以科學家和理論家為主，他們的談話時不時就會轉向抽象的東西。艾沙克雖然聽在耳裡，卻沒能記住他們工作的細節，只記得大概。他們總會提到時間、星星和假想智慧生物；提到科技和生物學；提到演化和變形。雖然這些對話通常都繞著他無法明白的字眼打轉，但是它們聽起來倒是挺優雅高尚的。假想智慧生物要叫做「存在」或是「有意識實體」才適當？或者他們是某種浩大而沒有心思的過程？這類爭辯經常會變得很熱烈，各種持論都有人維護、有人攻擊，就像軍事目標一樣。艾沙克覺得那就像是一間近在眼前的房間，他們卻關起門來，在裡面把宇宙任意拆開重組。

今晚，咕噥咕噥的低語減少了。有個新來者在場，就是路上那個老女人。艾沙克怯生生地在杜瓦利博士和芮布卡太太間找了個位子坐下，偷偷朝她看去。她沒有回看，事實上她對他的出現似乎並不在意。一有機會，艾沙克就端詳她的臉。

她比他想像的還要老。她皮膚黝黑，布滿皺紋。兩隻眼睛明亮清澈，從深陷的眼窩往外看。她用纖弱的長手指拿刀叉，手心蒼白。此刻她已經換下沙漠裝扮，穿上比較像其他大人穿的衣服：牛仔褲和淺黃色棉布襯衫。她頭髮稀薄，剪得很短。沒戴戒指，也沒戴項鍊。臂彎處有塊貼著膠帶的棉花，社區醫師芮布卡太太必定已經採集她的血液樣本了。每個新來者都會有這種待遇。艾沙克心想：芮布卡太太要在那隻小而結實的手臂上找血管，會不會費了好一番勁呢？不知道抽血要檢驗什麼？芮布卡太太有沒有發現想找的東西？

新來者在晚餐時並沒有受到特別的注意。她也加入大夥兒的談話，不過話題始終很浮面。好像在這個陌生人尚未被完全認同、接納和了解前，沒有一個人願意洩露任何祕密。一直到盤碟都洗了，長桌上也放了幾壺咖啡以後，杜瓦利博士才把艾沙克介紹給她。

「艾沙克，」他開口說，男孩不安地盯著桌面，「這位是蘇麗安．莫埃。她從大老遠來見你。」

大老遠？這是什麼意思？還有，見「他」？

「你好，艾沙克。」新來者說。她的聲音倒不是他以為的粗嘎聲，事實上還很甜美呢，雖然有一些沙啞……而艾沙克有種莫名的感覺：她的聲音還挺熟悉的呢。

「你好。」他說，但是仍然避著她的目光。

「請叫我蘇麗安。」她說。

他小心地點點頭。

「我希望我們能成為朋友。」她說。

ᔕ ᔕ ᔕ

當然，他沒有立刻對她透露他新發現的本領，就是能夠閉著眼分辨羅盤指針方向。他沒有告訴任何人，甚至連嚴峻的杜瓦利博士或比較有同情心的芮布卡太太都沒說。他害怕說了以後引來一連串的詳細追查。

蘇麗安住進了圍場，每天早上下課後、午餐前都會來找他。起初艾沙克很怕見面。他害羞，對於蘇麗安的年長和孱弱的外表更是害怕，不過她始終維持友善，也十分客氣。她尊重他的沉默，她問的問題也很少是會使人尷尬或是覺得冒犯的。

「你喜歡你的房間嗎？」一天她問。

因為他喜歡自己一個人，他們就讓他獨自住一間房。這是一個整齊的小房間，位於大屋最東邊廂房的二樓。房裡有一扇窗，俯視沙漠。艾沙克把書桌和椅子搬到窗前，他的床則抵著另一頭的牆。夜裡，他喜歡讓百葉窗開著，好讓乾燥的風吹拂床單和他的皮膚。他喜歡沙漠的氣味。

「我在沙漠長大。」蘇麗安告訴他。窗戶射進來一道斜斜的日光，照亮她左側身體、一隻手臂和像羊皮紙一樣的臉頰及耳朵。她的聲音細細的，幾乎像是耳語。

「這座沙漠嗎？」

「不，不是這個沙漠。不過倒也沒差多少。」

「你為什麼要離開？」

她微微一笑。「我有些地方得去。至少我當時認為是這樣。」

「這裡就是你要去的地方嗎？」

「到頭來，是的。」

因為他喜歡她，也因為他對她時不時就出現的那種莫名的感覺，所以他說：「我沒有東西可以給你。」

「我不期待得到任何東西。」她說。

「別人期待。」

「是嗎？」

「杜瓦利博士和其他人。他們以前常會問我很多問題：我感覺怎麼樣、我有什麼想法、書裡的東西是什麼意思等等。可是他們不喜歡我的回答。」最後他們不再問了，也不再給他做抽血檢驗、心理測驗、知覺測驗。

「我非常滿意你現在的情況。」老婦人說。

他想要相信她，可是她是新來的，又用一種像是陽光下爬在石頭上的昆蟲那種漠然態度走過沙漠。她的目的不明，所以艾沙克仍然不願意把他最困擾的祕密告訴她。

ട ട ട

所有大人全都是他的老師，不過有些人比較有耐心，或是比較認真一些。芮布卡太太教他基本生物，費雪女士教他地球和新世界的地理，諾渥尼先生教他天空、恆星，以及太陽與行星間的關係。杜瓦利博士教他物理，斜面啦、平方反比啦，還有電磁學。艾沙克還記得頭一次看到磁鐵吸起桌面上的湯匙時，他好驚訝。整個行星都把東西往下拉，這塊石頭裡有什麼力量竟然可以把那全面的流動力量反轉過來？他才剛剛開始要弄清楚杜瓦利博士的答案呢！

去年，杜瓦利博士給他看一個羅盤。這個行星也是塊磁鐵，杜瓦利博士說。它有個不停旋轉的鐵核心，所以就有「磁力線」，形成一面盾牌，抵擋從太陽發出來的帶電粒子；還有分成南北方的兩極。艾沙克向他借了羅盤，那是在地球上製造的厚重軍用羅盤，杜瓦利博士還大方地讓他留著。

夜裡獨自在房裡時，艾沙克把羅盤放到書桌上，讓指針的紅點對準代表「北方」的N，然後他閉起眼睛轉動身體，再停下來。等頭暈漸漸過去，眼睛依然閉著，就能感覺到這個世界告訴他的事情，憑著直覺意識到自己在其中的位置，而找出一個方位，緩和一些內心的緊張。然後他伸出右手，張開眼睛看指的是哪個方向。他發現了許多事，但大部分都是不相關的。

他連續三個晚上做這個實驗。每個晚上他都發現自己幾乎正確指向羅盤面上的西方，W。然後他又試了一次，然後再試，又試。

ᔓ ᔓ ᔓ

在一年一度的流星雨來臨前不久，他終於下定決心要把這件令人不安的發現告訴蘇麗安．莫埃。流星雨在每年八月底出現，今年是在三十四日（新世界的月份也根據地球上的月份命名，不過每個月要比地球月份多個幾天）。在赤道洲的東海岸，八月代表暖夏開始要結束了。船隻載著最後一批漁獲離開豐富的北邊漁場，好在秋季暴風雨開始以前返回麥哲倫港。而在此處的沙漠，八月只不過代表夜晚將逐漸變得涼爽。艾沙克感覺沙漠的季節在夜裡才體會得到：白天大半都一樣，但在冬天，夜晚卻能讓人冷到刺骨的痛。

慢慢地，艾沙克讓蘇麗安．莫埃成為他的朋友。倒不是說他們經常談天，或是談過任何特別重要的事。蘇麗安幾乎像艾沙克一貫地那麼沉默寡言。不過她會陪他在山間散步，而她的靈活似乎超出她年紀所能做到的程度。她動作雖慢，但是爬山爬得和艾沙克一樣好；在艾沙克坐下來的時候，她也能夠動也不動的坐上一個小時，或更久。她從不會讓他認為這麼做只是盡責任或只是某種策略，也不會讓他以為這不是她願意與他共同樂在其中的事。他一直以為，只有自己才有這種快樂。

蘇麗安一定從沒看過年度流星雨，因為她告訴艾沙克，她是幾個月前才來到赤道洲的。艾沙克是個熱愛流星雨的小孩，他建議她應該找個好地點觀看。杜瓦利博士似乎並不完全贊同蘇麗安．莫埃，不過在他那不安的許可下，三十四號晚上，艾沙克陪蘇麗安來到山間那塊平坦的石頭上。他頭一次在陽光下那蒸騰晃動的地平線上看到她出現時，就坐在那塊石頭上。

當時是白天，不過現在天已經黑了。新世界的月亮比較小，走得也比地球的月亮快。蘇麗安和艾沙克走到目的地時，月亮已經跨過天空那一頭了。他倆都拿著提燈照路，也都穿著長靴厚襪保護自己，以免遭到「沙地魚」之殃，牠們時常會趁著這些花崗岩面仍冒著白天熱氣之際在上面取暖。艾沙克小心翼翼檢視了這個地點，發現沒有野生動物在，便盤腿坐在石頭上。蘇麗安沒有抱怨，緩緩彎下身，也坐成相同姿勢。她的面容安詳，表情有著平靜的期盼。沙漠比天空還要黑。他們把燈熄了，讓黑暗將他們吞沒。天空中繁星點點，沒有人正式為這些星星命名，不過太空人倒是把它們編了號。天上的星星像昆蟲般簇擁密布。每顆星星都是太陽，如艾沙克所知，它們有許多是將光線照射到人跡未至且未知地方，也許也照射在像這樣的沙漠上。星星之間有東西存在，他知道。這些東西有巨大、緩慢的冰冷生命，在其中一世紀之久不過是遠方的一瞬。

「我知道你為什麼來這裡。」艾沙克說。

在這樣的黑暗中，他看不見老女人的臉，這使得談話比較容易，減輕了他口中言詞像磚塊般的尷尬笨拙。

「是嗎？」

「要研究我。」

「不是。不是要研究你，艾沙克。說我要特別研究你，不如說我要研究天空。」

和圍場上其他人一樣，她對假想智慧生物很有興趣。他們把天空和地球重新安排了一番。

「你是因為我而來的。」

她昂頭說：「這個嘛，沒錯。」

於是他開始把自己的方向感告訴她。起初他說得斷斷續續，見她只是傾聽、沒問問題，他就愈說愈有信心。他試想她或許會想問的問題：是什麼時候注意到這個特別的本領的？他不記得了，就在今年，才幾個月以前。最初只是一種隱約的感覺，比方說，他喜歡在圍場圖書室工作，因為那裡的桌子和他房裡書桌對著同一方向，只不過圖書室並沒有窗戶可以望出去。在餐廳中，他總是坐在最靠近門的餐桌側邊，即使其他座位沒有別人。他還移動他的床，好睡得更舒服，而床頭向著……向著哪裡？

但是他不能說。不管他走到哪裡，等他站定，他總是會面對一個他喜歡的方向。這並不是一種強迫行為，只是一種溫和的衝動，很容易就忽略了。他總是有一個很好的面對方向，和一個比較不那麼好的面對方向。

「那你現在面對的是好的方向嗎？」蘇麗安問。

事實上是的。在她這麼問前他並沒有察覺，但是他在這塊石頭上，目光不在山區而是望著漆黑的內陸，這讓他感到很舒適。

「西方，」蘇麗安說，「你喜歡面向西方。」

「有一點偏北。」

就這樣，祕密說出口了。他沒有別的什麼要說了，他聽到蘇麗安在沉默中調整了一下姿勢，讓自己適應岩石的壓力。他猜想，年紀這麼大還要坐在堅實的岩石上，不知道是不是很痛苦或是很不舒服。就算是，她也沒有任何表示。她仰頭望著天空。

「關於流星，你說的沒錯。」過了很久，她說。「好美呀！」

流星雨開始了。

艾沙克對流星雨十分著迷。杜瓦利博士告訴過他隕石的事，說它們其實根本不是星星，只是燃燒的石頭碎塊或是灰塵，是環繞著新世界太陽好幾千年的古老彗星的殘骸。但是這個解釋卻令艾沙克更加迷惑不解。他在這些瞬間消逝的光芒中感覺到許多事情：古代幾何學的制定；早在這顆行星形成（或假想智慧生物建造它）之前就在運動的力量；在人的一生或幾輩子，或甚至一個物種的一生中演進的旋律……點點火花從東向西飛過天頂，艾沙克內心傾聽著夜的呢喃。

正當他沉浸在自己的快樂裡，蘇麗安突然站起來，回頭朝山間望去。「你看，那是什麼？看起來好像有什麼東西掉下來了。」

像是發光的雨，彷彿一場暴風雨穿過分水嶺的高高隘口而下。有時候暴風雨會這樣，但這片光亮沒有閃電，而且瀰漫天際、持續不斷地降下。她說：「這樣正常嗎？」

「不正常。」艾沙克說。

一點也不正常。

「那麼或許我們應該回去了。」

艾沙克不安地點頭。他並不怕這逐漸逼近的，噢，就算是「暴風雨」吧，如果它是的話。只是它帶有一種他無法向蘇麗安解釋的意義，與生活在遙遠西邊「空區」魯布艾爾卡里下方的靜默東西有某種關係，他的私人羅盤就對準著這裡。他們快步走回圍場，不算是奔跑，因為艾沙克不確定像蘇麗安這樣看起來很虛弱的人能不能跑步。一會兒，原本東邊看得見的山頂，就被這奇特的、霧茫茫的光波遮住了。等到他們走到大門，流星雨已經完全被這新奇的現象掩住了。一種像是灰塵的東西開始從空中落下，艾沙克的提燈照亮的範圍愈來愈小。艾沙克認為這些落下的東西可能是雪，他在影帶中看過雪；不過蘇麗安說不是，這根本不是雪，比較像是灰塵。味道很臭，有股硫磺味。

就像是死掉的星星墜落，艾沙克心想。

芮布卡太太等在圍場大門邊，一把將艾沙克拉進去，力道之大，讓艾沙克感到疼痛。他投給她一個訝異而帶點指責的目光。芮布卡太太從來沒有傷過他，沒有一個大人傷害過他。她不管他的表情，只像要霸住似地擁著他，對他說她一直害怕他會迷失在這陣……這陣……

她竟找不出話來說。

交誼廳裡，杜瓦利博士聽著從赤道洲東岸大城麥哲倫港傳來的廣播。大人都聚集在一起，杜瓦利博士說，訊號傳過山區時是以浮空器轉接，因此斷斷續續，不過他得知麥哲倫港也有同樣的現象，有一種像是灰塵的東西鋪天蓋地落下，目前還沒有解釋原因。城裡有些人開始驚慌，接下來，廣播或者說是轉接訊號的浮空器，就完全故障了。

艾沙克在芮布卡太太催促下回房，其他大人則繼續談話。他沒有睡，絲毫也不想睡。他坐在窗邊，但眼前什麼也看不見，只有一片深邃的灰色，那是上方的燈光流瀉到這片落塵所形成的。他傾聽著這片寂靜，寂靜似乎在對他說話。這是一陣充滿涵義的寂靜。

第二章

麗絲・亞當斯在八月三十四日下午，駕車前往那小小的鄉間機場。內心既感到失落，也感到自由。

她甚至無法向自己解釋這種感覺。也許是天氣的關係吧，她想。赤道洲沿岸的八月底，以往總是熱，經常還會熱得讓人受不了。但是今天的海風輕柔，天空是「新世界」的靛藍色，這顏色要比地球上那混沌的粉彩天空深得多，也真切得多。不過這好天氣已經連著幾星期，所以雖然不錯，卻也沒那麼了不起。自由，她心想，沒錯，絕對自由。離婚判決才剛出爐，結束了一段婚姻，取消了一件不智之舉……等一下即將見到的那個男人，就是導致婚姻告終的原因之一。但還不只這個，她即將面對的，是一個和過去斷絕的未來，是一個深為之所苦的問題，而她即將要去尋找答案。

即將面對的還有迷失。她幾乎完全迷了路，這條路之前她只走過幾次。她在麥哲倫港租了一間公寓。港市南邊海岸地形平坦，是一片沖積平原，上面有農場和輕工業。平原大部分仍然是荒野，有點像是起伏的大草原，上頭長滿了柔軟的青草，片片草地像海浪一樣拍擊著海岸山脈的山頂。沒多久，她開始看到小飛機起起落落。阿隆吉機場，她就是要去那裡。那些都是小型的螺旋槳飛機和叢林飛機，因為阿隆吉機場的跑道不夠長，無法讓大型飛機起降。降落在那裡的飛機，不是富人的嗜好就是窮人的生計。如果你想租座機棚、參加旅行團深入冰河隘口，或是趕著去骨溪或庫伯利克墓，你就會來到阿隆吉機場。而如果你夠機靈的話，你會在做這些事之前先和特克．芬雷談一談，他靠飛特惠包機維生。

麗絲曾經搭過他的飛機。不過今天她來這裡不是要雇飛行員。特克的名字會出現，是和她身上棕色信封裡的照片有關。此刻信封就塞在車上置物箱裡。

她把車停在阿隆吉機場的碎石空地上，下了車，站在那裡聽著午後高溫中昆蟲的嗡嗡叫聲。然後她從後門進入，走進那又大又深、有鐵皮屋頂的庫房。庫房看起來像是牛舍改裝而成的，做為阿隆吉機場的旅客航廈。特克的包機業務在邁可．阿隆吉的同意下，就在這幢建築的一角營運。邁可是機場老闆，抽取特克一部分利潤做為報償。這是以前談天時，特克告訴她的。

這裡沒有安檢關卡。特克．芬雷的辦公室位在建築最北邊，因為是三面隔間，所以她只要走進去，清清喉嚨就代替敲門了。他正坐在辦公桌後面填寫文件，從紙頁最上方的藍色標誌看來，像是聯合國臨時政府的文件。他用墨水簽了最後一次名，然後抬頭看。「麗絲！」

他的淺笑非常真誠、親切。沒有責難，沒有「為什麼你不回我電話」的意味。她說：「呃，你在忙嗎？」

「我看起來忙嗎？」

「反正看起來是有工作要做就是。」她相當肯定他會很樂意丟下任何不緊要的事，就為了見她一面。這麼久以來，她一直不給他這個機會。他繞過桌子走來，誠懇地給了她一個紳士擁抱。在如此近距離聞到他的氣息，她一時間有些慌亂。特克三十五歲，比麗絲大八歲，高她三十公分。她強作鎮定。「都是文書工作，」他說，「給我一個可以不去理會它的藉口吧。拜託。」

「這個嘛……」

「至少告訴我你是辦正事還是旅遊。」

「辦正事。」

他點了點頭。「好，沒問題。你說個目的地吧！」

「不是，我的意思是，我的正事，不是你的正事。有件事我想跟你談談，如果你願意的話。或許吃晚飯時候談吧？我請客好嗎？」

「我很樂意去吃晚飯，可是由我請。很難想像我能為你的書幫上什麼忙。」

她很高興他還記得書的事，雖然根本沒有這本書。一架飛機滑行到幾公尺外的機棚前，隆隆的聲響穿過特克辦公室的薄牆，就像穿過一扇開著的門。麗絲看著特克桌上的陶杯，杯裡的咖啡想必放了好幾個鐘頭，那聲響將油亮的液面震出一圈圈同心圓。飛機的怒吼聲消逝後，她說：「其實你可以幫很大的忙，尤其是如果我們可以去一個比較安靜的地方……」

「沒問題。我把鑰匙留給保羅。」

「就這樣嗎？」邊疆人做事的方式永遠讓她稱奇。「你不怕漏掉客人嗎？」

「客人可以留言。我早晚都會回的。況且這個星期生意不怎麼樣。你來得正是時候。我們去哈雷怎麼樣？」

「哈雷」是麥哲倫港最高級的美式餐廳之一。「你去不起哈雷的。」

「報公帳。對了，我正有問題要問你呢！就算是互償吧。」

管他什麼意思，她也只能說好了。在哈雷共進晚餐，倒是她始料未及的。她開車來到阿隆吉機場，是因為她覺得距他們上次談話後，已經過了一段時間，本人到場要比打通電話更有意義。算是一種沉默的致歉吧。不過就算他氣憤兩人感情之間的裂痕（這甚至也不再是感情了，或許連朋友都不是了），他也沒有露出痕跡。她提醒自己要專心在工作上，專心在她到此地的真正理由上。這理由在十二年前讓她生命出現一道裂痕，是一個未曾解釋的失落。

ഗ ഗ ഗ

特克的車就在機場，於是他們約好三小時後，在天黑時分到餐廳見面。

交通情況還不錯。麥哲倫港的繁榮意謂有更多的車，而且不只是從前人人都在開在騎的南亞休旅車或機車。雖然在碼頭區大半的路上她都被兩輛十八輪卡車前後包夾，一路塞車，她還是準時抵達餐廳。哈雷餐廳的停車場裡車子很多，就星期三晚上來說，這現象倒是非比尋常。這裡的食物理所當然是不錯，不過讓客人掏出更多錢的是景致。餐廳坐落在可以眺望麥哲倫港的一處山頂上。港口建在海岸最大的天然港上，顯然是因為它靠近「拱門」，這個行星與地球的通道。不過平坦低地上蓋了太多房子，於是這座港市也就層層擴張到山麓了。大多數房子都是匆匆蓋起，根本不理會臨時政府想要推行的任何建築法規。全由天然木材和玻璃鑲板建成的哈雷餐廳，卻是個例外。

她報上名字，在酒吧等了半小時，特克的老爺車才匡啷匡啷開進停車場。她從窗裡看到他鎖上車門，穿過漸沉的暮色，大步朝門口走來。他的衣著明顯比不上哈雷一般顧客的穿著，不過餐廳工作人員認得他，也歡迎他來，麗絲就知道他經常和客戶在這裡見面。他一走過來，侍者就領著他們到一個有窗景的U形卡座。其他靠窗的桌子都坐滿了人。「這裡很熱門。」她說。

「今天晚上，當然嘍。」他說，麗絲茫然望著他。於是他又加上一句：「流星雨。」

噢。對了。她都忘了呢！麗絲到麥哲倫港不到十一個本地月，也就是說她沒有看到去年的流星雨。她知道一年一度的流星雨是件大事，甚至還會狂歡慶祝，這已經成為一種本地風俗。從她童年在這裡待過的記憶中，她還記得這件事：那是一場壯觀的星體演出，以精確的規律發生，也是舉行派對的完美藉口。不過流星雨要到第三天晚上才達到頂峰。今晚只是剛開始而已。

「不過看流星雨開場，我們來對了地方。」特克說，「再過幾小時，等到天完全黑了，他們會把燈熄掉，打開那些中庭大門，讓每個人都能看到全景。」

天空透藍，清澈得有如冰河水。現在還沒有流星的影子，餐廳下方的城市披著一層優雅的夕陽光輝。她可以看見工業區煉油廠煙囪噴出的火，大清真寺和教堂的側影，沿著馬達加斯加街道那些亮著燈、推銷印度電影、藥草牙膏（用伊朗文寫的）的廣告招牌，以及連鎖旅館。港內的觀光船亮起燈，準備迎接夜晚到來。瞇起眼睛，往好處去想，這景色還真漂亮。要是從前，她或許還會說這挺有異國風味的，不過她現在已經不這麼想了。

她問特克生意怎麼樣。

他聳聳肩。「我付房租，我開飛機，我跟人見面。沒什麼別的事，麗絲。我生命中並沒有什麼特殊使命。」

不像你，他似乎在暗示。這句話直接導向她和他連絡的原因。她正伸手到皮包裡，侍者端著冰水過來了。她幾乎沒看菜單，不過她點了用進口番紅花調味的特產海鮮飯。特克點了牛排，五分熟。直到十五年前，赤道洲最常見的陸上動物還是水牛，現在你已經可以買到新鮮牛肉了。

侍者漫步離開。特克說：「你可以打電話的，你知道。」

自上次他們會面，也就是山區遠行那次，以及之後幾次不安的會面以後，他打了幾次電話給她。麗絲起先急切地回了他電話，然後是敷衍地回電，再等到心中起了罪惡感以後，就回也不回了。「我知道，我也很抱歉，不過這幾個月我非常忙……」

「我是說今天。你不用開大老遠的車來阿隆吉，只為了一起吃頓晚餐。打電話就可以了。」

「我認為如果打電話會太……你知道，太公事公辦了。」他沒說話。她又加上一句，這次比較誠實，「我只是想見見面，要確定是不是仍然沒事。」

「荒野地區的規矩是不同的。這我是知道的，麗絲。有些事是家鄉的，有些事是外地的。我想我們一定是……」

「外地的事？」

「呃……我想你比較希望這樣。」

「希望的和實際情形總是有差別的。」

「還用得著你說嗎？」他苦笑。「你和布萊恩還好吧？」

「結束了。」

「真的？」

「正式地……終於。」

「那你在寫的書呢？」

「是研究工作慢，寫作倒不會。」她一個字都還沒寫，以後也不會寫。

「那是你決定留下來的原因？」

留在新世界，他指的是這個。她點點頭。

「弄完以後你要怎麼辦？回去美國嗎？」

「可能。」

「說來可笑，」他說，「人們因為各種各樣的理由來到這個港。有些人找到留下來的理由，有些人沒有找到。我認為人們只是跨過某條線。你頭一次下了船，發現你還真的是到了另一個星球上了。這裡的空氣聞起來不一樣，水喝起來不一樣，月亮也不一樣大，升得又太快了。白天仍然分成十二小時，不過每個小時又比較長。過了幾星期或幾個月，有些人就會深深感到迷惑，於是他們掉頭回家，再不然就適應了環境，開始覺得很正常。這時候他們就會問自己，是不是還願意回到那蟻丘般的城市、惡劣的空氣、腐臭的海洋，和所有他們從前認為是理所當然的一切。」

「是因為這樣你才在這裡嗎？」

「部分原因吧，我想。」他說，「當然啦。」

餐送來了，於是他們閒聊了一會兒。天色暗了，城市閃爍起光點。侍者回來清理餐桌。特克點了咖啡。麗絲鼓起勇氣說：「你可不可以替我看一張照片？趁他們燈光還沒調暗……」

「沒問題。什麼樣的照片？」

「是一個可能向你包過飛機的人，就在幾個月以前。」

「你看了我的乘客名單嗎？」

「沒有！我是說，不是我……你會向臨時政府申報乘客名單，對不對？」

「這是怎麼回事，麗絲？」

「很多事我現在無法解釋。你可不可以先看照片？」

他皺起眉頭。「拿給我看。」

麗絲把她的皮包放在大腿上，拿出信封。「可是你說你也有事要我幫忙？」

「你先。」

她把信封推過桌布。他抽出照片。他的表情沒變。最後他說：「我猜這照片有個故事吧？」

「這是去年年底在碼頭區的監視攝影機拍下的，影像被放大、加強了。」

「監視攝影機下載的圖像你也能拿到？」

「不能，不過……」

「所以你是從另一個人那裡拿到這些。在領事館的朋友，布萊恩，或是他的好朋友。」

「我不能講太多。」

「能不能至少告訴我，你為何對……」他比了比照片中的人，「一個老太太那麼好奇？」

「你知道我一直想要訪問和我父親有關係的人。她是其中一個。最理想的情況，我希望能和她接觸。」

「有什麼特別的理由嗎？我是說，為什麼要找這一個女人？」

「這個嘛……我不能講太多。」

「我得出的結論是，一切都指向布萊恩。他對這個女人有什麼興趣？」

「布萊恩在遺傳安全部工作，我可沒。」

「不過那裡某個人在幫你的忙。」

「特克，我……」

「不用說，沒關係的。不要問問題，不要說出去，對吧？顯然有人知道我載過這人。這表示除了你以外還有個人想要找到她。」

「這是合理的推論。不過我並不是代表任何人來問你。在領事館你對任何人要說什麼或不說什麼，那是你自己的事。你對我說的話，我不會告訴別人。」

他看著她，彷彿正在衡量這番話。麗絲心想，他憑什麼要信任她？她做過什麼事讓他對她信任，除了在一個很棒的周末跟他上床以外？

「是啊，」終於他說了，「我載過她。」

「好……那你能不能告訴我任何關於她的事？她在哪裡、她都說些什麼？」

他往後靠著椅背。他的預測果真沒錯，餐廳裡燈光開始黯淡下來。幾名侍者把分隔室內餐廳和中庭的玻璃牆往後推。天空中繁星點點，顯得無比深邃。港口的燈光將天空沖淡了些，不過仍然比麗絲在加州看到的任何時候的天空來得清爽。流星雨開始了嗎？她看到天空最高點有一些看起來像是亮光的東西閃過。

特克卻連一眼也沒望過去。「我得想一想。」

「我不是要你侵犯別人的隱私，只是……」

「我知道你問的是什麼。不過我希望能好好想一下，如果可以的話。你應該不會覺得我不可理喻吧？」

「好。」她不能再逼了。「不過你起先提到『互償』？」

「只是我很好奇的一件事，我想你有可能從你不想洩露的消息來源那裡聽到了一些風聲也說不定。阿隆吉今天早上收到臨時政府空中法規部門發的備忘錄。我交了一份飛往遠西的飛行計畫，如果一切都正常，你今天下午到我那裡時，我可能都已經在天上飛了。可是他們不准這趟飛行。所以我四處打電話，想問出個究竟。看樣子目前沒有人可以飛往魯布艾爾卡里。」

「為什麼?」

「他們不肯說。」

「這個禁飛,是暫時的嗎?」

「這問題我也問不出答案。」

「是誰下的令?哪個機關?」

「臨時政府沒有人會爽快承認任何事的。我被十幾個部門互踢皮球,受到這件事影響的其他飛行員也是。我不是說這其中有什麼壞事,不過的確有點詭異。為什麼要把這個州的西半邊變成飛航禁區?現在還有定期班機在油田和這個區之間來回,過了那裡也只有岩石和沙土啊!只有健行者和荒野客才會去那裡,就是這些人租我的包機。我真想不通。」

麗絲多希望自己能有一兩則真正的情報可以交換,不過這是她第一次聽到禁飛的事。沒錯,她在美國領事館有熟人,其中最主要的就是她的前夫。不過美國人只是臨時政府的顧問人員,而且布萊恩甚至連外交人員也不是,只是一個遺傳安全部的小小職員。

「我能做的也只是去問人家。」她說。

「如果你肯問一問,我就很感激了。好啦。公事辦完了吧?至少目前是辦完了。」

「暫時是。」她不情願地說。

「那麼我們趁現在還能找到座位,把咖啡帶到外面中庭,如何?」

ꩧ ꩧ ꩧ

三個月前，她雇了特克載她飛過莫輿德山脈，去到一個叫做「庫伯利克墓」的油管區。這是純粹的公事安排。她想找父親的一個老同事，一個叫杜瓦利的人。可是她最後沒能到達庫伯利克墓，因為一陣暴風迫使飛機降落在一處高山隘口。特克將飛機停降在一座無名湖上，天上雲團有如巨砲煙霧，在花崗岩山頭間南北翻騰。他把飛機停靠在布滿小石礫的湖岸。在一株麗絲看來像是球莖的突變松樹叢下，紮了個異常舒適的營。在這隘口中，狂風呼嘯整整三天，能見度近乎零。只要出了帆布營帳，走不到幾公尺就會迷路。不過特克在山裡活動的能力還不錯，也隨身備有應付緊急狀況的行李。當人受制於大自然，只帶著一個露營爐和一盞防風燈時，就連罐頭食物都變美味佳餚了。在其他情況下，這或許會是一場三天的耐久賽，但沒想到特克卻是個很好相處的人。她並沒有存心要引誘他，她也相信他並不是有意要引誘她。兩人之間的吸引是突然的、互相的，而且完全可以解釋。

他們訴說彼此的故事，又在風變冷之時溫暖彼此。當時麗絲認為她似乎可以擁抱特克．芬雷像擁住一張毯子，而永遠離開其他人。如果當時問她：想不想要有更進一步的打算，而非只是場突如其來的幽會？她說不定會說：嗯，也許噢。

回到麥哲倫港之後，她的確想要維持這段感情，但是這個港市有種摧毀你最佳盤算的本事。莫輿德山脈上帳篷裡輕如羽毛的問題，回到這裡就恢復了它們一向的質量和慣性。那時候她和布萊恩的分手已經是既定的事實，至少在她心中是如此，雖然布萊恩時不時就會來那種「我們試試，一起努力挽救看看」的提議。用心是很好，她想，只是對兩個人來說都太羞辱人了。

她告訴布萊恩特克的事，雖然這阻礙了他想和好的企圖，卻也在她心中出現一種全新的邏輯：她開始懷疑自己利用特克做為工具，一種情感的撬棍，阻止布萊恩重燃愛火的企圖。她心中忐忑，和特克見了幾次面後，就決定讓這段感情轉淡。最好不要把已經夠複雜的情況弄得更加不可收拾吧，她想。

不過，如今她車上置物箱裡放著一份離婚判決書。她的未來是全新的一頁，她很想在上面寫下什麼。

中庭的人群開始對流星雨有反應了。她抬頭看到三道明亮得發熱的白線正畫過天頂。流星從地平線上方，幾乎是正東邊的一個點往四面八方散射。她目不轉睛地看著，更多流星出現了。兩簇、三簇，然後是壯觀的五大簇。

她想到從前在愛達荷州的一個夏天，她和父親去觀星，當時她不到十歲。她父親小時候時間迴旋還沒出現，他跟她提到「從前」的星星，也就是假想智慧生物把地球在時間長河推進了數十億年之前。他想念從前的星群，想念那些星星古老的名字。那天晚上有流星出現，好幾十顆，最大的流星被保護地球不受太陽侵害的透析膜攔截，最小的則在大氣層中燒毀。她看著它們用令她屏息的速度和光亮飛過天空。

就像現在這樣。神的煙火。「哇！」她有些言不由衷。

特克把他的椅子拉到她同一邊的桌旁，這樣兩人就都面向著海了。他沒有做出任何明顯的舉動，她想他也不會。和這種事比起來，駕機飛越高山隘口想必易如反掌。她也沒有什麼動作，是小心翼翼不要做出動作的，但相距就那麼幾公分，她能感覺到他的體溫。她心不在焉地喝著咖啡。又有一陣流星出現了。她說出心中疑惑：不知道有沒有流星掉到地上？

「那只是塵土，」特克說，「或者天文學家說的，古老彗星的殘骸。」

不過有樣新東西吸引了她的注意。「那麼那又是什麼呢？」她一邊問，一邊指向東方地平線上高一點的地方，也就是黑暗的天空與黑暗的海面交接處。在麗絲看起來，像是有樣東西落在那裡了。不是隕石，而是明亮的光點，像照明彈一樣掛在空中，或者說她想像中照明彈的樣子。反射的光將海面染成深淺不一的橘紅色。就她記憶所及，之前住在赤道洲的時候從沒看過這種情形。「那也是其中一部分嗎？」

特克站起來，中庭人群中有幾個人也站了起來。談笑被一片迷惑不解的寂靜取代了，電話和說話聲開始此起彼落。

「不是，」特克說，「這可不是其中一部分。」

第三章

特克在新世界的十年裡從沒看過這種情形。

但是，就某方面來說，這其實是很典型的。新世界習慣上會提醒人這裡不是地球。這裡發生的事情是不一樣的。「這裡可不是堪薩斯市。」大家常這麼說，就像《綠野仙蹤》裡，桃樂絲被龍捲風吹離家鄉之後說的。而他們現在可能用十幾種語言說出同樣的事。這裡可不是大草原。這裡可不是阿富汗的坎大哈市。這裡可不是肯亞的蒙巴薩。

「你想這危不危險？」麗絲問。

餐廳裡有些客人顯然認為危險。他們毫不掩飾地倉卒買了單，往自己的車走去。不到幾分鐘，寬闊的木造中庭裡只剩下幾個忠實顧客了。「你想離開嗎？」特克問。

「除非你想走。」

「我想我們在這裡跟在任何地方一樣安全。」特克說，「這裡景色更美呢！」

那個現象仍然在海面上，不過似乎逐漸接近。看起來像是發亮的雨、一團閃著光點、翻騰的灰雲，就像從遠處看到的雷雨。只不過那光亮不像閃電那樣落下，而是掛在起起伏伏的黑暗下方，打亮雲團。特克經常看到海上吹起的暴風雨，他估計這場暴風雨大約以本地風速接近。從發出的光看起來，似乎是由各自發亮或燃燒的粒子構成，或許和雪一樣稠密。不過他也說不準，因為赤道洲這個區域是不下雪的，而他最後一次看到雪是許多年前在緬因州內陸。

他首先擔心的是火災。麥哲倫港是個火藥庫，擠滿了平價住宅，碼頭區有數不清的倉庫和運輸設備，海灣處處有油輪和液化天然氣船，輸運燃料給永不滿足的地球。結實的暴風像一把點燃的火柴，從東面襲來，他不敢想像後果。

他沒對麗絲多說什麼。他想她已經得出許多和他相同的結論，不過她沒有提議逃走。她夠聰明，知道無處可逃，也跑不過這團東西逼近的速度。不過當這團東西接近海灣最南邊的陸地時，她也緊張了起來。

「它沒有一直亮下去。」她說。

哈雷的工作人員把桌子從中庭拖進去，彷彿這樣真有什麼保護作用，他們也勸剩下的客人待在室內，直到有人弄清楚是怎麼回事。不過侍者跟特克很熟，就讓他獨自留下。於是，他和麗絲又在外面待了一會兒。兩人看著照明彈的光（不管那是什麼），在遠處海上舞動。

沒有一直亮下去。他明白她的意思了。那移動、閃亮的光幕還不到海面就漸漸消逝在黑暗中。燃燒盡了，也許。這倒是頗令人鼓舞的跡象。麗絲拿出手機，接了一個本地新聞廣播台，轉述零星內容給特克聽。他們說到有一陣「暴風」，或者說在雷達上看起來像是暴風的東西，邊緣朝南北方伸展好幾百公里，中心大致是在麥哲倫港上方。

此刻，光雨落在海岬和港口。港口內有幾艘遊輪和貨輪停錨靠岸，船上甲板和上層船體全都照亮了。光雨順著地勢往上飄，愈飄愈高，整片山麓像是籠罩陰森光芒的峽谷壁。這時，貨物吊車的側影變得朦朧不清了，遠處城裡那些高聳的旅館大樓變得黯淡了，露天市集和市場也消失了。不過沒有東西爆炸起火。還好，特克心想，繼而又想，可是它可能有毒。它可能是任何該死的東西！「該進去了。」他說。

哈雷的侍者領班叫泰瑞爾，特克在魯布艾爾卡里油管區工作時曾經和他短暫共事過。他們不是死黨，不過交情還算好。當特克和麗絲終於離開中庭時，泰瑞爾看來鬆了一口氣。泰瑞爾把玻璃門關上，說：「你有沒有一點頭緒？」

「沒有。」特克說。

「真不知道該逃呢，還是索性就欣賞這場秀？我打電話給我老婆。我們住在平房區，」那是幾公里外海岸邊的住宅區，房租很便宜。「她說那裡也一樣發生這種事。有東西落在屋子上，看起來像是灰。」

「沒有東西燒起來嗎？」

「她說沒有。」

「可能是火山灰。」麗絲說。特克不得不佩服她處理這一切的方法。她很緊張，但看不出來害怕，至少不會害怕到不敢提出推論。「應該是海平面那邊的地殼活動，海裡有什麼事……」

「像是海底火山。」泰瑞爾點頭說。

「可是如果是那麼近的地方，我們應該會在灰落到我們這裡以前感覺到什麼，比方說地震？海嘯？」

「就我所知，沒有這類報導。」特克說。

「灰……像塵灰，灰灰粉粉的。」泰瑞爾補了一句。

特克問泰瑞爾廚房裡有沒有咖啡，泰瑞爾說：「噢，這主意不錯。」於是進去查看。餐廳裡仍然有幾名客人，他們沒有更好的地方可去，但是也沒有人在吃東西或是慶賀。他們都坐在最裡面的桌子旁，緊張地跟服務人員說話。

咖啡送來了，又香又濃。特克把奶精加進他的杯中，好像沒事一樣。麗絲的手機一再響起，她擋掉幾通朋友打來的電話，最後乾脆把電話全轉到語音信箱了。特克沒有接到任何電話，他的手機就在襯衫口袋裡。

此刻，那些灰開始落到哈雷的中庭裡，特克和麗絲走近窗戶去看。

灰灰粉粉的。泰瑞爾的描述太正確了。特克從沒看過火山灰，不過他想像那一定就是這個樣子。灰灑落在中庭的木條和木板上，飄落在窗玻璃上。像是雪，顏色有如舊毛料西裝。四處還散落些星星點點、發亮的東西，他看見時已經黯淡了。

麗絲出乎意料地貼著他的肩膀。他再次想起他們在莫興德山那個周末，天氣使他們在那個無名湖畔與世隔絕。當時她就是這般沉著、平穩，隨時都可以因應任何情況。「至少，」他說，「沒有東西燒起來。」

「是啊，可是你可以聞到味道。」

經她提起，他發現真的可以聞到，一種礦物的味道，略微有些辛辣，帶點硫磺味。

泰瑞爾說：「你想這會危險嗎？」

「就算會，我們也束手無策。」

「只能待在室內了。」麗絲說。不過特克在想是不是還能有其他選擇，因為透過閃亮的落塵，他仍然可以看出馬達加斯加街上行進的車輛，以及用外套、手帕或報紙蒙著頭、匆匆走在人行道上的行人。「除非……」

「除非什麼？」

「除非這種情況持續太久。麥哲倫港沒有一個屋頂能夠承受太重的重量。」她說。

「而且這還不只是灰塵。」泰瑞爾說。

「什麼？」

「嗯，你看。」他指向窗外。

這簡直……太荒謬、太不可思議了！有個海星形狀的東西飄過窗外。灰灰的，上頭有光點，輕飄飄的像個汽球般飄在微微的風中，碰到中庭的木板地面，立刻就碎成細粉和幾塊較大的碎屑。

特克朝麗絲看了一眼。她聳聳肩，一副難以置信的樣子。

「幫我拿塊桌布。」特克說。

泰瑞爾說：「你要桌布做什麼？」

「還要一塊餐巾布。」

「不能弄髒桌布。」泰瑞爾說。「管理部門對這一點有嚴格規定。」

「那去請你們經理來。」

「達內爾先生今晚休假。我猜這樣一來，經理就是我了。」

「那去拿個桌布來，泰瑞爾。我想檢查這個東西。」

「別弄亂我的地方。」

「我會小心。」

於是泰瑞爾去拿了一張桌布。麗絲說：「你要到外頭去嗎？」

「只去一下，拿一點掉落的東西就夠了。」

「如果那是有毒的呢？」

「那我看我們全都完蛋了。」她身子一縮，他又加上一句：「可是如果有毒的話，我們現在可能已經知道了。」

「不管是什麼，都對肺沒好處。」

「所以麻煩用餐巾布幫我綁好，遮住我的臉。」

剩下的客人和侍者都好奇旁觀，卻沒有要幫忙的樣子。特克拿著桌布走到通往中庭最近的出口前，朝泰瑞爾比個手勢，要他把玻璃門拉開。氣味立刻變重了，很像是燃燒潮濕獸毛的味道，特克急忙把桌布攤在中庭地上，再回到屋內。

「現在要做什麼？」泰瑞爾說。

「現在我們就讓它待個幾分鐘。」

他重回麗絲身邊，二人無言，看著塵灰落下，看了一刻多鐘。麗絲問他打算怎麼回家，他聳聳肩。他住在離機場幾公里路的海邊，一個基本上都是拖車的地方。地上已經積了超過一公分厚的灰，車輛如牛步般緩慢前進。

「我離這裡只有幾條街，」她說，「在阿巴斯街領地局旁邊的新建築。應該相當堅固。」

這是她第一次邀他到她家。他點點頭。

不過他仍然很好奇。他招手要泰瑞爾停下手邊工作，此刻他正在給仍在場的客人送咖啡。於是泰瑞爾又拉開中庭的門。特克抓起已蒙上一層灰的桌布，輕輕拉動，儘量不碰到盛接在上面的任何脆弱的東西。泰瑞爾迅速關上門。「呼！好臭。」

特克將沾在他襯衫和頭髮上的一些灰色塵塊拂去，蹲下來檢視這塊布滿殘餘物的桌布，麗絲也過來看。幾個好奇的客人把椅子拉近一點，但卻對這個氣味皺起鼻子。

特克說：「你身上有鋼筆或鉛筆嗎？」

麗絲在皮包裡翻找，拿出一枝鋼筆。特克拿過來，用筆在桌布上層層堆積的塵灰裡探找。

「那是什麼？」麗絲在他肩後問。「在你左邊，看起來像……我不知道耶，像顆橡實……」

特克好幾年沒見到橡實了，赤道洲沒有橡樹。落塵中的物體大約有他大拇指那麼大，一頭是碟狀，逐漸往另一頭削尖，末端是個鈍尖，就像是橡實，或是一個戴著一頂小小寬邊帽的小雞蛋。看起來是由和落塵相同的東西做成的，當他用筆尖去碰時，它就散掉了，彷彿沒有任何物質成分。

「還有那裡。」麗絲說，一邊指著。這是另一個有形狀的物體，很像舊式機械鐘的齒輪，也是一碰就碎了。

泰瑞爾走去員工室，回來時拿著一支手電筒。當他把手電筒燈光用斜斜的角度照在桌布上時，許多這類「物體」就現形了，如果這些東西能夠稱做物體的話。這些看起來像是人工製造的東西，只剩下殘餘部分，結構依稀可見。當中有一根大約一公分長的管子，十分光滑；另外一個大約同樣大小，但卻是一節一節的，像是某種小動物（例如老鼠）的脊椎骨。一個長了六根刺的東西；一個圓碟，上頭有個壓壞了的小輪輻，像是自行車的輪子；還有個歪斜的環。其中有些還閃著淡淡的餘光。

「全都燒焦了。」麗絲說。

不是燒焦，就是瓦解了。可是怎麼有東西經過這樣的焚燒，還能保有部分完整，從天上掉下來呢？這些東西是什麼做的啊？

塵灰中還有幾個發亮的小點。特克把一隻手放在它們上方來回移動。

「小心。」麗絲說。

「不燙，甚至不溫。」

「可能……我不知道，會有輻射。」

可能。如果是的話，那就是另一種世界末日的場面了。室外的每個人都吸進這種東西，而室內的每個人很快也都會吸入。這些建築沒有一幢是氣密式的，沒有一幢會過濾空氣。

「你從這些有看出什麼嗎？」泰瑞爾問道。

特克站起來，拍拂兩手。「有啊。我知道的是，我知道的沒有我以為的多。」

ꩡ　ꩡ　ꩡ

他接受了暫住麗絲家的邀約。他倆向泰瑞爾借了廚房多餘的廚師服，套在身上，避免他們的衣服蒙上落塵。然後儘快穿過停車場上一堆堆灰色沙丘，跑到麗絲車上。塵霧把天空蒙上一張黑幕，遮住了流星雨，也讓街燈變暗了。

麗絲開的是一輛中國車，比特克的車小，但是比較新，或許也可靠得多。坐進前座之前，他先把身上的東西抖落。

她從停車場後面的出口開出去，來到一條比較窄但也比較不那麼擁擠的大道，這條路連接馬達加斯加街和阿巴斯街。她用一種謹慎的優雅操作這輛車，小心翼翼開過堆積的塵灰，特克讓她專心開車。車流量減慢時，她說：「你認為這和流星雨有關嗎？」

「看起來不只是巧合，可是誰知道呢？」

「這絕對不是火山灰。」

「我想不是。」

「那它也許和假想智慧生物有關。」

在時間迴旋發生之際，人們沒完沒了地猜測「假想智慧生物」，他們至今仍然神祕未知，將地球推進銀河系未來幾十億年，並且在印度洋和新世界之間開了一道門。而就特克所知，至今仍然沒有任何可靠的結論。「可能。可是這也不能解釋任何事。」

「我父親從前常談起假想智慧生物。其中一件事是，我們很容易忘掉地球要比在時間迴旋以前老了多少。地球很可能在某些我們不明白的地方改變了。你看到的任何教科書都說彗星和隕石是從太陽系邊緣落下的廢物，落在這裡，或是在地球上，或是銀河中任何地方。不過這從來都只是一種地方性的觀察，況且也過時了四十億年。有一種理論說，假想智慧生物並不是生物，而且從來也不……」

他等她轉過一處街角，輪胎用力抓著地面。麗絲的父親在失蹤以前，是個大學教授。

「說他們是一種自我複製的機器，住在銀河系的冰冷地區，在行星系統的邊緣，新陳代謝非常緩慢，吃的是冰，而產生出資訊……」

「就像是在時間迴旋時期我們送出去的那些複製體。」

「沒錯。自我複製的機器。不過他們之後還要演化好幾十億年。」

大學教授跟女兒都是這樣談話的嗎？還是她只是想藉由談話擺脫驚恐？「那麼你說的意思是什麼？」

「也許每年這時候落入大氣層裡的東西不僅只是彗星灰塵。也許它是……」

她聳聳肩。

「死掉的假想智慧生物。」他替她說完。

「呃，你這種解釋聽起來很蠢。」

「這種理論不輸別的理論。我不是存心懷疑，不過我們並沒有證據證明天上掉下來的那些東西是從太空來的。」

「灰塵做的齒輪和管子？不然它們會從哪裡來？」

「換個方式看這件事。我們人類到這個行星才三十年，我們告訴自己說這裡已經都調查過，我們也相當了解了。可是這些都是胡扯。輕易得出結論，任何結論，都不對。就算這是由假想智慧生物引起，也不能真正解釋任何事。三十年來的每年夏天都有流星雨，從來沒發生這種事。」

雨刷把落塵堆在擋風玻璃邊緣。特克看到人行道上的人，有些在跑，其他人則躲在門口，形容焦慮地從窗戶往外看。一輛臨時政府的警車駛過他們，亮著燈，響著警笛。

「也許我們看不到的外太空發生不尋常的事了。」

「也許是『天狗』抖落身上的跳蚤！現在還言之過早呢，麗絲。」

她悶悶不樂地點點頭，把車開進她住處大樓的停車場。大樓是一幢水泥高塔，看起來像是從高樓聳立的邁阿密戴德郡搬過來的。地下停車場裡完全看不出來外頭發生的事，在靜止的空氣中只有一兩粒塵屑飄著。

麗絲把門禁卡刷過電梯感應凹槽。「我們過了。」

到目前為止，是過了。特克心想。

第四章

麗絲給找了一件特克穿得下的大袍子，要他把身上衣服丟進洗衣機洗，免得萬一沾在上頭的塵灰有毒。趁這個時候，她就去浴室沖個澡。當她用水沖她頭髮時，排水口周圍形成一灘灰水。這是個惡兆，她心想，也許落塵要等到麥哲倫港像龐貝城一樣被埋了才會停。她立在蓮蓬頭下，直到水色變清。

她還在洗時，燈光閃了兩次。麥哲倫港的輸電網仍相當粗糙，也許不費吹灰之力就能把本地的變壓器弄壞。她試圖去想像要是這場暴風（如果能這麼稱呼它的話）再繼續個一天或兩天，或是更久，會發生什麼事。所有人全陷在黑暗中。聯合國救難船抵達港口。軍人將生還者撤離……不，最好還是別去想吧。

她換上乾淨的牛仔褲和一件棉質襯衫，當她到起居室和特克一起時，燈還亮著。他穿著她那件舊法蘭絨袍子，看起來窘態畢露，但是卻性感得要命。他的腿長得可笑，腿上多處疤痕是在載客飛過高山以前的生活所留下的。他曾說過他在來這兒之前是個商船船員，而他在「新世界」的第一份工作是

「沙烏地－阿蘭科」油管的工作。粗粗的大手，經常操勞。

他在屋裡四下打量，那種神情讓她意識到自己的公寓：面向東方的大窗、視聽面板和她小小的書籍和錄音收藏。她不知道這些在他看來怎麼樣。有點奢華吧，也許，跟他的所謂「拖車」比起來。有點太家鄉的感覺、太明顯地把部分北美搬過來的味道，但這兒對她來說仍很陌生，有種新居的感覺。她和布萊恩分手後，就把自己的東西搬來這裡。

然而她這些想法全都不露痕跡。他正看本地新聞台。麥哲倫港有三份日報，卻只有一家新聞頻道，由一個乏味又複雜的多文化理事會監督。它以十五種語言播放，好像規定的一樣，沒有一種語言播放的內容是有趣的。不過現在有件大事可以談論了，一隊攝影小組已經前往落塵中拍攝街景實況，另有兩名評論員宣讀臨時政府各部門的公告。

「大聲一點。」麗絲說。

葡萄牙街和第十街的路口關閉了，一輛巴士動彈不得，巴士上載滿急著想回遊輪的觀光客。無線電發射被大氣中的油膩物破壞，與海上船隻的通訊也是斷斷續續。一處政府實驗室正迅速將落塵做化學分析，但沒有宣布結果。有些呼吸方面的問題通報，但沒有狀況顯示這些落塵對於人類健康有立即的危害。有的談話則暗示落塵和每年出現的流星雨之間有關係，但都無法證實。地方當局呼籲大家待在家中，緊閉門窗，等待這陣子過去。

之後每件事都大同小異。麗絲用不著記者說也知道城市正在封閉，往昔夜間的喧囂變得寂靜，只有救護車警報器間歇的哀鳴。

特克將畫面轉成靜音，然後說：「我的衣服可能洗好了。」他走到洗衣間，把他的T恤和牛仔褲拿到浴室去穿。在湖畔時他還比較大膽，當時她也是。麗絲把沙發收拾成給他睡的床，然後說：「來杯睡前酒怎麼樣？」

他點點頭。

她走到廚房裡，倒完最後剩餘的白酒，倒了兩杯。等她走回起居室，特克已經拉開百葉窗，往外面的黑暗望去。一陣更猛的風把落塵掃過窗前。她可以聞到那味道，淡淡的，有硫磺味的惡臭。

「讓我想起硅藻。」特克說，接過一杯酒。

「什麼？」

「你知道啊。海裡有浮游生物，就是微小的生物。牠們有殼，等到浮游生物死亡，那些殼就在海裡漂流，形成淤泥。如果你把它撈起來，放到顯微鏡下面看，你會看到這些浮游生物的骨骼，就叫硅藻，像小小的星星或穗子。」

麗絲看著塵灰飄舞，思索特克的比喻。曾經活著的東西，牠們的遺骸穿過騷亂的大氣而下。死掉的假想智慧生物的外殼。

她父親不會對這件事感到吃驚的，她心想。

她尋思著，這時電話再次響起。這次她拿起電話。她不能永遠把世界排除在外，她必須讓朋友安心，知道她沒事。有個念頭轉瞬即逝，她帶點愧疚，希望另一頭不是布萊恩。但是，當然是他。

「麗絲？」他說，「我擔心死了。你在哪裡？」

她走到廚房，彷彿要讓布萊恩和特克之間有些象徵性的空間。「我很好。」她說，「我在家。」

「噢，那好。有很多人不是呢。」

「你還好嗎？」

「我在領事館這裡。還有很多人在這裡。我們要熬到底，睡行軍床。如果沒電，這幢大樓有發電機。你那裡有電嗎？」

「目前還有。」

「差不多半個中國區都在黑暗中。市府沒辦法讓修復小組出去。」

「你那裡有沒有人知道出了什麼事？」

布萊恩聲音透過電話傳來，帶有一種拉高的尖細音調，當他緊張或不高興時就會這樣。「沒有，不算是知道……」

「或者什麼時候會停止？」

「沒有人知道。不過反正也不會永遠這樣。」

這種想法倒不錯，不過麗絲懷疑能不能說服自己，至少今天晚上是不能。「好吧，布萊恩。謝謝你打這通電話，不過我很好。」

一段停頓。他還有話要說。這些天來他似乎總是還想怎麼樣。大概是想說說話吧，如果婚姻不能保住的話。

「如果你那裡有問題，要告訴我。」

她謝了他，關上電話。把手機放在廚房料理台上，走回起居室。

「是你前夫嗎？」特克問。

特克知道她和布萊恩之間的問題。在山裡，在狂風吹打的湖畔，她告訴他許多自己和生活方面的不堪實情。她點了點頭。

「我在這裡有沒有給你製造問題？」

「沒有。」她說。「沒問題的。」

ꕥ ꕥ ꕥ

她和特克一起熬夜看更多的零星新聞。清晨三點左右，疲倦終於占了上風，她拖著腳步上床睡覺了。即使如此，在黑暗中仍然醒了一會兒，身體縮在棉質被單下，彷彿被單可以保護她，不受任何從天而降的東西傷害。這不是世界末日，她告訴自己，只是一件不方便而且出乎意料的事。

矽藻、貝殼、古老生命，再次提醒人類，在時間迴旋之中及之後，宇宙已經徹底改變。她出生時的世界，是她的父母親或祖父母一輩子也料想不到的世界。她想起祖父一本古老的天文學書，她小時候對那本書十分著迷。那本書最後一章的標題是〈宇宙只有我們嗎？〉文中充滿了如今看來天真而可笑的臆測。因為這個問題已經有答案了。不，我們不是唯一的。不，我們不能再把宇宙看成我們的私有財產。生命，或者某種類似生命的東西，早在人類演化之前就在這裡了。我們在「他們」的土地上呢！因為我們不了解他們，所以我們無法預測他們的行為。即使是今天，也沒有人確知為什麼地球在銀河歷史中被保存四十億年，就像把鬱金香花球放在一處黑暗地窖裡過冬；或者為什麼通往這個新世界的航路是安放在印度洋中。在窗外落下的那些東西，不過是人類何等無知的又一項證據罷了。

ઙ　ઙ　ઙ

她睡得比預期要久，醒來時陽光已經照進她眼睛。確切說來不是陽光，而是一種令人欣喜的明亮環繞在四周。等到她換上衣服，特克也醒了。她發現他在起居室窗邊，凝視著外面。

「看起來稍微好一些了。」她說。

「至少沒那麼糟。」

屋外空中仍持續有閃亮的塵灰落下，不過沒有昨天晚上那麼濃密，天空看起來也清朗得多。

「根據新聞報導，」特克說，「那些現在被稱做降落物的塵灰，正逐漸減少。塵雲仍然在，不過現在往內陸移動。他們從雷達和衛星影像上看到的，顯示這整件事可能會在今晚深夜或是明天清晨結束，至少就海岸而言。」

「那很好啊。」麗絲說。

「可是問題還沒結束。街道需要清理。輸電網還有問題。幾間房屋屋頂坍塌，大多數是海岬邊那些平頂的觀光客租屋。光是清理碼頭就是項大工程了。臨時政府找承包商弄來一堆推土機清路面，等道路通行了，他們就可以開始抽出海水，排入海灣，假使暴雨下水道能容得下這些多餘的水量的話。但如果馬達進了塵灰、車子無法發動的話，情況就會麻煩得多。」

「有沒有提到毒性的事？」

「報新聞的人說，塵灰大多數是碳、硫磺、矽酸鹽和金屬，其中有些分子排列很特別的東西，不管是什麼，很快就分解成比較簡單的元素。短期來說，除非有氣喘或肺氣腫，不然是不會致命的。長期的話，誰知道？他們仍然要民眾待在室內，並且勸告非得外出的人戴上面罩。」

「有沒有人說這些是從哪來的？」

「沒有。猜測倒是很多，大多數都是胡扯，不過地球物理調查所有個人看法和我們一樣，說這是一種穿過太空的質料，曾被假想智慧生物改造過。」

換句話說，沒有人真正知道任何事。「你昨晚睡得好嗎？」

「沒怎麼睡。」

「吃過早餐了嗎？」

「我不想把你的廚房弄亂。」

「我不太會做菜，不過我可以做煎蛋捲和咖啡。」他要幫忙，她說：「你會妨礙我。給我二十分鐘時間。」

廚房有扇窗，讓麗絲可以趁奶油正在平底煎鍋中滋滋作響時細看港市。這個在一片新大陸邊緣迅速成長的多語言、如萬花筒般多文化的大城市，此刻籠罩在一片險惡的灰暗中。夜裡風勢轉強，落塵在空蕩蕩的街上堆起一落落沙丘，阿巴斯街沿街栽種的路樹上，塵灰抖顫著從樹頂落下。

她把新鮮切達起司灑在煎蛋捲上，再把蛋捲摺起。就這麼一次，蛋沒有破掉，從鍋鏟上流下一團黏糊。她做了兩盤，端到起居室。特克正站在她工作的地方，那裡有一張書桌、鍵盤、檔案夾、一些藏書。

「你都在這裡寫東西？」他問。

「是的。」才怪。她把盤子放在咖啡桌上。特克和她一起坐在沙發上，收起兩條長腿，把餐盤放在大腿上。

「真好吃。」他嘗著煎蛋捲說。

「謝謝。」

「你在寫的那本書，」他說，「進行得怎麼樣了？」

她身子一縮。那本想像的書其實是不存在的，只是讓她有藉口在赤道洲待得久些。她告訴別人說她在寫一本書，是因為她是新聞系的大學畢業生，也因為在一場失敗婚姻之後，這麼做是件合理的事。這本書是寫她父親的事，十幾年前他們家還在這兒時，他就這樣憑空消失了。當年她十五歲。

「很慢。」

「沒有進展嗎？」

「有一些訪談，也和我父親從前在美利堅大學的老同事會談了幾次。」這些都是實話。她讓自己沉浸在家人的斷裂歷史中。但是她寫的，頂多是給自己的筆記。

「我記得你說你父親對第四年期很有興趣。」

「他對各種事物都有興趣。」羅勃・亞當斯來到赤道洲，是地球物理調查所和新成立的美利堅大學合作計畫的一部分。他教授的課程是「新世界地質學」，也在遠西做過田野調查。當時他在寫的書（這是真的）叫做《行星工藝品》，這是對新世界的一份研究，認為此地的地質史深受假想智慧生物的影響。

沒錯，他也著迷於第四年期團體。這是私底下個人的興趣，不是工作上的。

「你給我看照片中的女人，是第四年期的嗎？」特克問。

「也許。可能。」關於這些，她真正想要透露多少？

「你怎麼知道？」

「因為我從前看過她。」她說，然後放下手中叉子，轉頭向著他。「你想知道全部的情形嗎？」

「如果你願意說的話。」

§ § §

麗絲第一次聽到「失蹤」這個詞加在她父親身上，是他沒能從大學回家的三天之後，距她十五歲生日過後一個月了。當地警察到她家和麗絲的母親討論這個案子，而麗絲就在廚房外的走廊上聽。她父親「失蹤」了，也就是說，他跟平日一樣離家去上班，朝著一貫的方向開車，而在美利堅大學和他們在麥哲倫港上方山丘上租住的家之間消失了身影。沒有清楚的解釋，沒有相關的證據。

但是調查仍然繼續。他對第四年期著迷這件事也被提起。麗絲的母親再次受到詢問，這次來的人不是穿制服，而是穿西裝：遺傳安全部的人員。亞當斯先生對第四年期有興趣，這是他個人的興趣嗎？他有沒有一再提到的話題，比方說有關長壽的？他有沒有患任何退化性疾病，而這種病是可以靠火星人的長壽療法扭轉的？他有沒有異常地擔心死亡？在家中是不是不開心？

沒有，麗絲的母親說。其實她最常說的是：「沒有，該死。」麗絲還記得她母親坐在桌前接受詢問，一杯又一杯喝著棕褐色的羅布茶，說著：「沒有，該死的，沒有。」

然而他們還是弄出了一個理論。一個新世界中的顧家型男人，離開了家人，受到邊境地區那種「什麼事都行得通」的氣氛引誘，也受到第四年期觀念的吸引，也就是為一個人的預期生命額外增加三十年左右壽命……

麗絲必須承認，這種看法還頗有道理。他不會是第一個因企求長命百歲而離家的人。三十年前，火星人萬諾文把一種延長人類生命的技術帶到地球上，這種療法也會在某些方面潛移默化人類行為。地球上幾乎每個政府都禁止這套療法，它轉而流傳在「地球第四年期人」這個地下團體中。

羅勃．亞當斯會不會放棄他的事業和家庭，加入這個團體？麗絲本能的回答和她母親相同：不會。他不會對她們做出這種事，不會，不論他有多麼動心。

可是證據卻出現了，推翻了這種信念。他跟一些校園外的陌生人來往。有人到家裡來，是和大學沒有什麼關係的人，他沒有向家人介紹這些人，也不肯解釋他們來的目的。而且第四年期派別在學術界特別有吸引力，這種療法早先是由科學家傑森．羅頓傳出去，他只在他認為值得信任的朋友間流傳，所以主要是在知識份子和學者間散布。

不是，該死。可是亞當斯太太有更好的解釋嗎？

亞當斯太太沒有。麗絲也沒有。

調查至今仍然沒有結論。事隔一年，麗絲的母親為自己和女兒訂了去加州的通行票。這對她計畫周詳的人生來說是個侮辱，她受到打擊，但並沒有被打倒，至少表面上看來是如此。這個失蹤事件變成一個不能在她面前提起的話題，推而廣之，連「新世界」都不能。沉默要比揣測好。麗絲徹徹底底學到這個教訓了。和母親一樣，麗絲將她的痛苦和好奇安放在內心那個專門存放禁忌的黑暗閣樓中。在她和布萊恩結婚、他調到麥哲倫港以後，突然間那些回憶又鮮活了起來，傷口重新綻開，彷彿從沒有癒合過。她發現，她的好奇心也在傷口合起之時沉澱，不再是孩童的好奇心，而成為成人的好奇心。

於是她開始向她父親的同事和朋友發出問題，這些是少數仍然住在城裡的舊識。無可避免地，這些問題都會牽扯到新世界的第四年期團體。

起初布萊恩想要幫忙。他不希望她特意去調查他認為可能有危險的事，麗絲猜想這是兩人當中日益增多的情感隔閡中的又一件。不過他倒是頗能容忍這件事，甚至還動用他遺傳安全部的權責替她追查一些問題。

比方照片中的那個女人。

「其實是兩張照片。」她告訴特克。她從母親家搬出來的時候，救出許多她母親老威脅說要丟掉的東西，這次是一張磁片，內有她父母在麥哲倫港那些年的照片。有幾張是在亞當斯家開教職員派對時拍的。麗絲挑了幾張，拿給家庭老友看，希望能找出她不認得的人。她想辦法把大多數的名字和人連在一起了，但有一個人卻突顯出來：一個穿牛仔褲、皮膚較黑、上了年紀的女人，站在一群穿得華麗許多的教職員後方的走廊上，彷彿臨時來訪。她似乎驚惶失措，緊張不安。

沒有人認得出她是誰。布萊恩表示願意把照片用遺傳安全部影像辨識軟體去找，看有沒有任何結果。麗絲認為這是布萊恩最近的一次「好意攻勢」，他把這個慷慨舉動丟到她面前，好像是要把她從分手的道路上引開一樣。她接受了他的好意，但是警告他說這不會改變任何事。

但是搜尋部有了符合的結果。這個女人才在幾個月前走過麥哲倫港的碼頭。在一份客船名單上就列有她的名字：蘇麗安．莫埃。

這個名字再次出現，是和特克．芬雷有關。他開著那班包機，載送蘇麗安．莫埃飛越群山，前往沙漠城鎮庫伯利克墓。這是麗絲根據不同線索，在更早幾個月前就試圖飛往的同一個城鎮。

§ § §

特克很有耐心地聽完這些，然後說：「她不愛說話。付的是現金。我把她在庫伯利克墓機場放下，就只是這樣。她從沒有說過自己的過去或是為什麼要到西邊去。你想她是第四年期的嗎？」

「十五年裡她都沒有什麼改變，這表示她可能是。」

「所以也許最簡單的解釋就對了。你父親接受了非法的療法，換一個新名字展開新生活。」

「也許吧。不過我不想要另一個假設，我要知道真正發生的事。」

「就算你找出真相，然後呢？這樣會讓你的生活變好嗎？也許你會知道一些你不喜歡的事。也許你必須重頭再難過一遍。」

「至少，」她說，「我會知道我在為什麼事難過。」

ꩡ ꩡ ꩡ

只要她談起父親，往往當天晚上就會夢到他。果然，她當晚就夢見了。

夢裡多是回憶。那是在麥哲倫港山上的家，她和父親在陽台上，父親說起假想智慧生物。

他在陽台上跟她說話，是因為麗絲的母親不喜歡談論這些。這是麗絲觀察到她父母之間最強烈的對比。他倆都是時間迴旋後的生存者，但是他們在此危機過後表現出的卻是南轅北轍的感覺。她父親一頭鑽進這個謎團，愛上宇宙增添的詭異。她母親則假裝這些全都沒有發生，花園圍籬和後牆就是防禦工事，堅固得足以抵擋時間的洪流。

麗絲不知道該把自己放在這條界線的哪裡。她喜歡在母親家感受到的安全感，可是她也喜歡聽父親談話。

夢中他談到假想智慧生物。「假想智慧生物不是人，麗絲，你可千萬不要犯這個錯。」當那些沒有命名的赤道洲星星在灰黑的天空中出現時。「我們猜測這是個網絡，由沒什麼心智的機器所組成，但是這個網絡知道它自己嗎？它有沒有心靈呢？麗絲，就像你我一樣？如果有的話，它思想的每個元素必定在千萬光年中傳送。它看時間和空間的方式會和我們非常不一樣。它很可能根本沒有察覺到我們，只會把我們看成瞬間就過去了的現象，而如果它操縱我們，很可能是在一種毫無知覺的層次下這麼做。」

就像上帝，夢裡的麗絲說。

「盲目的上帝。」夢裡她父親說。不過他錯了，因為在夢裡，正當她欣喜父親眼界的宏大和置身在母親情感的安全包圍中，假想智慧生物卻從天空中伸下手，張開一個在星光下閃閃發亮的鋼拳，一把將他抓走，她連鼓起勇氣喊叫都還來不及。

第五章

塵灰稀稀疏疏落了幾個小時，溶入灰暗的天光中，直到天黑時才完全停止。

除了推土機不停發出的時斷時續怒吼聲之外，這個城市依然寂靜得詭異。特克從推土機周圍和上方升起的滾滾塵灰，就可以看出它們是在哪裡工作。只見那些灰色塵柱高高飛過商店鋪木道、小屋、辦公大樓、招牌，抽水管從港口連到山上，引入海水沖洗街道，空氣中瀰漫著塵灰混雜著海水的氣味。這裡是一片荒地，但是即使到了這個時刻街上還是有人，戴著面罩或是用大布巾蒙著臉，一路踢開堆積物要去某個地方；或只是估量損害，四處張望，像是一齣災難片裡的小角色。一個男人穿著骯髒的伊斯蘭傳統長袍，在對街已拉上門的阿拉伯雜貨店門口站了半個小時，一邊抽菸一邊凝望天空。

「你認為這結束了嗎？」麗絲問。

這顯然是他無法回答的問題，不過他猜想她並不想要真正的答案，只想有些保證。「反正目前是停了。」

他倆心情都不平靜，也睡不著。特克打開收視機，坐在沙發上搜尋新消息。一名新聞播報員宣布，塵雲已移往內陸，預期不會再有「降落物」。從艾爾點到海岸的海克西，每個社區都有零星的落塵報告，不過麥哲倫港卻似乎比大多數地方受到的打擊要大。就某種程度上說，這是件好事。特克認為這種微粒物質垃圾雖然給城市帶來麻煩，但更可能會給本地的生態系統帶來浩劫，讓森林窒息、殺死作物，也許還會使土壤中毒，雖然新聞播報員說，「根據最新的分析結果」，其中沒有劇毒的東西。落塵中那些像化石或機器的構造引起了注意，這是當然的啦。塵灰的微縮照片顯示出更潛藏的結構：退化的齒輪和輪子、像小海螺的扇貝形錐狀物、以複雜和非自然方式連結的無機分子。看起來就好像某個巨大的機器在軌道上磨損了，而只有它比較細微的成分能通過大氣從急遽墜落中留存。

他們一整天都在公寓中度過，特克大多數時間坐在窗邊，麗絲則是打電話和傳訊息給家人，列出廚房食物清單，以備萬一城裡長期封鎖之用。此刻他們重新建立了一種親密，這是他倆曾經共有的「雷雨中露營山間」的親密，如今也帶回城裡了。她把頭靠著他肩膀時，特克舉起手去撫摸她頭髮，不過當他想起此時兩人的處境，他遲疑了起來。

「沒關係的。」她說。

她頭髮聞起來很清新，還有點金黃色，在他手心中，觸感有如絲一般。

「特克，」她說，「很抱歉……」

「沒有什麼好道歉的。」

「很抱歉我認為我需要有藉口才能見你。」

「我也想你。」他說。

「只是……這情況讓人迷糊了。」

「我知道。」

「你要去睡覺嗎？」她拉他的手，摩娑著她的臉。「我是說……」

他知道她的意思。

꩜ ꩜ ꩜

他和她共度了當晚，又一晚。倒不是因為他必須如此，而是因為他可以這麼做。這時候海岸公路大多數都已清通了。

但是他不能永遠住下去。他又悠閒過了一個早上，挑選他的早餐，麗絲又打了更多的電話。她的親朋好友之多真是驚人。讓他略微感到自己人緣真差。這天早上他打的電話，都只是打給必須重新安排時間或取消飛行的客人，他現在可負擔不起取消所有班機。還打給幾個兄弟，他們是機場的機工，或許會奇怪他怎麼沒去跟他們一起喝酒。他沒什麼社交生活，甚至連隻狗也沒養。

她錄了一段很長的話要給她在美國的母親。在這個星球上，不能直接打電話到「拱門」另一頭，因為假想智慧生物唯一容許在這個世界和隔壁那個世界之間來回的，是載人的海上船隻。不過海上有整支備有電訊設備的商船船隊，來回行駛，轉接錄下的資訊。你可以收看家鄉的錄影新聞，只晚個幾小時；你也可以發送語音或訊息給另一方。他無意間聽到麗絲的留言，她小心翼翼再三保證，說落塵並沒有造成持續的傷害，看起來不久後就可以清理完畢，不過為什麼會發生還是個謎，非常令人不解。沒錯，特克心想。

特克家人在德州奧斯汀市，不過他們近來沒有他的消息，也不會期待有他的消息。

麗絲書桌旁的書櫃上有一套三冊、精裝本的《火星檔案》，也叫做《火星百科全書》，是三十年前萬諾文帶到地球去的火星歷史和科學摘要。藍色書衣的書背兩頭都破損了。他拿下第一冊翻閱，等她終於放下電話，他說：「你相信這個嗎？」

「這不是宗教。不是你必須去相信的東西。」

在那些詭異的時間迴旋年間，地球上科技進步的國家集合了一切必要的資源，以完成「行星地球化」並且殖民火星。最有用的資源已經由假想智慧生物設置好了，那就是時間。在時間迴旋膜之下的地球每過一年，整個宇宙的時間就過了好幾千年。火星的生物轉變（科學家稱之為「行星生態地球化」），在那段寬宏的時間隔絕中，也就比較容易完成。人類移居火星，整體而言是一件更為冒險的事。

火星移民者與地球有幾千萬年的隔絕，因而他們創造出一種科技，來適應他們缺水且缺氮的環境。他們精於生物方面的操縱，但卻對大規模的機械工程謹慎對待。當假想智慧生物似乎要用時間迴旋膜包圍火星時，派遣有人的遠征隊是最後也最不得已的策略了。

被稱為火星大使的萬諾文，是在時間迴旋的最後幾年中來到的。特克在翻閱書的索引時發現一張他的照片，那是個個兒瘦小、全身皺紋的黑皮膚男人。他曾受到地球各國政府的邀宴，直到他對他們的問題顯然無法提出解決之道為止。不過萬諾文倡導並且幫忙推動發射類生物探測器進入外太陽系，這些探測器是火星人設計的，是能夠自我複製的機器裝置，可以傳回資訊，可能有助於了解假想智慧生物的性質。在某種程度上來說，他們是成功了。這個探測器網被併入一個自我複製體構成的生態中，這生態早已存在於太空深處，只是之前沒有人想像得到。這些自我複製體就是假想智慧生物實際的「身體」，至少有些人是這麼相信。不過特克對此沒有意見。

麗絲手上這部火星檔案，是在美國出版的授權修訂版，由一個科學家和政府官員組成的小組審查、編輯，世人都知道它不完整。萬諾文死前曾設法讓未經編輯過的內文私下流通，連帶流通的是更為珍貴的東西，也就是火星人的「藥劑」。其中包括可以增加人類平均生命三十或四十年的藥，即所謂的第四年期療法，麗絲的父親就可能為此著迷。

如今地球上應該有許多第四年期的地球人了，不過這些地球第四年期人尚未發展出一套規範，欠缺火星人為了約束第四年期人而發展出的複雜社會結構。聯合國幾乎所有會員國都簽署了一項協定下，規定接受這種療法是非法的。美國遺傳安全部所做的事，大半是取締第四年期崇拜狂，以及掃蕩日益興盛的人類和動物遺傳改造行業。麗絲的前夫就是為遺傳安全部工作。

ʖ ʖ ʖ

「你知道，」她說，「我們很少談到這些事。」

「在我看來，我們對任何事似乎都談得不夠。」

她的笑容雖然短暫，卻讓人愉悅。

她說：「你認識任何第四年期的人嗎？」

「就算我看到，也認不出來。」即使這是推諉，她似乎也沒有注意。

「因為在麥哲倫港是不同的，」她說，「在這個新世界，法律和在地球上執行的程度不一樣。」

「我聽說情況在變。」

「所以我要在這一切全被抹掉以前看看我父親感興趣的東西。聽說城裡有一個第四年期的地下組織。或許還不止一個。」

「是呀，我也聽說過。我聽說過很多事，不全是真的。」

「我當然可以做各種二手研究，不過我真正需要的是和一個曾跟第四年期團體直接接觸過的人談談。」

「對。也許布萊恩可以幫你安排一下，等下次遺傳安全部抓到人的時候。」

話一出口，他立刻就後悔了，真不該說得這麼莽撞！她立刻神經緊繃。「我和布萊恩已經離婚了，我也不負責遺傳安全部的所作所為。」

「可是他找的人跟你找的一樣。」

「原因不同。」

「你有沒有懷疑過這件事？他會不會利用你做工具？占你研究的便宜？」

「我不會把我的工作給布萊恩看，也不給任何人看。」

「即使他用那個可能帶走你父親的女人作餌，也不會嗎？」

「我不確定你有權利……」

「算了。我只是……你知道，只是擔心。」

她顯然要立刻反擊，但是她抬起頭，先想了一想。特克很快就注意到，她有著當下先置身事外，再做出判決的習慣。

她說：「不要猜測我和布萊恩的事。我們還有來往，並不代表我會幫他什麼忙。」

「我只是想知道我們現在的情況。」

ॐ ॐ ॐ

不到中午，天空再度昏暗了，不過那些雲是雨雲，不是什麼怪東西，而且它們帶來一場不是時候的傾盆大雨。特克認為這雨或許反倒是福氣，可以把一些落塵沖進土裡或帶出海，如果可能的話，說不定還能解救這個季節的作物呢。不過，當他到哈雷餐廳的停車場開回車子以後，這雨卻沒有使得從港市往南開的路順暢好走。一灘灘閃亮的灰色塵灰水，讓人行道險象環生。溪流全成為泥土色，翻騰的河水在河床上奔流。公路穿越山脊時，特克可以看到大量淤沙從十幾處泥沙三角洲流出，蜿蜒入海。

他在一處沒有標誌的出口駛離公路，往一個大多數說英語的人稱做「新德里平房區」的地方前去。那裡是一堆簡陋的房子，位在兩溪之間一座高原上，坐落在一片峭壁下，峭壁每個雨季都會發生零星坍方。一排排廉價的中國製組合式住宅之間沒有鋪路面，那些適合晴天居住的陋屋，因北岸便宜工廠裡拖回來的油毛氈和隔熱紙而有了改善。「平房區」沒有警察，除了教堂、寺廟、清真寺影響所及之外，也沒有真正公權力。推土機根本不開進這裡，窄巷裡到處都是坍塌的濕沙丘。不過主要大路卻鏟出一條通道，特克只花了幾分鐘就到了托馬士．金恩那毫無特色的家。那是一棟灰綠色的簡陋屋子，夾擠在兩棟一模一樣的房子之間。

他停了車，走過一灘淺淺的塵灰濕泥，來到托馬士家門前。他敲了門。沒人回答。他又敲了敲。一張滿是皺紋的臉在左邊掛著窗簾的小窗後乍現，接著門就開了。

「特克！」托馬士．金恩的嗓音蒼老，像從地底岩層中穿了出來。不過卻要比特克最初遇見他的時候要渾厚。「沒想到會看到你。尤其是在出這些麻煩事的時候。快進來。這裡一團糟，不過我還是可以給你倒杯飲料。」

特克走進屋裡。托馬士的家四面是單薄的牆壁，只有一個房間，一端是一張破舊的沙發和桌子，另一頭是個小廚房，整間屋子光線黯淡。麥哲倫港電力局沒有在這一帶接任何電纜。唯一的電力來自屋頂那片「信諾科技」太陽能發電板，而它的發電效能又大受落塵的影響。屋裡有股揮之不去的硫磺和滑石的氣味，從特克一路踩著帶進來的塵灰散發出來。托馬士是個有他自己風格的整潔型居家男人。他口中所謂的「一團糟」，指的是一個窄檯面上有幾瓶還沒有丟掉的空啤酒瓶。

「坐吧。」托馬士說著，自己也坐下，那張椅子的椅面已被他的瘦屁股坐凹了。特克挑了老舊沙發上破得最少的墊子上坐下。「你能相信這爛東西從天上掉下來嗎？我是說，是誰要這種東西呀？昨天我只是要出門買點雜物，還得用鏟子挖條路呢！」

真是教人難以置信，特克承認。

「是什麼風把你吹來的？一定不只是敦親睦鄰吧？我猜。在這種天氣狀況下，如果這也能叫做天氣的話。」

「我有個問題想請教。」特克說。

「是問題還是要幫忙？」

「呃，總之先從一個問題開始。」

「很嚴重的嗎？」

「可能。」

「你要喝啤酒嗎？把喉嚨裡的塵灰沖掉？」

「倒是不壞的主意。」特克說。

꩜ ꩜ ꩜

特克認識托馬士，是在一艘前往「拆船灘」做最後一次航行的老舊單船身油輪上。

這艘叫做「茶隼號」的船，是特克前往「新世界」的門票。特克是以一等水手職位應聘上船，薪資微薄。所有船員都是，因為這是一趟單程旅程。拱門另一頭的赤道洲上，廢鋼鐵市場正熱。在地球上，像茶隼號這種龐然大物是個累贅，老舊得不符國際標準，只有最差的海岸貿易才用得上，拆成廢鐵又貴得嚇人。但是在新世界，同樣一艘生鏽廢船卻是珍貴的原料來源，由泰國和印度的勞工大軍用乙炔拆解、切碎，這些工人謀生完全不受環保法規限制，是拆船灘的專業拆船工。拆船灘位於麥哲倫港北邊幾百公里。

特克和托馬士在那次航行中一起吃飯，彼此有一些了解。托馬士自稱出生在玻利維亞，不過是在白羅西長大，少年和青年時在那裡的碼頭、之後在紐奧良碼頭做事。在時間迴旋那段騷動的歲月中，他在海上斷斷續續過了幾十年。那時節美國政府振興海運，以表示對國家安全的重視，後來是拱門兩邊的貿易創造了新航運的新需求。

托馬士上茶隼號的理由和特克相同：這是通往樂土的單程票，或者是他們認為的樂土。托馬士可不是沒見識的人，他之前通過拱門五次，在麥哲倫港待了好幾個月，親身領教過這個城市的罪惡，也見識過這個城市對待新來者有多麼殘忍。不過這個城市要比地球上任何一個城市更自由、更開放、有更輕鬆的多語環境。這是座水手城，城市的大半都是由流浪在外的水手們所建。這裡是他想度過餘生的地方，他想看那一片景色，這裡人類的手才伸進來不久（特克上船也是大致相同的理由，不過這是他第一次穿過拱門之行。他希望能到離德州最遠的地方去，至於原因，他根本不願仔細去想）。

茶隼號的問題在於，由於它沒有未來，所以維修非常差，幾乎無法航行。船上每個人都知道這個事實，從菲律賓籍的船長到伺候船員膳食的文盲敘利亞少年都知道。這是趟危險的越界之旅。惡劣的天候讓許多前往拆船灘的船隻遭到破壞，更有不止一艘生鏽船隻在假想智慧生物的拱門下安息。

不過，印度洋的天氣倒是好得令人安心。由於這是特克第一次過拱門，他冒著被同船夥伴嘲笑的危險，讓自己在通過之際站在甲板上。通過拱門是在夜間。他在船首樓甲板靠船尾處圍出一塊吹不到風的地方，用一堆因沾了乾油漆而變硬的破布當枕頭，四肢大張著凝視星星。眾星因為四十億年的銀河演化四散開來，這些時間進行時，地球都被包覆在時間迴旋膜中。過了三十年，這些星星依然沒有名字，不過它們是特克僅知的星星。他在時間迴旋結束時還不到五歲。他那一代是在後時間迴旋世界中成長的，對於一個人可以乘坐洋輪從一個行星到另一個行星的觀念也早就習以為常了。不過，和有些人不同的是，特克始終不會認為這件事平淡無奇。在他來說，這仍然是個奇景。

假想智慧生物的拱門是個比任何人類工程所製造的東西都要巨大得多的構造。以恆星和行星的規模（也就是假想智慧生物應該採取的運作規模）來看，它是比較小的東西……但它卻是特克想像自己可能遇見過的最大「人造」事物了。他經常在照片、影帶、教科書中的示意圖表中看到它，但是這些全都不能和實物相提並論。

他第一次親眼看到，是他上了茶隼號，在蘇門答臘港的所見。在晴朗之日，尤其當日落時分，拱門的東邊支柱就會顯現出來，只見夕陽餘暉爬上那淡淡的細線，將它照亮成一條細細的金線。不過此刻他幾乎是在拱門最高點的正下方，所見的景觀就完全不同了。拱門曾被比喻為一只直徑一千六百多公里的婚戒落進印度洋，一半埋在地球的地層深處，另外一半伸入大氣層，直達太空。從茶隼號甲板，他看不見伸入海中的兩根支柱，但是他可以看到拱門的頂部映照著落日餘暉，一道銀藍色油彩逐漸向東西兩端轉成暗紅色。在夜晚空氣的熱流中，銀藍微微顫動。

聽說駛近這兩座支柱近一點看，支柱素淨得就像從海面升起的水泥柱，粗大的柱子往上拔升，一直到消失不見。不過，不管拱門看起來是多麼靜態，它並不是個遲鈍的東西。它是個機器，和自己的複製品（或許可說是另一半）溝通，這個複製品設在許多光年之外，新世界的相容海洋中。也許它環繞著特克在茶隼號甲板上看到的其中一個星星。有個想法令人不寒而慄：拱門或許看起來不會動，但是其實它是在監視兩個世界中附近的海面，指揮著雙向交通。因為這就是它做的事，這就是它的功用。如果一隻鳥、一段風雨打下的樹枝或是海流通過拱門，會暢行無阻。地球的海水和新世界的海水是永遠不會混在一起的。但是如果有一艘載人的海上船隻通過拱門，它就會被截住並且移過一段難以想像的距離。各種情報都指出，這個移轉簡直容易得令人失望。可是特克想要在室外體驗，而不是在船艙裡的水手區，在那裡他根本不會知道已經過了拱門，直到船按慣例響起汽笛聲。

他看了看表。時間快到了。他靜靜等著，這時托馬士從暗影中走出來，在甲板燈光下，咧嘴對他笑。

「我是第一次，沒錯。」特克說。他先發制人，想要擋住一定免不了的評論。

「操，」托馬士說，「你用不著解釋。我每次通過時也都會上來。不管是白天或是晚上。像是致敬一樣。」

向誰致敬？假想智慧生物？不過特克沒有問。

「而且，哇！」托馬士說著，把那張老臉對著天空。「來了來了！」

於是特克鼓足勇氣準備好（其實並不必要），他看著繁星在「拱門」頂上附近變得黯淡而且打轉，像是船頭在水中打亂掉的倒影。之後茶隼號突然四面全是霧，也許是一片迷濛而讓他聯想到霧。這其中既聞不到水氣也嘗不到水汽，還有一種過渡之際的暈眩，耳朵中隱隱有股壓力。然後星星又回來了，不過它們已經是不同的星星了，更密、更亮，所在的天空也似乎更暗。現在空氣聞起來、嘗起來也的確有些微的不同，而一陣強風繞著上甲板堅硬的鋼鐵邊角打轉，像是在做自我介紹。這裡的空氣溫暖、帶有鹹味，清新提神。在茶隼號高高的船橋上，羅盤指針必定也轉動了，這是每次通過拱門時都會有的情形。船上的汽笛響起一次長鳴，響亮得令人受不了，但在這片直到最近才認識人類的海面上，笛聲聽起來有點遲疑。

「新世界。」特克說，但心裡卻想：就這樣？就這麼簡單嗎？

「赤道洲。」托馬士說。跟大多數人一樣，他把這塊大陸和這個行星弄混了。「做太空人有什麼感覺，特克？」

可是特克卻無法回答，因為這時有兩名水手偷偷走到上甲板，拿著一桶海水就往特克身上潑，還哈哈大笑。這是另一場通過拱門的儀式，為初次經過的水手洗禮。終於他通過了世界上最奇異的最高點。他可不打算回頭，也沒有真正的家好讓他回頭。

托馬士上茶隼號時年長而虛弱，當時船進灘過程不順，他受了傷。

拆船灘沒有船塢或是碼頭。特克從甲板欄杆後看到這片海灘，這是他對赤道洲海岸真正的第一眼。這座大陸突顯在地平線上，像是海市蜃樓一般，晨曦中映現出粉紅色，然而它早經人類的手碰過了。時間迴旋後的三十年間，已經將赤道洲的西邊從一片荒蕪轉變成一團雜亂，有漁村、伐木營地、簡單工業、「燒墾」過的農地、草草建成的路、十幾座繁榮的城鎮，還有一座城市，內陸大部分的豐富資源都從這裡出入。而在麥哲倫港以北約二百公里的拆船灘，卻可能是海岸上最醜陋的人類居住地。特克不敢說，但是菲律賓籍的貨船船長堅持這麼認為，這說法看起來也不假。寬闊的白色海灘有一片石頭海岬保護，不受海浪的侵蝕，海灘上四散著破船的殘骸，上千處火堆的煙塵把海灘弄得髒汙無比。特克看到一艘和茶隼號很像的雙船身油輪、二十多艘海岸油輪，甚至還有一艘拆掉所有可以辨識的旗幟和標誌的軍艦。這些船是最近才到的，支解它們的工作都還沒開始。海灘上還有十多公里長的範圍全擺滿了摘除船身鐵板的鋼架和空船身，拆卸工人的乙炔吹管火花一閃一閃亮著。

這些再過去，是廢鐵棚、打鐵鋪、拆船工人的工具屋和機器商店，工人多半是印度人和馬來西亞人，依據合約規定，他們必須在這裡工作以換取通過「拱門」的機會。再遠一點，在早晨空氣中顯得模模糊糊的，是一座座山林小丘不斷向山脈延伸，綿延成一片灰藍色的山麓。

靠灘時他不能待在甲板上。運送一艘大船到拆船灘的標準做法是直直開向海岸，讓它擱淺在那裡。剩下的事由拆船工來做，水手撤出後，他們就會擁上船身。船的鋼鐵最後會運到南岸的再輾壓工廠裡，船上好幾公里長的電線和鉛管會拆下來整批賣掉。特克聽說，連船上的鐘也會賣給當地的佛教寺廟。這裡是赤道洲，任何人造的東西都能派得上用場。把像茶隼號這麼艘龐大的船靠灘，過程中也許粗暴、具破壞性，但在這裡都無所謂。這些船沒有一艘還能再浮在水面上。

信號響起，他走下甲板，發現托馬士等在水手食堂裡，正咧著嘴笑。特克已經喜歡上托馬士那瘦削的笑容，看起來痴傻，但卻很真誠。「茶隼號已經走到路的盡頭了，」托馬士說，「也是我路的盡頭。我想每隻雞都要回老巢吧。」

「我們要就進海岸的位了。」特克說。很快船長就會發動引擎，讓船直接朝岸上開去。引擎會在最後一刻關閉，而船頭就會趁潮水上漲時切入沙中。然後水手會放下繩梯，迅速爬下船身，行李也會放下來。特克將要在拆船灘的砂礫和水浪中踩出第一步。不到一個月，茶隼號就會成為一場回憶，以及幾千噸的回收鐵、回收鋼和回收鉛。

「每個死亡都是一個誕生。」托馬士說，他年紀大到對這樣的宣布已經無所謂了。

「不知道耶。」

「不，我認為你這個人知道得比你表露出來要多。茶隼號結束，但卻是你到新世界的第一次。當下就有死亡和誕生了。」

「如果你要這麼說，那就是吧，托馬士。」

特克感覺到船的老舊引擎開始悸動。靠灘會很猛烈，這是不可避免的。船上所有鬆散的機器都收起或拆下，連同救生艇一起送上岸。一半的船員已經上了岸。「嘩！」船身的震動透過甲板和椅腳傳來時，托馬士叫道。「我敢說現在速度加快了。」

特克心想，船頭會畫開水面，船隻每次開始要像這樣震動，推進時也是。只不過它們再也不會駛在開闊的水面了。它們在海灘上是死路一條，整片大陸在下方升起。船長以無線電和岸上的引水人連絡，引水人會以無線電報告細微的航向修正，並且告知何時熄掉引擎。

快點，特克祈禱。他喜歡到海上，也不在意自己在下甲板，不過他發現他非常不喜歡在一場人為災難即將發生前，還待在一間沒有窗戶的屋子裡。「你以前做過這種事？」

「呃，沒有，」托馬士說，「沒有在這一邊做過。不過幾年前我在果阿附近的一處拆船灘，看到一艘舊的貨櫃船擱淺。那艘船比這艘小不了多少。其實那場面還有點詩意。它駛上海潮線，就像是想要上岸產卵的海龜。我的意思是，你可能會想嚴陣以待，但其實它並不猛烈。」幾分鐘後，托馬士看著掛在他細瘦手腕上像只手鐲的表，說道：「該是關閉引擎的時候了。」

「你都計時了嗎？」

「我有眼睛有耳朵。我知道我們在哪裡停錨，也可以靠聽就知道用多少速度。」

在特克聽來，托馬士像是在吹牛，不過也許是真的。特克把兩隻手小心地在牛仔褲的膝蓋上揩了揩。他很緊張，不過怎麼可能出錯？在這一刻，一切都容易得很。

出了錯的地方是在緊要時刻，事後他理出了頭緒。茶隼號的船橋沒電了，原因是老舊的線路發生短路或是零件失靈，所以船長既聽不見岸上引水人的指示，也無法把他的命令傳到引擎室。茶隼號本應自動滑上岸，結果它卻在有動力的情況下衝上去。船身撞上海岸，嚴重向右側傾斜時，特克被拋離椅子。他還算機警，看到霧面的刀叉櫃從牆上鬆脫朝他翻落。櫃子約有棺材大小，也差不多重，他想要爬開，但是他沒時間脫身。幸好托馬士在場，站直身體抓住那吱吱怪叫的金屬櫃子，並且想辦法在它滑過一旁時抵住，給了特克足夠時間翻到一邊。他在一張椅子前停住，這時茶隼號停止移動，船的引擎也終於大發慈悲地熄了。這艘舊油輪的船身發出齒輪老舊的嘎軋呻吟，終於沉寂。靠岸了。沒有人員受傷……

除了托馬士，他在瞬間承受櫃子全部的重量，左臂被割至手肘下方，深可見骨。

托馬士讓受傷的手放在他沾滿血漬的大腿上，看起來驚慌極了。特克用一條手帕當作止血帶，叫托馬士停止咒罵，保持不動，他好去求救。他花了十分鐘才找到一名長官聽他說話。

船上的醫生已經上岸，醫務室裡什麼藥品都沒有了，所以托馬士只能吃幾顆阿司匹靈止痛，然後被用臨時的繩子和籃子做成的擔架從甲板送下船。最後，茶隼號的船長不肯承擔責任，他從拆船老闆處領了自己的酬勞，日落前就搭上巴士往麥哲倫港去了。於是特克留下來照料托馬士，直到一個換班的馬來銲工被他說服，去找了個真正的醫生來。或者說，找來一個在新世界這地區可以權充醫生的人。那瘦瘦的馬來人用七零八落的英語說，有個女人，是個好醫生，一個西方人醫生，對拆船工很好的。她是白人，在離北邊海岸不遠的米南加保族漁村住了好幾年。

她的名字，他說，叫黛安。

第六章

特克把麗絲的事告訴了托馬士．金恩。大略說了一些，說他們困在山中時兩人如何情投意合；說他如何地難以忘記她，即使他們回到文明社會，即使她不回他的電話；說他們如何在落塵期間一起離去。

托馬士在他那張破舊的安樂椅上聽著，小口小口啜著綠色玻璃瓶裡的啤酒，靜靜地笑，彷彿他在自己腦袋中發現了一處風平浪靜的地方。「聽起來你根本不了解這位女士嘛。」

「該了解的都了解了。有些人，你不難看出你信不信任他們。」

「信任她，你信任她嗎？」

「是啊。」

托馬士雙手掩住他寬鬆牛仔褲的胯部。「你信任的是這個！你這個徹頭徹尾的水手。」

「不是這樣的。」

「事情從來不是這樣，但是卻永遠是這樣。那麼你為什麼要開車到這裡，告訴我這個女人的事？」

「其實，我是在想……也許我可以把你介紹給她。」

「介紹我？我又不是你老爸，特克。」

「不是，不過你也不是從前的你了。」

「我看不出這和這件事有什麼關係。」

特克小心翼翼，竭盡所能用最委婉的方式說：「這個嘛……她對第四年期人很好奇。」

「噢，我的老天。」托馬士翻了個白眼。「好奇？」

「她有理由的。」

「所以你要把我這道菜端上去給她？『展示品A』之類的嗎？」

「不是。我真正想做的是讓她跟黛安談談。不過我想先聽聽你的意見。」

ᔕ ᔕ ᔕ

黛安，那位西方醫生（或者護士吧，她堅持這麼稱自己），從某個內陸村子走路到拆船灘來治療托馬士割傷的手臂。

起初特克對她抱有疑慮。在赤道洲，尤其是在這偏僻的荒林，沒有人會去查看任何人的行醫執照。至少他的印象是如此。只要有個注射器，有一瓶蒸餾水，就可以自稱是醫生了。拆船工的老闆自然會支持免費替他做事的任何醫生，就算自稱是醫生也行，管他怎麼醫。特克和托馬士坐在一間空屋裡，等這個女人來。這間小屋是用當地一根根渾圓、剝了樹皮、像竹子那樣一節一節的樹枝蓋的，上頭鋪著一片平坦的白鐵皮屋頂。屋裡聞起來有股陳餿的燒菜味，混雜著菸草和人體汗臭味。室內很熱，不過每隔一段時間就會有一陣清風吹進格板門。特克偶爾會跟托馬士聊一兩句，直到這位老兄終於睡著，鮮血仍然不斷滲出臨時繃帶。

太陽西沉時，醫生終於來了。她踏上通往木板地面的木頭階梯，把擋住蟲子的紗網推開。

她穿著一件束腰上衣和一條寬鬆長褲，衣褲布料的顏色和質料像是粗棉布。她不是個年輕女人，差得遠了。她的頭髮花白到幾乎像是透明的一樣。「病人是哪個？」她斜眼問道。「還有，點個燈吧，拜託。我根本看不清。」

「我叫特克．芬雷。」特克說。

「你是病人嗎？」

「不是，我……」

「帶我看病人。」

於是他把一盞油燈的燈芯撥亮，領著她通過另一面紗網，來到一張黃色床墊前。屋外的暮色中，昆蟲正在醞釀著合唱。他從沒聽過這種聲音，不過可以聽出那是蟲鳴，那種堅決、斷斷續續的嗡嗡聲。海灘那邊傳來鐵鎚鎚打、金屬板拍打，以及柴油馬達的噗噗聲和轟隆聲。

托馬士打著呼，睡在床墊上。醫生（就是黛安）用鄙夷的神色看看他手臂上的繃帶。「這是怎麼發生的？」

特克把事情經過說了一遍。

「這麼說來，他是為你犧牲了？」

「至少犧牲了一段手臂。」

「你很幸運能有這樣的朋友。」

「先把他叫醒，然後再說我幸不幸運吧……」

她推了推托馬士的肩膀，他睜開眼睛，立刻開始咒罵。老式的、克里奧——路易西安那州法裔人士——式的粗話，辛辣得和山葵一樣。他想要坐起來，然後又改變主意。終於他把注意力放在黛安身上。「你又是他媽的誰呀？」

「我是護士。冷靜一下。是誰幫你包的繃帶？」

「船上一個傢伙。」

「包得真糟。我看一下。」

「哎，我猜他也是第一次做這種事。他……啊！老天！特克，這人真是護士嗎？」

「別孩子氣，」黛安說，「不要動。如果我看不清楚哪裡出問題，就沒辦法幫你。」停頓了一下。「嗯……你運氣好，沒有劃到動脈。」她從急救箱裡拿出針筒，注進某種藥物。「在清理傷口和縫合時，這可以止痛。」

托馬士開始抗議，不過也只是虛晃一下。針頭插進去時，他看起來鬆了一口氣。

這間小屋很窄，特克後退一點，讓黛安有更多空間做事。他想像拆船工的生活：睡在白鐵皮屋頂下，祈禱在合約到期前、在拿到他們答應給的薪水前不要受傷或送命。薪水是一年的工錢加上一張到麥哲倫港的巴士票。這裡有個正式的營地醫生，拆船工老闆解釋過，不過他一個禮拜只來兩次，通常是填些表格。大部分一般割傷和縫合手術都是黛安在做。

特克看著她處理傷口，燭光把她的側影投射在薄薄的防蟲紗網上。她很細瘦，行動時帶有老人那種經過衡量的謹慎。不過她也很強壯。她做事仔細又俐落，偶爾會喃喃自語。她也許和托馬士一般年紀，這水手看來像是六十，又像是七十，也許更老。

她埋頭工作，托馬士有些躁動不安，不時還會咒罵一下，但因為藥物的關係顯得昏沉無力。房裡有消毒水的臭味。特克走出屋外，暮色漸沉，這是他在新世界的第一晚。不遠處有一株開花的樹叢，他叫不出名字，只見那六瓣的葉子在海風中搖動。花朵是藍色，聞起來像是丁香或肉桂，或某種聖誕節食物的香料。再遠一點，那片工業海灘上的燈光和火光搖曳閃爍，像是點燃的引信。再過去，海浪在淡淡的綠色磷光中起伏。而那些異世界的星星緩慢地轉呀轉的，轉成一個好大的圈圈。

࿋ ࿋ ࿋

「有可能會產生併發症。」處理完托馬士的傷口，黛安說。

她走過來，和特克一起坐在木頭台架上，台架上的地板離地有三十公分左右。她清理縫合得很賣力，這時她用一條手帕擦額頭。她的口音是美國人，特克心想。有一點南方腔，也許是馬里蘭州，或是那一帶。

他問可能有哪些併發症。

「運氣好的話，不是很嚴重。不過赤道洲是個全新的細菌環境，你知道吧？」

「我也許笨，不過我並不是無知。」

她對這句話笑了起來。「我道歉。先生貴姓？」

「芬雷，不過你可以叫我特克。」

「你父母給你取名叫特克？土耳其人的意思？」

「不，那是個小名，因為我小時候全家在伊斯坦堡住過幾年，我還會說一點土耳其文。你剛剛說……托馬士可能會染上某些本地的疾病？」

「這個星球上沒有人類原住民，沒有原人，沒有靈長類動物，沒有和我們稍稍類似的任何東西。大多數本地疾病我們都不會碰上。不過這裡有些細菌和黴菌會在潮濕、溫熱的環境滋生，包括人體。沒有什麼是我們不能適應的，芬雷先生……特克，也沒有什麼致命或是有傳染性的疾病會傳回地球。不過，帶著一個有問題的免疫系統，或者以金恩先生為例，帶著一個由白痴包紮的開放傷口到新世界，仍然不是個好主意。」

「你不能給他一些抗生素嗎？」

「我給了。不過本地的微生物不見得會對標準藥劑有反應。別誤會，他並沒有生病，而且十之八九他也不會生病，不過這當中有某些無法避免的風險。你是金恩先生的好朋友嗎？」

「不算是。不過我說過，他是想救我才受傷的。」

「我希望多留他在這裡觀察幾天，可以嗎？」

「我是可以，不過你可能必須要說服托馬士。他不歸我管。」

「你要去哪裡？如果你不介意我問的話。」

「沿海岸南下到城裡。」

「有沒有特別的地址？或是我可以連絡到你的電話？」

「沒有，我才剛到這裡。不過你可以告訴托馬士，等他到了麥哲倫港，我會到工會大樓去找他。」

她似乎很失望。「噢。」

「或是……也許我可以打給你？」

她轉過身，凝視他良久。與其說凝視，不如說是仔細打量。特克在這種無情的目光下開始感到有些尷尬。然後她說：「好。我給你一個號碼。」

她在急救箱裡找出一枝鉛筆，在一張「海岸與都市客運公司」的票根背面匆匆寫下號碼。

§ § §

「她是在評估你。」托馬士說。

「我知道。」

「直覺很強，那女人。」

「是呀。這是重點。」特克說。

ᔕ ᔕ ᔕ

於是特克在麥哲倫港找了個地方住下，靠著積蓄過了段時間，偶爾會到海員工會去找托馬士。但是托馬士始終沒有露面。起初這件事並沒有讓他擔心，托馬士可能會在任何地方。就他所知，托馬士也許會想要越過山脈。所以特克會去吃頓飯，喝點東西，把他的餐友忘掉。但是一個月過去了，他找出那個票根，撥了寫在上面的號碼。

他聽到的是一通自動播放通知，說這個號碼已經不再使用。

這就激起了他的好奇心和責任感。他的錢快用完了，正準備要簽約做油管工作，不過他卻搭了車沿海岸往北走，又走了幾公里路，來到拆船工地，開始向人打聽。一個拆船老闆記得特克的臉，告訴他說他朋友生病了，那真的很不幸，可是他們不能讓生病的水手占去眾人的時間和注意力，所以伊布黛安和幾個米南加保村漁民就把這個老人拖回他們村子了。

特克在十字路口一間有著鐵皮屋頂的中國餐館吃了晚餐，再搭便車往海岸更北邊走，來到一處馬蹄鐵形的海灣。在漫長的赤道洲黃昏中，海灣轉化成炫麗的彩色。駕駛是某個西非進口公司的業務員，他指著一條沒有鋪過的路和一個牌子，牌子上用一種特克不認識的彎彎曲曲的文字標著。米南加保村就從那裡走，他說。特克在森林裡走了幾公里的路，就在星星變得明亮、昆蟲開始擾人時，他發現自己置身在一排有飛簷的房屋前。那兒還有一間亮著燈的雜貨店，店裡有戴著棒球帽的人，坐在電纜線軸的小桌邊喝咖啡。他露出最和氣的笑容，問一個當地人怎麼去黛安醫生的診所。

這人也回他笑臉，點點頭，朝著咖啡屋大喊。兩名魁梧的青年匆匆跑出來，分別在特克兩邊站定。「我們帶你去。」特克再次提出同樣請求時，他們用英語回答。臉上也露出笑容，不過特克有一種不安的感覺：他們看起來客氣，其實是要監督他的一舉一動。

§ § §

「你終於看到我的時候，我糟得一塌糊塗吧？」托馬士說。

「你不記得了嗎？」

「記得不多。」

「是啊，」特克說，「你當時糟透了呢！」

* * *

糟透了。托馬士臥病在床，憔悴消瘦，在黛安稱做「診所」的大圓木建築後面房間中喘著氣。特克用一種幾近驚恐的表情看著他的朋友。

「老天！你怎麼啦？」

「冷靜、冷靜。」伊布黛安說。「伊布」是村民對她的稱呼。他猜想那是一種尊稱。

「他要死了嗎？」

「不是。正好相反，他要復原了。」

「這些全都是因為他手臂的割傷嗎？」

托馬士看起來像是有人用根管子從他喉嚨伸進去，把他內臟全吸出來了一樣。他從沒看過比他還瘦的人。

「比這複雜得多。你坐下，我來解釋。」

診所窗外，米南加保村在黑暗中可熱鬧了。燈籠吊掛在屋簷下，臨風搖晃；街上傳來叮叮噹噹的音樂聲。黛安用電壺和法國磨豆機煮咖啡：又香又濃的熱咖啡。

黛安說，診所原本有兩名真正的醫生。一個是她丈夫，一個是米南加保村的女士，但兩人最近都因病去世了，只剩下她。她對醫藥唯一的了解是在擔任護士時學到的，但也足夠讓診所營運了。這間診所是不可或缺的資源，不單對這個村子如此，對附近六七座村莊和貧窮的拆船工而言更是如此。任何她無法處理的情況，她就會轉介到海岸北邊的「新紅月會」診所，或是在麥哲倫港的天主教慈善醫院，不過那裡路途太遙遠了。因此，像割傷、簡單的骨折和一般的不適等等，這些她能力足以應付的，就留在這裡醫治。她定期會向一位來自港市的巡邏醫生請教，這名醫生了解她的處境，也會提供基本的藥物、消毒繃帶等等物品給她。

「所以也許你應該把托馬士送往南邊海岸。」特克說，「我看他病得很嚴重。」

「他手臂上的割傷是小問題。托馬士有沒有告訴你他得了癌症？」

「老天！沒有。癌症？是嗎？」

「我們把他帶回這裡，是因為他傷口感染，不過癌症用簡單的驗血就驗出來了。我這裡沒有什麼診斷設備，不過我有一部手提影像儀，十年的機器了，還好用得很。它證實了診斷，但預後非常不好。癌症不算是什麼治不好的病，可是你的朋友一直逃避就醫，逃避得太久了。他已經轉移得太嚴重了。」

「所以他確定是要死了。」

「不是。」黛安停頓了一下。她再次用那種目光緊盯著，嚴肅而且有點莫測高深。特克努力不讓自己把視線避開。這很像是跟貓互瞪別苗頭，看誰受不了先避開。「我向他建議一種非傳統療法。」

「像是什麼，放射線療法之類的嗎？」

「我建議把他變成第四年期。」

一時間，他驚駭得說不出話來。屋外音樂依舊持續，不悅耳而陌生的木琴音樂，透過一個廉價擴音器傳送出來。

他說：「你會做嗎？」

「我會，而且我也做了。」

特克盤算著自己被扯進什麼場面，而他要怎麼做才能最有效地抽身而出。「呃……我猜這種事在這裡不是非法的……」

「你猜錯了。只是這裡比較容易沒事。我們必須謹慎點，多活幾十年不是一件可以到處宣揚的事，特克。」

「那你為什麼要告訴我？」

「因為托馬士在恢復期間會需要一些幫助，而且我認為我可以信任你。」

「你怎麼知道？」

「因為你來這裡找他。」她露出微笑，這倒讓他嚇了一跳。「你可以說我是憑經驗猜測。你知道第四年期療法不只是延長壽命吧？火星人在改造人類生物學上表現得很矛盾。他們不想創造出一群有力量的老人。第四年期療法給你一些東西，也拿走你一些東西。它給你多三十或四十年的壽命，我就是最適合的例子，如果你還沒猜到的話，不過它也會重組某些人類特性。」

「特性？」特克說，口乾舌燥的。就他所知，他從沒有跟第四年期的人說過話。而這女人就是自稱這種人。她多大呀？九十歲？一百歲？

「我那麼嚇人嗎？」

「不是的，絕對不是，但是……」

「連有一點嚇人都沒有嗎？」仍然露著微笑。

「呃，我……」

「我的意思是，特克，身為第四年期的人，我比大多數沒有經過改造的人對於某些社會和行為方面的暗示要敏感得多。通常我可以分辨出一個人在撒謊或是不誠實，至少在我跟他面對面的時候。不過，對於誠懇的謊話我是無法抵擋的。我不是無所不知，我不是特別聰明，我也不能看穿人心。頂多你可以說的是，我的謊言偵測器被調高了一兩度。任何第四年期團體都一定會受到圍剿，不是警方就是罪犯，所以這是一項很有用的本事。不，我沒有跟你熟到可以說我信任你，不過我可以清楚感覺到你，清楚到可以說我願意信任你……你明白嗎？」

「我想是吧。我是說，我對第四年期沒有什麼敵意。不管是好是壞，我從沒想太多。」

「這種安逸的無知已經結束了。你的朋友不會因為癌症死亡，不過他不能待在這裡，而且他還有很多要適應的地方。我想要把他交給你照顧。」

「這位女士……呃，黛安。首先，我對於照顧病人毫無頭緒，更不用說照顧一個第四年期的人了。」

「他不會病很久，不過他會需要一個了解他的朋友。你願意做這個人嗎？」

「是這樣的，我的意思是，你知道，我很願意，我想。可是也許做別的安排比較好，因為我的處境也很困難，財務上和所有……」

「如果我能想到更好的辦法，我也不會請求你了。你能及時到這兒是運氣好，」她又加上一句，「如果我不想被找到的話，你就會很難找到我。」

「我打過電話，可是……」

「我必須停用那個號碼。」她皺皺眉頭，但沒有要解釋的意思。

「那麼……」那麼，操！他心想。「我想我不會在暴風雨中把一隻流浪狗趕出去吧。」

她的笑容重新綻放。「我也這麼想。」

ꕥ ꕥ ꕥ

「我猜你從那時候起，對第四年期的人就有一些了解了。」托馬士說。

「我不知道，」特克說，「你是我有的唯一夠近的樣本。說實在的，沒什麼啟發性。」

「她真的那麼說嗎？謊言偵測器那番話。」

「大致上是這樣。你覺得呢，托馬士，是真的嗎？」

托馬士從病中康復，也可以說從構成第四年期療法的基因重建中恢復，迅速得一如黛安預測。不過心理調適卻是另一回事了。他原本是來到赤道洲準備要死的人，結果卻發現自己眼前還有三、四十年好活，他對這一點可從沒想過、也不想要。

不過在身體上，這的確是一種解放。身體康復後一星期，托馬士就看似與比他年輕許多的人無異了。他那種急躁的走路方式變得更靈活，胃口也突然間像無底洞一樣。這簡直奇怪得讓特克難以面對，彷彿托馬士像蛇蛻皮一樣的蛻去了他的舊身體。「操，還不就是我。」只要特克不安的意識到舊托馬士和新托馬士之間的距離，托馬士就會這樣說。托馬士顯然很享受他新生的健康。他說，唯一的缺點，是這療法除去了他的刺青。他的半部個人史都寫在那些刺青裡了。

「你是說我有個強化的謊言偵測器，這事是不是真的？這個嘛，那就要看是誰看的了。已經十年了，特克。你覺得呢？」

「我們沒談過太多這種事。」

「我會很高興保持這樣子。」

「有人跟你撒謊，你看得出來嗎？」

「沒有藥可以讓一個笨蛋變聰明。而我不是特別聰明的人。我也不是測謊器。不過有人想要說服我什麼的時候，我大致可以看得出來。」

「因為我認為麗絲被人騙了。她沒有用違法的方法去找第四年期人，不過我認為她被利用了。而且她有一些消息，黛安或許願意聽。」

托馬士沉默了一會兒。他斜斜舉起他的啤酒，一仰而盡，把酒瓶放在椅旁的摺疊桌上。他朝特克望了一眼，這眼神讓人不安的想到黛安那打量的目光。

「你現在的處境很困難。」他說。

「我知道。」特克說。

「可能會有危險。」

「我想我怕的也就是這個。」

「你可不可以給我一些時間考慮一下？」

「好吧……」特克說。

「好。我會去問問別人。過兩天打電話給我。」

「太感謝了！」特克說。「謝謝你。」

「先別謝我。」托馬士說。「也許我會改變心意。」

第七章

麗絲開車往領事館的路上，她車上的傳訊器宣布有新郵件。「寄件人？」麗絲問。

「蘇珊．亞當斯。」傳訊器回答。

近來麗絲每次想到母親，都會想起她廚房流理台上按星期和時間分類的藥盒，例行公事般記錄著由生邁向死的一生。抗憂鬱的藥、降膽固醇的藥、預防老年痴呆的藥，她有這類疾病的可疑基因。

「讀信。」她冷冷地說。

「親愛的麗絲，」傳訊器是男性的語音，冷漠，如冷凍魚般死氣沉沉唸出信的內容。「謝謝你上一封信。在我看到新聞之後，這信多少讓人安心了。」

她指的是落塵，如今仍然阻塞了巷道，也造成成千上萬的觀光客逃回他們的遊輪，要求快快返家。一般人來到赤道洲，本希望看到一片奇異悅目的風景，卻剛巧撞見完全不同的事件。這是真正的奇異陌生，是無法與人類的成見妥協的。

這正是她母親會有的反應，麗絲想道。

「我只能想像你在多麼遙遠的地方，讓自己變得多難見到。放心，我不會又開始說那套老話了。我也不會對你和布萊恩的分手說一個字。」

蘇珊．亞當斯之前激烈反對他倆離婚。說來諷刺，因為麗絲後來也同樣激烈地反對這個婚姻。起初，麗絲的母親不喜歡布萊恩，因為他在遺傳安全部工作。遺傳安全部在蘇珊．亞當斯心中，盡是那些她丈夫莫名奇妙失蹤後，在她身邊徘徊不去的那些人，他們個個惜字如金，根本幫不上什麼忙。她堅持麗絲絕對不可以和這些沒有同情心的怪物結婚。但是布萊恩並不是沒有同情心，事實上他還迷倒了麗絲的母親。他耐心十足，瓦解了她的反對，到後來她很歡迎他來拜訪。布萊恩很快就學會了和麗絲母親打交道的首要法則：不要提到「新世界」、「假想智慧生物」、「時間迴旋」，或是羅勃．亞當斯的失蹤。在蘇珊．亞當斯的家中，這些話題已經產生了褻瀆的力量。麗絲會這麼急著離開這個家，這也是理由之一。

婚禮過後，當布萊恩要被調往麥哲倫港時，家中也出現重大的焦慮和抗拒。「你不可以去。」麗絲母親說，彷彿新世界是某個化外鬼域，沒有一個人可以毫髮無傷從那裡回來。不行，就算是為了布萊恩的前途而去到那地獄也不行。

當然，這種不斷的否認行為，強要拒斥無法接受的事實，是她母親設想的策略，為的是讓她能忍受並且疏導她無法發洩的哀傷。但是這正是麗絲厭惡的理由。麗絲痛恨母親將這些回憶圍起的黑暗空間。回憶是麗絲對父親僅存的東西了，而這份回憶當然包含了他對假想智慧生物的驚嘆迷戀，以及他對那個行星的愛，假想智慧生物開啟了通往那個行星的令人迷惑的門。

麗絲心想，即使這些落塵也會使他著迷：那些嵌在沙塵中的齒輪和海貝，像是一片大拼圖中的零星拼塊……

「我只希望這些事件能讓你相信回家才是明智之舉。麗絲，如果錢是問題，我可以幫你訂一張機票。我承認加州已經不像從前了，可是我們還是能夠從廚房窗外看到大海。雖然夏天很熱，冬天的風雨比我記憶中的要猛烈，但是和你目前正在忍受的比起來，當然都是小事了。」

你不知道我正在忍受的是什麼。你根本不想要知道！麗絲心想。

ဇ ဇ ဇ

午後陽光下，美國領事館看起來像一座慈悲的城堡，坐落在一道由鑄鐵圍牆圍起的壕溝之後。有人沿著圍籬的溝種了花草，但是落塵並沒有善待花朵。這些都是本地的花草，因為這裡禁止把地球植物帶過拱門這一頭，但這道禁令並不是特別有效。逃過落塵劫難的花是強韌的紅色「娼妓唇」（依第一批移民者粗糙的分類學而命名），它的莖像是上了亮漆的筷子，葉片則像是維多利亞時代的衣領，包住那被打碎的花朵。

領事館門口有個守衛，旁邊是一塊牌子，要訪客寄放所攜帶的武器、個人電子儀器，以及未封口的瓶罐或容器。這對麗絲來說再熟悉不過了，離婚前她定期會來遺傳安全部的辦公室找布萊恩。她也記得青少年時期騎車經過領事館，那時她父親還在，記憶中這建築高高的白牆和窄窄的槍眼，曾經看起來多麼讓人安心。

守衛先以電話向布萊恩的辦公室確認，然後發給她一個訪客臂章。她搭電梯到中樓的五樓，映入眼簾的是一道鋪地磚的走道，沒有窗子，如官僚的迷宮。

她走近時，布萊恩正在走廊上，拉開只簡單寫著「ＤＧＳ５０７」的門。布萊恩不知道怎麼搞的，倒是沒變：注重衣著、三十五六歲仍然身材標準、皮膚曬成古銅色。他周末都會到港市的山裡健行。他淺淺一笑，算是和她打個招呼。不過他今天的態度很僵硬，有點像是全身都在皺眉頭，麗絲心想。她振作精神，準備面對接下來的事。布萊恩有三名手下，不過此刻一個也不在。「進來吧，」他說，「請坐。我們必須討論討論。很抱歉，不過我們必須儘快排除這個障礙。」

即使在這個節骨眼，他也始終那麼和善，這是她認為他身上最教人挫折的特性。這樁婚姻從一開始就不妙。要說是場災難，倒不如說是一個糟糕的選擇再加上更多糟糕的選擇，其中有些選擇她甚至都不願意向自己承認。更糟的是，她無法用任何布萊恩可能了解的方式坦承她的不快樂。布萊恩每個星期天都上教堂，相信規矩禮貌，鄙視後時間迴旋世界的複雜和怪異。而這一點，說到頭來，正是麗絲不能忍受的。她母親的這種態度，她已經受夠了。她要的是另外的特性，是她父親在兩人一起仰望星星的夜晚裡努力要傳遞給她的：敬畏，而如果沒有的話，至少是勇氣。

布萊恩有時候挺有魅力的，也很真誠，內心深處還有某種強烈嚴肅的使命感。但是他害怕如今世界的變化，這一點她到頭來卻無法忍受。

她坐下。他從地毯那頭拉過來另一張椅子，與她促膝而坐。他說：「這恐怕不是我們有過最愉快的談話，不過是為了你我們才要這樣做的，麗絲。請你記住這一點。」

ᔕ ᔕ ᔕ

當天下午特克抵達機場時仍然在思忖他和托馬士的談話，同時也打算先檢查他的飛機再回家睡覺。特克這架「天王」雙引擎固定翼螺旋槳飛機飛了快五年了，修理和維修也比以前要頻繁。最近飛機才裝了新的燃油噴射器，特克想要親眼看一下機械師父做得怎麼樣了。於是他把車停在貨運建築後方他平常停車的地方，走過一片被落塵和雨水弄得灰撲撲的跑道路面。走到機棚，卻發現門用掛鎖鎖上了。門閂後面塞著一張紙條，要他去找邁可．阿隆吉。

不難猜出這是怎麼回事。特克欠了兩個月的機棚租金，維修費也拖著沒給。

不過他和邁可．阿隆吉間關係友善，大多數時間啦，可以這麼說。於是他一邊走進老闆辦公室，一邊演練他一貫的藉口。這就像是一種儀式舞：催討、道歉、象徵性的付款（就算給了也不多）、另一次寬限……不過，這次掛鎖倒有點新意。

這一回，這個上了年紀的男人從辦公桌上抬起頭來，臉上帶著的深表遺憾的表情。「鎖啊，」他立刻就說了，「是呀，這件事我很抱歉，不過我別無選擇。我做生意得像做生意的樣子。」

「都是落塵的關係。」特克說。「我損失了幾趟包機生意，不然現在錢早就付給你了。」

「那是你說的，我也不跟你爭辯了。可是長期來說，幾班包機又有什麼差別呢？你自己也知道。

這裡不是這個地區唯一的小機場，我也有競爭壓力。從前，鬆一點，給每個人一些寬限是不要緊的。大家都是半業餘、像你這樣獨立工作的人。現在有企業的租機公司把機棚價錢喊高了。就算帳面平衡，對你我還是一筆損失，這是事實。」

「如果我不能開飛機，就不能賺錢了，邁可。」

「問題是，不管你開不開飛機，我都不能賺錢。」

「我看你做得還不錯。」

「我得付薪水。我還有一大堆臨時政府給我的規定。如果你看了我的報表，你就不會說我做得不錯了。我的會計師可沒過來告訴我說我做得不錯。」

你恐怕也不會說你的會計師是業餘的吧，特克心想。邁可．阿隆吉是個老手：當麥哲倫港以南除了漁村和違建以外什麼都沒有的時候，他開了這座小機場。即使六七年前，「報表」這個字還沒在他字典裡出現呢。

就在那種環境下，特克以一筆讓人眼珠子都要爆出來的費用，安排進口了他那六人座的「天王」。這架飛機讓他的生活還過得去，至少在最近以前。飛機的費用他已經還清了，但不幸的是，除此以外幾乎每樣東西他都欠了錢。「那麼我要怎樣才能讓我的飛機再到天上飛？」

阿隆吉身體在座位上挪了挪，眼光避開特克的眼睛。「明天過來，我們再談談。如果情況壞到極點，要找個買主也不難。」

「找個……什麼？」

「買主。買主，你知道的！別人有興趣的。把飛機賣了，還債，重頭開始。別人都這麼做的。這種事天天發生。」

特克說：「別想發生在我身上！」

「冷靜一下。我們不一定利益是衝突的呀。我可以幫你弄個好價錢。我是說，如果事情到那個田地的話。噢，去他的，特克，你老在提要上一艘研究船工作，航向某個地方。也許現在就是時候了，誰知道呢？」

「你的信心可真激勵人呀。」

「好好考慮一下，我要說的是這個。明天早上再跟我說。」

「我可以還欠你的錢。」

「可以嗎？那好。沒問題。那你拿一張保付支票來，我們就不管這些了。」

特克無言以對。

「回家吧。」阿隆吉說。「你看起來很疲倦，老兄。」

꩜ ꩜ ꩜

「首先，」布萊恩說，「我知道你這些天和特克・芬雷在一起。」

「搞什麼！」麗絲很快說。

「等等，你讓我說完。」

「你找人跟蹤我？」

「就算我想也不會這麼做的，麗絲。」

「那是怎麼回事？」

布萊恩吸了口氣。他噘起的嘴和瞇著的眼睛，表示他要宣布一些他和她同樣感到不快的事情。

「麗絲，這裡還有別人在工作。」

她努力控制自己的呼吸。她已經生氣了，不過，某種程度上說，這憤怒還算來得好呢。它勝過了罪惡感，兩人會面時她時常會陷入這種情緒。「什麼人？」

「我就只提醒你一些比較重大的事好了。就讓我先說一下吧，我們很容易忘掉什麼東西會有很大的危險。人類基因組，也就是我們之所以是人，我們所有人之所以是人的本性和定義。從複製行業到這些火星長壽的狂熱信仰，每一種都使得人類基因組冒著風險，而世界上每個政府都有人花很多時間在思索這件事。」

他的信條，麗絲想起來了，和他曾經向她母親說明的理由相同。「那和我有什麼關係呀？」或是，和特克有什麼關係？

「你拿著一張在你爸爸員工派對上拍的舊相片來找我，所以我就把它放到資料庫去找……」

「是你主動要把它放進資料庫去找的。」

「我主動，好。於是我們得出一個港區保全攝影機拍攝的影像，可是當你這樣查詢時，這動作就會驚動某個地方。我猜大概有哪個地方發出了警訊，上星期還沒過完，華盛頓的人就出現在這裡了。」

「你說的是……遺傳安全部的人嗎？」

「遺傳安全部的人，沒錯，不過是很資深的，是我這個部門幾百光年層級之上的人，是一些對於找到照片中女人非常感興趣的人，有興趣到千里迢迢從雅加達出發跑來敲我的門。」

麗絲靠回椅子，想要把這些聽進去。

過了好半晌，她說：「我父親失蹤的時候，我母親也拿照片給遺傳安全部的人看。當時可沒人大驚小怪。」

「那是十年前的事了。從那時候起，又有其他資訊出現。同樣的面孔，不同的內容，除此之外我也不能再多說了。」

「我想和這些人談談。如果他們知道蘇麗安任何事……」

「那些都沒辦法讓你弄清你父親究竟出了什麼事。」

「你怎麼能確定？」

「拜託你用正確的眼光看這件事，麗絲。這些人在做一件重要的工作。他們是公事公辦。是我擅自說服這些人不要去找你談話的。」

「可是你告訴他們我的名字了？」

「我把我所知道關於你的事情全都告訴他們了，不然他們會以為你牽涉到……呃，他們正在調查的事。那樣子就是浪費他們的時間，對你也很不好受。說真的，麗絲，這件事情你最好保持低調。」

「他們在監視我。你想要說的是這個吧？他們監視我，所以知道我和特克在一起。」

這個名字讓他退縮了一下，不過他點點頭。「他們知道那些事，沒錯。」

「老天，布萊恩！」

他舉起雙手，這姿態像是在投降。「我想說的只是，當我置身在這一切之外，在我們目前的關係和我希望的關係之外，當我問自己什麼才是對你真正好的時候，我的勸告是，放開這件事吧。不要去問問題。或許甚至可以考慮回去，回加州去。」

「我不想回去。」

「考慮一下，這是我唯一的意思。我只能這樣保護你。」

「我從沒有請你保護我。」

「等你考慮過後，也許我們可以再談談。」

她站起身。「也許不用。」

「我們也許可以談談特克．芬雷和那個『部門』裡發生的事。」

那個『部門』。可憐的布萊恩，永遠一本正經，即使在責難她的時候。

她想到要為自己辯護。她可以說：「落塵發生的時候，我們正在一起吃飯。」她可以說：「他當然要跟我回家，不然他該怎麼辦，睡在他車上嗎？」她可以撒謊說：「我們只是朋友。」或者她可以說：「我跟他上床，因為他什麼都不怕，因為他無法預測，因為他的指甲不是乾淨得不見一點汙垢，也因為他沒有替那該死的遺傳安全部工作。」

她非常憤怒，感到羞辱，罪惡感全拋到九霄雲外了。「這已經不關你的事了。你得好好搞清楚這點，布萊恩。」

於是她轉身離開。

ᔕ ᔕ ᔕ

特克回到家給自己弄晚餐，弄頓符合他心情的爛晚餐。他住在阿隆吉機場附近一條沒有鋪面的路上，那裡有一堆類似的小屋。他住的是一幢兩房的平房，位在一片望海的峭壁上。也許有一天這裡地價會飆高，不過目前只是片化外之地。廁所汙水流到一座化糞池裡，他的電力來自日光和屋後棚子裡的發電機。每年夏天他都會修理屋瓦，而每年冬天屋瓦又會從新的角度漏水。

夕陽正越過西邊的小丘，東邊海面逐漸變成一片深藍。幾艘漁船零零散散朝著北邊的港口駛回。空氣清冷，還有一陣微風，將落塵殘留的臭味帶走。

落塵堆積在小屋四周的垃圾上，而屋頂似乎還支撐得住落塵的重壓。他的小屋沒有受損。不過，廚房食品櫃裡卻沒有多少食物，比他記得的要少。他要不是吃罐頭豆子就是到外頭雜貨店買東西，再不就是花公帳去一間去不起的餐廳。

「我的飛機沒了。」他想。但是，不，不算是，現在還在。飛機只是被扣，還沒有賣掉。可是他的銀行帳戶裡卻沒有什麼令人信服的反證。所以從他離開邁可．阿隆吉辦公室以後，他的腦中就一直響著這句咒語：「我的飛機沒了。」

他想要和麗絲說話，可是又不想把自己的問題全倒給她。能和她在一起，他至今仍然覺得不可思議。和麗絲的感情就像是幸運之神的眷顧，他覺得過去幸運之神沒有幫過他什麼忙，現在又怎麼會大發慈悲眷顧他呢？

玉米粉、咖啡、啤酒……

他決定再打個電話給托馬士。也許他沒有把想問的說明得很清楚。他真正幫得上麗絲的忙只有一個，就是幫她了解為什麼她父親變成了第四年期。如果有誰能向她解釋，或是用一個正確的角度解說，那人就是托馬士。或者伊布黛安，那個位在北方海岸跟米南加保村人一起的第四年期護士。如果托馬士能替他說項的話。

他在電話上按了托馬士的號碼。

但是沒有人接，電話也沒有轉進語音信箱。這倒怪了，因為托馬士走到哪兒都隨身帶著手機。手機大概是他最有價值的財產了。

特克思索下一步該怎麼做。他可以研究他的帳戶，想辦法弄點融資還邁可．阿隆吉。或者他可以開車回城裡，也許去找麗絲，如果她沒對他倒胃口的話，也許順路去看看托馬士。理智一點的話，就是待在家裡處理正事。

如果他有任何正事要處理……

他出門時把燈關上。

麗絲開車離開領事館，感覺整個人被開水燙過。沒錯。被開水燙、浸到熱水裡，活生生燙死。她漫無目的開了半個多小時的車，直到車子感應到夕陽而亮起了車燈。天空已經轉紅，這是赤道洲漫長的日落景色之一，由於空中細粒塵灰仍徘迴不散，彩色的天空變得更加艷麗。她開車經過阿拉伯區，駛過露天市場，經過有著黑白相間的遮陽篷和一串串彩色燈泡的咖啡店。今天晚上人群擁擠，彷彿為了彌補在落塵期間失落的時光而紛紛湧到街上。接著她駛上山麓，這一帶地段昂貴，來自北京或東京、倫敦或紐約的有錢男女，在這裡蓋起色調清淡的人造地中海式華屋。這時她發現，自己不知不覺中正開在昔日和父母住過的街上。

當他們還是個完整的家時就住在那幢房子。房子比她記得的要小，比起周遭建起的那些未來宮殿，更是明顯小了許多，就像是在一堆貂皮大衣當中的布外套。她不敢想像現在這房子能租多少錢。門廊改建過了，漆成白色，溶浸在夜影之中。

「我們會在這兒住上一段時間。」他們從加州搬到這兒時，她母親這麼告訴她。但是對麗絲來說，這裡永遠也不是「我的家」了，當她和美國學校的朋友們說到時也不稱它叫「家」。那是「我們住的地方」，這是她母親喜歡的一貫說法。十三歲時，麗絲就有點害怕她在電視上看到的那些陌生地方，而麥哲倫港集所有陌生於一身，如一碗滿溢的什錦秋葵濃湯。至少在剛搬來這裡時，她無比渴望那已失去的加州。

如今她渴望什麼呢？

真相。回憶。從回憶中抽取出的真相。

這房子的屋頂全是黑壓壓的塵灰。麗絲忍不住想像往日和父親一同坐在門廊的情景。她希望此刻也能和他坐在那裡，不是要談論布萊恩或是她的問題，而是研究這些落塵、談論羅勃・亞當斯喜歡稱做「大題目」的東西（每當他這麼說時總是會微笑），這個可敬的世界以外的謎團。

她終於回到家時，天已經黑了。公寓房裡仍然一團混亂，洗碗槽裡的盤碟未洗、床鋪也沒有整理，特克的氣味尚有一些徘徊不去。她倒了一杯紅酒，想要更有條理地思索一下布萊恩說過的話，關於有力人士，以及他們很感興趣的那個引誘（某種程度上，也許吧）她父親離家的女人。

布萊恩說她應該離開這裡，該不該聽他的話呢？她父親生活的片段中，果真能讓她抽絲剝繭找出任何有意義的事來嗎？

或者也許她比她所知道的，更要接近某些基本的真相，而也許這是她何以身陷麻煩的原因。

ᔕ ᔕ ᔕ

托馬士沒有回覆特克從車上打的第二通和第三通電話後，特克就覺得有些不對勁了。托馬士也許喝了酒（他仍然喝酒，只是很少過量），可是就算喝醉了，托馬士通常也會接電話。

所以特克開著車在平房區那塵沙滿天的巷道中蜿蜒前行，慢慢接近這個老人的拖車，心中忐忑不安。托馬士是第四年期的人，所以相當強健，但是他並不會長生不死。第四年期的人也會老，第四年期的人也會死。托馬士可能生病，也可能置身在其他麻煩中。平房區常出亂子。這一帶有幾個菲律賓幫派掌控，也有一些毒窟。不愉快的事情不時會發生。

他把車停在一家嘈雜的酒店旁，走了幾公尺路來到托馬士那條泥濘街道的路口。天才剛黑，附近有很多人，音樂從每家門廊哇啦哇啦傳出。但是托馬士的拖車卻是暗的，窗子沒有亮燈。可能老人在睡覺，但不對，門沒有鎖，半開著。

特克走進去前先敲敲門，雖然他知道這樣很蠢，這動作其實沒有意義。沒有人回答。

他往左方摸去，把頭頂上方的燈打開，眨了眨眼。這間屋子遭人大肆破壞過。托馬士一向坐著的椅子旁，桌子四腳朝天躺在地上，桌燈也掉在地上砸爛了。空氣中仍然聞得到男人酸腐的汗臭味。他匆匆檢查了後頭的臥室，空蕩蕩的連個人影也沒有。

想了一下，他離開托馬士的小屋，敲了隔壁拖車的門。一個穿著灰色襯衣的胖女人來應門，是最近才死了丈夫的戈迪太太。托馬士曾經向特克介紹過她一兩次，據特克所知，戈迪太太會和這老人一起喝點酒。沒有，戈迪太太最近沒有和托馬士打交道，不過不久前她注意到有一輛白色廂型貨車停在他的拖車屋外面。「出了什麼事嗎？」

「我希望沒有。你看到這輛貨車的確實時間是什麼時候，戈迪太太？」

「一小時以前，也許是兩小時。」

「謝謝你，戈迪太太。不必太擔心，不過你最好還是把門鎖上。」

「我當然知道。」戈迪太太說。

他走回托馬士的住處關上門，確定這一次門是關好了的。一陣風吹過來，把從托馬士家門口走道和馬路交接處的臨時街燈吹得嘎嘎作響，燈影搖搖晃晃。

他從口袋裡拿出手機，打給麗絲，心中祈禱她會接。

§ § §

回到公寓後，麗絲要她的家用傳訊器把母親剩下的信唸給她聽。傳訊器聲音有稍稍調整過，至少聽起來接近女性。

「請不要誤會了，麗絲。我只是像一般做母親的那樣擔心你。我忍不住想到你孤伶伶在那個城市……」

孤伶伶。沒錯。她母親就是懂得打擊她的要害。孤伶伶，因為她很難讓其他人理解她對這裡有何所求，以及為什麼這一點對她如此重要。

「……讓自己置身危險當中……」

而這危險就像她說的，在孤單一人時就似乎更真實了……

「……而其實你可以回到這個家裡，這裡十分安全。或甚至是和布萊恩一起，他……」

他會表現出感到不解的優越感，和她母親留言中散發出的一模一樣。

「……一定會同意……」

毫無疑問。

「……在消逝的過往中挖掘是沒有什麼用的。」

但萬一過往並沒有逝去呢？萬一她只是缺乏勇氣或是冷酷丟開過往，而別無選擇地去追逐，直到產生最後的痛苦或滿足的報酬呢？

「暫停。」她對傳訊器說。她無法一次接受這麼多。尤其正當所有事都在發生之際；尤其外星落塵才從天而降；尤其她還被遺傳安全部跟蹤，說不定還被竊聽，而連布萊恩也不肯解釋理由；尤其她是（對啦，多謝母親輕輕提醒了她）孤單一人時。

她查看其他簡訊。

都是垃圾，除了一封，沒想到這竟是至寶。這是一封短信和一份附件，發信人是史考特・柯里蘭，她好幾個月來一直聯絡不上他。在她父親從前在大學的老同事中，他是唯一她沒能面對面談話的人。史考特・柯里蘭是個天文學家，在馬迪山天文台的地球物理調查所工作。當她準備要放棄時，終於有一封回函了，而且還相當友善。傳訊器用了符合寄信人姓名的男性聲音把信唸給她。

親愛的麗絲・亞當斯：

很抱歉這麼晚才回覆你的詢問。原因並不只是手邊事情太忙，我還花時間做了一點研究，才找到附件的資料，或許你會感興趣。

我和亞當斯博士並不很熟，不過我們尊敬彼此的工作。至於他在那時候生活的細節，以及你所詢問的其他問題，恐怕我無法幫助你。我與他的接觸，純粹是工作上的。

不過，或許你也知道，在他失蹤的時候，已經開始著手寫一本預定命名為《行星工藝品》的書。他要我幫他看一下簡短導論。我看了，不過找不出錯處，也提不出任何改進的建議（除了一個更引人注目的書名外）。

我將他給我的這篇文章附在信後，以免你在他的書稿文件中找不到這一篇。

羅勃．亞當斯失蹤，對於學校裡所有人都是重大的損失。他時常深情地提到他的家人，我希望你的研究能帶給你一些安慰。

麗絲要家用傳訊器把文件印出。和柯里蘭所想的一樣，她父親並沒有把導論留在他的文件中。或者，如果他留了，也被麗絲的母親用碎紙機把它絞成碎屑了。蘇珊．亞當斯把她丈夫的文件和報告不是用碎紙機解決就是丟了，他的書也全捐給大學了。在麗絲看來，這是「亞當斯家的儀式淨化」的一部分。

她關掉手機，倒了一杯葡萄酒，拿起酒杯和六頁印出來的紙走到陽台。夜晚很暖和，今天早上她清掃了落塵，室內燈光照到外面也還夠亮，足以閱讀。

幾分鐘後，她走回屋內拿枝筆，再走出去，開始在某些句子下面畫線。她畫線的地方不只是她看了覺得很新鮮，也因為它們很熟悉。

在我們稱做「時間迴旋」的期間，許多事物都改變了，不過也許最長遠的改變也是最被忽略的。地球停滯了四十億年多的時間，這就表示我們現在所居住的宇宙比我們所習慣的要更加古老，也演化得更加複雜。

多麼熟悉。這些都是當他們坐在陽台上遠望暗夜和星星時，父親時常對她說的事，只是用比較修飾的語句表達。

任何對於假想智慧生物性質真正的了解，都必須考慮到這一點。當我們初次遇見他們時，他們十分古老，而現在他們更古老了。由於我們無法直接觀察它們，就必須根據他們在宇宙中的作品，從他們留下的線索、從他們那浩大且永恆的腳印去得出我們的推論。

這裡就是她小時候從他那兒得到的興奮感，這是一種往外看出去的好奇心，和她母親那種慣有的小心膽怯恰成對比。她可以在字裡行間聽到他的聲音。

在他們的作品中，最顯而易見的一個，就是將地球和新世界相連的印度洋拱門，以及將新世界與另一個較不宜人居住的行星相連的拱門。依此類推，直到能夠探索到的最遠地方。一連串一個比一個更富敵意的環境，基於某種我們尚不明白的原因，使我們得以前往。

他曾經告訴過麗絲，航到這個世界的另一邊，就會找到第二個拱門，拱門那一頭是個地形崎嶇、風雨常至的行星，空氣讓人幾乎無法呼吸。而再過去又是第三個世界，它的大氣是有毒的沼氣，海水含有油液，還是酸性的。這趟旅程必須搭乘密閉且有維持正常氣壓設備的海洋船隻，就像是太空船一樣。

但是拱門卻不是眼前唯一的工藝品。「地球隔壁」的行星，也就是我寫這些東西的所在地，它也是項工藝品。我們有證據證明它是在百萬、千萬年間構築，或至少改造而成，目的是要使它成為適合人類的環境。

行星就是工藝品。

許多人猜測這項恆久持續的工作目的何在。「新世界」是份禮物，或者是個陷阱？我們是像實驗室老鼠那樣進了迷宮，或者有人給了我們一種嶄新而美好的命運？地球仍然受到保護，不致遭受擴張的太陽那種致命的輻射之害，這個事實是不是意味著假想智慧生物對於我們這物種的生存有興趣？如果是的話，為什麼呢？

我無法宣稱能回答以上任何問題，不過我可以給讀者概要說明那些已完成的事，以及奉獻出其事業生命的男男女女，他們的思想和猜測……

在文章後面，還有這一段：

我們的處境就像一個昏迷的病人，正從一場有如星星生命那麼漫長的睡眠中醒來。我們無法記得的，必須重新去發現。

她在這句話下面畫了兩道線。她希望她能把這句話傳給她母親，或是把這句話寫在一面旗子上，帶到布萊恩面前揮舞。她從來就只想要對他們說這句話：這是對於他們有教養的沉默、對於他們將羅勃·亞當斯從活著的人生活中如手術般切除掉、對於每當她堅持要提及她消失了的父親時，他們臉上那種表情（那是種淡淡的、感到困擾的表情，彷彿在說「可憐的麗絲」）所做出的回答。就像是羅勃・亞當斯本人從朦朧中走出來，輕聲說了一句令人安心的話。「我們無法記得的，必須重新去發現。」

她放下紙，準備上床睡覺時，最後查看她的手機一次。

積了三通留言，全都標為急件，全是特克打來的。第四通就在她還拿著手機時打進來。

第二部

有眼玫瑰

第八章

在閃亮的塵灰落下以後，在天空晴朗、院子也打掃乾淨、沙漠或風把剩下的東西都吸收進去了以後，另一個謎團的消息傳到艾沙克住的圍場上。

塵灰落下的時候很嚇人，當它停止的時候，就成為沒完沒了的談話和猜測的話題。新的謎團來得比較平淡無奇，是從山那頭城裡轉播而來的新聞報導。比較沒有那麼立即的駭人效果，但是卻不安地觸動了艾沙克心底的祕密。

他無意間在餐廳外面走廊上聽到諾渥尼先生和費斯克先生在討論。早在落塵以前，飛往魯布艾爾卡里石油荒地的商業班機就有好幾天不是取消就是改道，現在，臨時政府和油電廠聯合發布一項解釋：之前有一場地震。

這可就玄了，諾渥尼先生接著又說，因為在魯布艾爾卡里那一帶的地底據了解沒有斷層。那裡是地質相當穩定的沙漠地塊，幾百萬年以來都沒有改變過。魯布艾爾卡里地底下甚至連個微震都不應該會有。

發生的還不只是微震。石油已經停產一個多禮拜了，油井和油管也受到嚴重的損害。

「我們對這個行星的了解比我們以為的要少。」諾渥尼先生說。

對艾沙克來說，這倒沒有那麼神祕。他知道（雖然他說不出自己為什麼會知道）在西部沙漠深處平靜的沙土之下，有東西在動。他的心中、他的身體裡都能感覺到。有東西在動，用他不了解的音調說著，而即使它遠在幾百公里之外，在一場漫長得有如山脈生命的睡眠中仍然還半醒著，他閉著眼睛也能指向它。

꩜ ꩜ ꩜

在落塵期間和過後，整整兩天，所有人都把門窗緊閉待在室內，直到杜瓦利博士宣布塵灰對人不會造成傷害了，芮布卡太太終於允許艾沙克出門，至少可以到圍場花園，只要他戴上棉布口罩。院子已經清理乾淨，不過空氣中仍然可能會有殘餘的落塵，她不希望他吸進微粒物質。他得注意安全，她說。

艾沙克同意戴上口罩，雖然這使他的嘴巴和鼻子既汗濕又悶熱。落塵殘留的只剩下粒粒渣渣，積在磚牆和不青木欄杆上。站在無情的午後陽光下，艾沙克彎身用手在一堆塵灰裡翻撿。

根據杜瓦利博士的說法，這落塵中含有毀壞的機器小碎片。

在艾沙克看來這些碎片沒剩下多少了，不過他喜歡這些落塵沙沙的感覺，以及在他手心像滑石粉一樣滑下指間的樣子。他將落塵用力捏擠成薄薄的一塊，一張開手掌，就溶進空氣中了。

落塵閃爍著。雖然艾沙克知道它實際上不可能發光，但它真的閃閃發光，那不是眼睛看得到的亮光，他也知道圍場沒有任何人能像他一樣看得到光。那是一種不同的亮光，要用不同方式去感受的。他想蘇麗安．莫埃也許能夠解釋，如果他能想辦法提出問題的話。

艾沙克有許多問題想問蘇麗安，但是她從落塵以後就很忙，通常都在和大人們開會，他必須等待時機。

ஞ ஞ ஞ

晚餐時，艾沙克注意到那些大人討論起落塵或是它的緣由時，多半會把問題拿去問蘇麗安．莫埃。這讓他很訝異，因為多年來他一直認為和他一起生活的這些大人是無所不知的。

當然他們要比一般人聰明。他不能憑直接經驗說，因為艾沙克從沒看過任何一般人，不過他看過影帶上、讀過書裡的一般人。一般人很少談到有趣的事，而且他們經常會殘忍地傷害彼此。在圍場這裡，談話偶爾會緊張，但是爭論從來不會傷和氣。每個人都很有智慧（或看似如此），每個人都很平靜（或努力要給人這種印象）。除了艾沙克以外，每個人都很老。

蘇麗安．莫埃顯然也不是一般人。不知怎地，她知道的就是比別的大人多。她比艾沙克一向聽從的那些人聰明，而更教人不解的是，她似乎並不太喜歡他們。不過她很有禮貌地忍受他們的問題。

杜瓦利博士說：「當然，假想智慧生物跟這件事有牽連。」他指的是落塵，然後他問蘇麗安，「你同不同意？」

「會得出這種結論很明顯。」這個老女人用一把叉子撥著碗裡的東西。理論上大人們會輪流做飯，不過有少數幾人更常自告奮勇去做。今天晚上是波賽爾先生負責廚房工作。波賽爾先生是個地質學家，做起廚師來，他是心有餘而力不足。艾沙克的蔬菜碗裡吃起來有股大蒜、菜子油和東西燒焦的可怕味道。

「在你的經驗裡，你有沒有看過或聽說過任何像這樣的事？」杜瓦利博士問。

這個團體的大人之間沒有正式的階級之分，不過有重大議題出現時，都是由杜瓦利博士領頭，他的聲明一宣布就算數了。他有著一頭全白的頭髮，像絲線般細，眼睛大而呈棕色，兩道眉毛亂得像沒人照顧的樹籬。他一向密切注意艾沙克。艾沙克向來無所謂地容忍他。可是近來，不知道是什麼原因，艾沙克開始不喜歡他了。

蘇麗安說：「沒看過完全一樣的事。不過我們那邊的人對於後時間迴旋世界的經驗要比你們多，杜瓦利博士。天上的確會不時掉下奇特的東西。」

「我們那邊的人」是誰？她說的是什麼天上？

杜瓦利博士說：「火星檔案中欠缺的部分，最引人注目的，是對於假想智慧生物性質的討論。」

「也許是因為沒有什麼實質上的東西可以說。」

「你一定有意見的，莫埃女士。」

「構成假想智慧生物的自我複製裝置，在許多方面就相當於生物。他們會處理他們的環境。會用岩石和冰，或許還用空蕩蕩的空間去建造複雜的結構，而副產品卻不能免於腐爛的過程。他們實際的結構會老化、腐爛，有系統地被取代。這就可以解釋落塵中的沉積物碎片。」

腐爛的機器落到我們身上。艾沙克心想。

「可是那個噸量，遍布在好幾平方公里的面積上……」

「那很驚人嗎？以假想智慧生物的高齡來說，瓦解的機器從天而降，不會比你的花園裡能產生有機覆料更驚人。」

她聽起來很有把握。可是蘇麗安怎麼會知道這些事？艾沙克決定要找出答案。

ᔕ　ᔕ　ᔕ

這天晚上，迅疾的南風吹得更急，艾沙克躺在床上，聽著窗子打著窗框嘎嘎作響。玻璃窗外，星星被從魯布艾爾卡里荒地吹上高空的細沙遮住了。

古老，古老，古老：宇宙古舊蒼老。它產生許多奇蹟，包括假想智慧生物，尤其是艾沙克自己，他的身體、他的思想。

他的父親是誰？他的母親是誰？他那些老師從沒有真正回答過這個問題。杜瓦利博士會說，你和其他孩子不一樣，艾沙克。你是我們所有人的。再不然芮布卡太太會說，我們全都是你父母親呢。雖然永遠都是芮布卡太太送他上床，確定他吃了東西洗了澡。沒錯，這裡每個人都插手幫忙撫養他，不過當他想像有父母親是什麼情形時，他想像的是杜瓦利博士和芮布卡太太。

是這件事使他感覺自己與周遭的人不同嗎？是的，但又不只是這樣。他的想法和別人的想法不一樣。還有，雖然他有很多撫養人，但是他卻沒有朋友，除了蘇麗安．莫埃，或許吧。

艾沙克想要睡卻睡不著。今天晚上他很不安，不是尋常的不安，比較像是一種沒有目標的欲望。於是躺在床上聽著熱風呼嘯又低吟幾個小時後，他穿上衣服出了房間。

午夜已過。這裡很安靜，走廊和木椅發出他腳步聲的回音。現在可能除了泰拉博士外沒有人醒著。泰拉博士是歷史學者，她最優質的閱讀（他聽她說過）都是在深夜進行的。不過泰拉博士是個不跟人來往的蒼白細瘦女人，就算她剛好醒著，也不會注意到艾沙克踱過她房間。他從樓下的交誼廳走到屋外的庭院，沒人看見。

他腳下踩著被風吹動的砂礫，發出嘎吱嘎吱的聲響。小小的月亮掛在東邊山上，透過被塵灰掩住的黑暗投下一片漫射的光。艾沙克看得很清楚，小心點還可以前進，況且他對周遭環境熟到閉著眼睛都可以走。他打開院子圍籬上吱軋作響的門，朝西邊走去。他讓那陣說不出的衝動領他往前走，讓風帶走他的疑惑。

這裡沒有路，只有一片石頭沙漠和一連串低矮蜿蜒的山。月亮在前方像箭一般對準他的影子。不過他走的是對的方向：他身體中央感覺到這種正確，就像是解出某個麻煩的數學問題時浮現的輕鬆感。他刻意拋開思想的雜音，而把注意力放到黑暗中傳出來的聲音上：腳踩在砂紙般的礫石上、風吹，以及小小的夜間生物在地面溝縫中搜索的聲音。他在一種幸福的淨空狀態中走著。

他走了很久。說不出走了有多久或是多遠，才終於走到這朵「玫瑰」前面。玫瑰把他突然嚇醒了。

他在夢遊嗎？出家門時還掛在山頭上的月亮，此刻照亮了平坦的西方地平線，像是守夜人的提燈。雖然夜裡空氣比較涼爽，他卻感到又熱又累。

他把目光從月亮移回玫瑰，這朵玫瑰在他腳邊，從沙漠中長出來。

「玫瑰」是他的說法。當看到立在乾燥地面上的粗桿，在月光下可以權充花朵的像玻璃一樣的深紅色球狀物時，這個詞就進到他腦中。

當然，它不是真正的花。花朵不會在乾燥沙漠中單獨長出來，花瓣也不會由看起來像是透明紅水晶的東西做成。

「你好哇！」艾沙克說，黑暗中他的聲音聽起來微小又愚蠢。「你在這裡做什麼？」

玫瑰原本斜向著月光照亮的西邊，這時迅速轉過來向著他。花中間有隻眼睛，一顆像是黑曜石一般黑漆漆的小眼睛，這時冷冷望著他。

ၒ　ၒ　ၒ

最後還是蘇麗安．莫埃找到他的。也許這並不令人意外，艾沙克就沒有嚇一跳。

她來到時，正是個沒有風的悶熱早晨，他坐在地上，好像沙漠是個大碗，而他從上頭滑進碗中央。他把兩隻手肘頂在膝蓋上，兩手托著腦袋。聽到她走過來的聲音，但是他沒有抬頭看。用不著，他本就希望她會來找他。

「艾沙克。」蘇麗安．莫埃說，她的嗓音生澀，不過很溫柔。

他沒有回答。

「大家都在擔心你，」她說，「他們到處都找遍了。」

「對不起。」

她把她一隻瘦小的手放在他肩上。「是什麼使你從家裡走這麼遠的路來這裡？你在找什麼？」

「我不知道。」他朝玫瑰比了比。「不過我找到這個。」

蘇麗安跪下去看。她緩緩跪下，兩個老膝蓋發出喀拉喀啦的聲音。

玫瑰受到日光的摧殘，深綠色的莖在清晨時已彎曲。那水晶一樣的球形不再發亮，那隻眼睛也失去了光澤。艾沙克心想，昨天晚上還是活生生的東西，這時候看來像死掉了。

蘇麗安若有所思凝視了好一段時間，然後問：「這是什麼，艾沙克？」

「我不知道。」

「你就是為了它到這裡的嗎？」

「不是……我想不是。」這個回答並不完全。是為了玫瑰，沒錯，但是也不只是玫瑰……而是玫瑰所代表的東西。

「好稀奇噢！」她說。「我們要告訴別人這件事嗎？艾沙克，或者我們把它當成祕密？」

他聳聳肩。

「嗯。我們必須回去，你知道的。」

「我知道。」

他不在意離開，反正玫瑰也撐不了多久了。

「你願意跟我一起走嗎？」

「好，如果我能問你一些問題的話……」

「好。但願我能回答。我會儘量。」

於是他們轉身離開這朵有眼睛的玫瑰，開始往東按老女人的步調走。艾沙克開始把所有進入他腦中的不確定問題一古腦兒說出來，尤其是玫瑰本身，而蘇麗安始終很有耐性。雖然他沒睡，卻也不覺得累。他非常清醒，再清醒不過，而且更加好奇了。

「你是從哪來的？」終於他問。

她走路的節奏振了一下。他一時間以為她不會回答。

接著，她說：「我是在火星出生的。」

這感覺像是真話。這不是他意料中的回答，他也感覺到她會希望他不要洩露。艾沙克默默聽進去了。火星，他想。

過一會兒，他問：「你對假想智慧生物知道多少？」

「這可怪了。」老女人說，她淡淡笑著，用一種他認為帶著感情的神情望著他。「我大老遠過來，就是要問你這件事呢！」

꩜　꩜　꩜

他們一直談到中午，這時他們已經走到圍場，而艾沙克從這些談話中得知許多新的事。然後，在走過大門以前，他停下來看著來時路。玫瑰在遠處，但是不只是玫瑰。玫瑰只是……是什麼？是巨大東西上頭的一塊零星碎片。

是一個使他深深感到興趣的東西，而這東西也對他感興趣。

第九章

特克開車經過一處舊市區，這裡是一些木造房屋，被中國移民漆成鮮紅色，還有矮胖的三、四樓赭色磚造公寓，磚是從「蠟燭灣」上方的山崖開採的。夜已深沉，街上空曠無人。流星偶爾會在暗黑天幕上畫出一道線。

半小時前他終於聯絡上麗絲。在電話裡他不能說要說的話，但是在幾個尷尬的問題之後，她似乎明白他的意思了。「在我們認識的地方見，」他說，「二十分鐘後。」

他們認識的地方是一間二十四小時營業的酒館兼餐廳，名叫「河左岸」，位在碼頭西邊的零售區。六個月前，麗絲和一群領事館的人在那裡出現。特克的朋友看到一個朋友在桌邊，就把他拖過來，介紹兩人認識。特克注意到麗絲，因為她沒有男伴，也因為她是初次見面就能吸引他的女人，她擁有發自內心的親切笑容。他對於動不動就笑的女人心存提防，而從來不笑的女人會讓他害怕。麗絲笑得溫柔但全心全意，而她開的玩笑都沒有惡意或是鄙視。他也喜歡她的眼睛。那雙眼睛在眼角翻動，有著淡淡綠藍色的虹彩，顧盼之間流露出風情。

後來她說起她正計畫越過山區到庫伯利克墓去一趟，特克就給了她一張名片。「比開車去更好。真的，開車你就得走瑪迪隘口；不過那條路在每年這個時節並不安全。有巴士可以坐，不過車子擠滿了人，而且時不時就會滑進溪谷。」

他問她到一個像庫伯利克墓這種破破爛爛的小加油站城鎮去做什麼，她說想要找一個他父親的老同事，一個叫杜瓦利的人，不過沒再進一步說明。也許就這樣了，特克心想，夜晚的陌生人，兩艘交會而過的船……不過幾天後她打電話來，訂了一趟飛行。

他不是在尋找情人，向來都不是。他只是喜歡她笑的樣子，喜歡他回她笑容時心中的感覺，而當他們被迫得在山中湖畔躲過一場來得不是季節的暴風雨時，那就像是上帝賜給他們一張免費通行券一樣。

而這張通行券又被收回了，顯然是報應來臨。

⁂

酒吧中只有夜班工作人員，所有桌子都是空的，拿菜單給特克的女服務生看起來沒好氣，一副急著想下班的樣子。

幾分鐘後，麗絲到了。特克馬上就想告訴她托馬士失蹤和這件事可能的意義，還有他們兩人接觸造成托馬士遇到可怕事情的可能性。但是他還沒開始預先演練字句，她就說起她和前夫布萊恩・蓋特利見面的事。這也和托馬士失蹤有關連。

特克見過布萊恩．蓋特利幾次。這就是河左岸這種碼頭區有意思的地方：你會看到美國商人坐在商船水手旁邊，沙烏地石油老闆和中國薪水階級或是從法國區來的邋遢藝術家閒扯。布萊恩．蓋特利看起來像是城裡這一帶常見的暫時移居者，他能在世界（兩個世界）各地旅行，但是從來也沒有真正離開過愛荷華州杜布克市（或者不管是哪個他長大的地方）。算是不錯了，有點平淡，只要不挑戰他任何的成見。

但是今天晚上麗絲卻說布萊恩恐嚇她。她描述了和他會面的情形，最後說：「總之就是恐嚇，不是布萊恩直接恐嚇，而是他把別人告訴他的跟我說，就等於是恐嚇。」

「所以現在城裡有些遺傳安全部的人，對第四年期的人特別有興趣。尤其是相片裡那個女人。」

「他們知道我去過哪裡，和什麼人說過話。這件事的涵義相當明顯了。我是說，我不認為有人跟蹤我到這裡，但不能排除這個可能性。也可能在我車上裝了一個定位器。我沒有辦法知道。」

這些都是可能的，特克心想。

「麗絲，」他輕柔說道，「有可能更糟。」

「更糟？」

「我有個朋友，認識很久了。他叫做托馬士．金恩，他是第四年期。這不是公開的消息，不過如果他信任一個人，他就會很坦白。我認為你會想要和他說話。不過我必須先和他說清楚。今天早上我去找他，他答應說要考慮一下。可是當我晚上打電話過去時，卻找不到人。等我到他住的地方時，他已經不在了。被綁走了。顯然是被一輛白色貨車裡的人帶走了。」

她睜大眼睛看著他，「噢，老天。」她搖搖頭。「他怎麼了，被逮捕了嗎？」

「不是正式逮捕，不是。只有臨時政府有權力逮捕人，而且檯面上他們不會穿著便衣、沒有搜索令就衝進去抓人。」

「所以他是被綁架囉？這可是要趕緊去報案的呀。」

「是啊，不過警方永遠也不會知道。托馬士因為身分的關係所以處境危險。只要驗個血就可以證明他是第四年期，單是這件事就夠讓他被送回美國永久觀護，或是更糟。一個鄰居告訴我貨車的事，可是她絕對不會把任何這種事告訴政府官員。我朋友住的地方，鄰居通常都是明顯違法的人，維生的方式有許多是『協約』禁止的事，而且他們大多數都是違建戶。」

「你認為布萊恩對這件事知道一些？」

「也許，也許不知道。聽起來布萊恩等級還差得遠了。」

「領事館的遺傳安全部辦公室和他們在地球上做的事比起來有點像是在開玩笑。他們在港口操作面孔辨認軟體，偶爾對某個逃亡的犬類複製者或黑市基因增強業者發搜索令，但就差不多是這些了。至少到目前為止。」她停頓了一下。「他告訴我，我回去才是明智之舉。回到美國。」

「也許他的話沒錯。」

「你認為我應該離開？」

「如果你擔心自己安全的話。也許你應該擔心。」

她坐直了一些。「顯然我是擔心自己安全的。不過我也擔心其他事情。我來這裡是有原因的。」

「顯然這些人並不會瞎搞，麗絲。他們跟蹤你，我們最好假設就是他們綁架了托馬士的人。」

「而且他們對相片裡的女人蘇麗安・莫埃有興趣。」

「所以他們或許會以為你在某方面也牽涉其中。這就是危險的地方。這就是布萊恩想要告訴你的。」

「我是牽涉在其中啊。」

特克察覺出她的決心，決定不要逼她，至少今晚不要。「那麼，也許你用不著離開。也許你只需要暫時低調一些。」

「如果我躲起來，我就不能進行我的工作了。」

「如果你指的是去和認識你父親的人談話以及問關於第四年期的問題，很顯然你不能進行了。可是在我們弄清楚情況之前保持安靜，這樣並不丟臉。」

「要是你，你就會這麼做嗎？」

他媽的才不會咧，特克心想。我會打包，搭下一班巴士出城。這是他感到有威脅時一向的做法。不過沒道理把這件事跟麗絲說。

有那麼短暫的瞬間，他猜想麗絲父親失蹤搞不好是這個原因。也許第四年期的念頭對他來說像是一扇門，讓他走出不管哪種他無法忍受的祕密罪行。或者也許他根本沒有接受什麼人工長壽的建議。也許他就只是走開而已。人是會這麼做的。

特克聳聳肩。

麗絲用一種哀傷的的眼神注視他，他喉中可以感受到。「所以你是告訴我說，布萊恩說得對，我應該回美國。」

「我們不在一起的每分鐘我都會遺憾，但是我不希望你受到傷害。」

她注視他良久。又有兩對男女走進門，也許是觀光客，但誰知道呢？他們的隱私受到危害了。她把手伸過桌面，摸著他的手。「我們去散散步。」她說。

ꩡ ꩡ ꩡ

他心想，說真的，他們彼此所知的對方，只是一些故事和短短的描述，是每件事情的簡短版本。在今晚以前，好像這些也就夠了。他們最好的談話原是無言的，而突然間這卻不夠了。

「你的車停哪裡？」她問。

「街口的停車場。」

「我也是。可是我不知道我該不該開我的車，很可能被裝了追蹤設備之類的。」

「他們也很可能竊聽我的車。如果他們今天早上跟蹤我，就是我直接帶著他們去托馬士那裡了。」托馬士，一個在平房區過著拮据生活的老人，是很容易下手的目標。只要很快做個抽血檢驗（毫無疑問是強迫的），就會顯示他是個第四年期的人，然後什麼都不必說了。

「可是他們為什麼要那麼做？為什麼要把他帶走？」

「去問他吧。我也想不出其他理由。」

「他們認為他知道一些事情嗎？」

「如果他們是認真的，那麼他們一出了門就會給他做抽血檢驗。」

「不是。我們假設是這些人做的，但是遺傳安全部不是這樣做事的。即使在這裡也是有分寸的。你不可以沒有理由就把人偷偷帶走、訊問他們。」

「呃，我猜他們認為他們是有理由的。可是，麗絲，你在新聞稿上看到的遺傳安全部的報導並不是全部。這個部門要比布萊恩的小小拼圖大多了。當他們偵破一個複製集團或掃蕩某個長壽騙局時，會成為新聞；不過他們也做了其他事，不公開的。」

「你確定嗎？」

「我聽說是這樣。」

「聽第四年期的人說？」

「這個嘛，聽托馬士說的。」

「非正式綁架。這真是瘋狂。」

這句話他沒有回答。

「我不想回我公寓，」她說，「我猜你住的地方也不見得安全。」

「而且我也還沒有把塵灰掃乾淨。」特克說，只為了看到一抹依稀的笑容掠過她的唇。「我們可以租個房間。」

「這也不保證他們不會找到我們。」

「如果他們要抓我們，麗絲，他們就可能抓到了。也許情況會改變，但是目前最好是假設他們知道我們在哪裡。只是我懷疑他們會做出任何激烈的事，至少目前是不會。他們要找的人又不是你，遺傳安全部也不能隨便就把你抓了或對你怎樣。所以你想做什麼，麗絲，你的下一步是什麼？」

「我要做我幾個月前就該做的事。」

「是什麼？」

「我要去找到艾夫蘭．杜瓦利。」

ꕥ ꕥ ꕥ

他們沿著起伏不平的人行道走著，朝著港口燈光和繞著碼頭行進的貨車微弱的轟隆聲走去。街道空蕩寂寥，殘餘落塵在人行道和牆邊結成硬塊，掩住了他們的腳步聲。

特克說：「你要去庫伯利克墓？」

「對，這次要直飛。你願意載我去那裡嗎？」

「也許。不過我們應該先跟一個人談談。還有，麗絲，如果你是認真要做這件事，有些事情你應該要先去做。例如讓你信任的人知道你在哪裡以及發生了什麼事。帶足夠的現金讓你可以生活一段時間，然後不要碰你的電子信用卡之類的事。」

她又朝他露出那種帶笑不笑的表情。「你從哪兒學的，上過犯罪行為課嗎？」

「很自然想到的。」

「還有一件事。我付得起時間和金錢，足夠我隱姓埋名過一段時間。可是你有工作要做，有生意要照顧。」

「這不是問題。」

「我是說真的。」

「我也是。」

而這就是我們之間的差別，特克心想。她有一個目的：她有承諾，非要完成父親失蹤的事後調查不可。他卻只是穿上鞋子走路而已。這不是他頭一次，而且再怎麼看也不可能是最後一次。

他心想，不知道她知不知道他這一點。

第十章

席蒙和維爾是最近才從美國前來的資深遺傳安全部長官。每當這兩人來到領事館的遺傳安全部辦公室，布萊恩．蓋特利就會咬緊牙關。

今天早上，布萊恩才上班不到半小時，他們就來了。他感覺到他的上下臼齒又在磨了。

席蒙個子很高，陰沉、冷酷。維爾比他矮十五公分，粗胖得可能要在專門店買長褲。維爾還會笑，席蒙卻笑也不笑。

他們走向站在飲水機旁的布萊恩。「蓋特利先生，」席蒙說了，維爾也說，「我們可以私下跟你談談嗎？」

「到我辦公室吧。」

布萊恩的辦公室不大，不過有一扇可以俯視領事館圍牆內花園的窗子。辦公隔間裡有一個檔案櫃、一張原木辦公桌，足夠裝載好幾倍「國會圖書館」資料的浮動記憶體，以及一棵塑膠無花果樹。辦公桌上擺滿遺傳安全部和臨時政府往還的書信，這是來回於兩個領域的資訊長流（一如永恆的、髒亂的尼羅河）上的一條小支流。布萊恩坐在一向坐著的椅子上。維爾砰的一聲坐在客人椅上，席蒙則背對著門站著，像隻吃腐肉的鳥禽，耐性中更見邪惡。

「你跟前妻談過了。」維爾說。

「是的。我把你要我告訴她的話告訴她了。」

「看起來沒用。需不需要我告訴你說她又和特克・芬雷連繫了？」

「不用。」布萊恩脫口就說。「我想不用了。」

「他們現在就在一起。」席蒙說。席蒙話不多，但句句都讓人討厭。「很可能。他和她。」

「不過問題是，」維爾說，「我們目前無法找到他們。」

布萊恩不確定要不要相信這些話。維爾和席蒙代表遺傳安全部的執行委員會，執行委員會所做的事，大部分都是高度機密，因此也就成為傳說的材料了。在地球上，他們可以在或多或少自發性的司法同意下使自己有憲法免責權。而到了赤道洲，在聯合國臨時政府、互相競爭的各國利益，以及富有的石油強權互相重疊的權力作用下，他們的工作至少在理論上說來是比較收斂的。

布萊恩不是個理想主義者。他知道遺傳安全部有些層次和階級是他永遠進不去的，那裡是制定政策和立下規矩的地方。但是以他的工作範圍來說，他認為自己做的是頗有用的工作，即便不刺激。美國的罪犯經常會逃到赤道洲，這些人犯的行為是在遺傳安全部門負責範圍內，例如複製人詐財者、兜售偽造或致命的長壽療法的人、極端類型的第四年期狂熱份子、為願意花錢養育出更優質後代的父母供應「優質品」的供應商。布萊恩並不會追逐或是逮捕這些罪犯，不過他做的事（與臨時政府聯絡、撫平司法審判的爭議）對於逮捕犯人相當重要。附屬於國家領事館的類似警方的組織，以及聯合國支持的當地政府，二者之間的關係很微妙而且很難處理。你必須有禮貌，也得有些互惠的動作。千萬不可硬闖進去，得罪每個人。

不過看來這些人倒是可以硬來。這真是令人失望，因為布萊恩相信法律規範，雖然有無法避免的不完美，令人迷惑、折磨人的低效率，以及偶爾的腐敗，但法律是絕對必要的。沒有法律規範，人們就連禽獸也不如。他就是這樣經營他的職務，小心翼翼，乾乾淨淨。

而這會兒卻來了席蒙和維爾這兩位仁兄，高的尖酸得像是安格斯提納苦藥，矮的又硬又結實，像用天鵝絨包著的保齡球，兩人處處在提醒他，在比他自己還要令人頭暈目眩的高度，法律是可以依照某種情況特地打造的。

「你已經幫了很大的忙了。」維爾說。

「噢，我希望如此。我很想幫得上忙。」

「你讓我們跟臨時政府裡面對的人接了頭。還有，當然，麗絲．亞當斯的事。你和這位女士之間的私人關係……我的意思是，『尷尬』簡直不足以形容。」

「謝謝你注意到了。」布萊恩說，還傻楞楞一副感激的樣子，雖然他知道自己被利用了。

「我可以再向你保證，我們不想逮捕她，或是直接跟她說話。麗絲在這個案子當中絕對不是我們的目標。」

「你們在找相片中的女人。」

「所以，當然，我們才不希望麗絲礙手礙腳。我們希望你可以把想法告訴她……」

「我試過了。」

「我知道，我們很感激這一點。不過讓我告訴你這是怎麼回事，布萊恩，這樣你就會明白我們關切的是什麼。因為當你的影像搜索接上了我們的資料庫，它絕對會讓人吃驚。你說麗絲解釋過她為什麼對蘇麗安．莫埃有興趣？」

「麗絲的父親失蹤前，有人看到他是和蘇麗安．莫埃一起，她和大學或是他家庭社交圈裡的任何人都沒有關連。在麗絲的父親對第四年期感興趣的情況下，這是很明顯的關連。麗絲懷疑這個女人是吸收新人的人。」

「事實還要更奇怪一點。在法律上，我們按照慣例處理第四年期的人。這一點你不會驚訝。可是長壽療法只是我們的火星親戚帶到地球上的醫學改造之一。」

布萊恩點點頭。

「我們追的是比這裡一般的第四年期狂熱份子更大的東西。」維爾說。「細節很少，而我也不是科學家，不過這和一種想要經由生物改造，與假想智慧生物溝通的企圖有關。」

布萊恩和他同世代許多人一樣，只要提到假想智慧生物，或是與這有關的時間迴旋，就會害怕畏縮。時間迴旋在他還沒上學前就結束了，假想智慧生物也只是日常生活中比較深奧的事實之一，一件重要但卻像空氣一樣的抽象東西，像是電磁或潮水的運動。

不過，和其他每個人一樣，他也是由時間迴旋的生還者撫養、教育成人，這些人相信他們歷經了人類歷史上最重大的轉捩點。也許他們的確是。時間迴旋的後遺症，例如戰爭、宗教運動與反制運動、人類普遍的不安全感和刻薄的全球性憤世嫉俗心態，仍然在為這個世界塑形。火星是個可以居住的行星，而人類也得以進入一個像天空一樣大的迷宮。毫無疑問，這些改變令承受的人們感到混淆不清，這種混淆感會持續好幾個世紀。

不過這些改變也變成一整個世代瘋狂的許可證，而對布萊恩來說，這卻是比較不容易辯解的。成百上千萬原本理性的男男女女，對於時間迴旋的反應卻展現了驚人的非理性、互相猜疑和徹底的惡毒。如今這同一批人，還自認為理當獲得任何和布萊恩同齡或者更年輕的人的尊敬。

他們根本不配。瘋狂並不是美德，正派也不用自誇。事實上，「正派」正是留給布萊恩他們這一世代要去建立起的東西。正派、信任，以及人類行為中的某些莊重。

假想智慧生物是時間迴旋背後的肇因者。為什麼會有人想要和他們溝通？那又代表什麼意思呢？即使是火星人的生物改造法，又怎麼能藉著生物學上的改造達成溝通這件事？

「這種科技做的是改造人類的神經系統，使它能靈敏感受到假想智慧生物用來彼此溝通的訊號，基本上說來，他們創造出一種人類媒介。一個訊息傳遞者，可以做為我們這種物種和假想智慧生物那種東西間的翻譯者。」

「他們真的這麼做了？」席蒙說。

「火星人不肯說。也許在他們星球上已經嘗試過了，也許不止一次。不過我們相信這種技術，就像長壽療法一樣，被萬諾文帶到了地球，並且洩露給一般民眾。」

「那為什麼我沒有聽過更多有關的事？」

「因為它並不是所有人都會想要的東西，不像多四十年壽命之類的。如果我們的情報正確，把這種技術用在成年人身上是會致命的。或許當年傑森．羅頓就是因此而死。」

「如果會要人命，那有什麼好處呢？」

「不一定會致命，」維爾說，「如果藥劑是注入子宮裡的人類，發育的胚胎會圍繞著這種生物科技成長。人類和外星人一起成長。」

「老天！」布萊恩說。「對一個孩子做這種事……」

「非常不道德，顯然。你知道，我們在部裡花很多時間擔心第四年期，擔心狂熱份子在人類生物學上進行的改變。那是真正的、理當會有的問題。但這件事卻更驚人得多。真的，非常……你只能用『邪惡』兩個字來形容。」

「有人真的在地球上做過嗎？」

「這個嘛，正是我們在調查的。到目前為止，我們沒有很多確鑿的證據或是目擊證人的證詞。不過我們進行到哪裡，總是有個人出現。有很多名字，但卻只有一個人，一個面孔。你要猜是誰嗎？」

相片中的女人。被人看到和麗絲父親在一起的女人。

「蘇麗安．莫埃在麥哲倫港碼頭時出現在面部辨識資料中，而當我們過來調查的時候，我們發現麗絲。麗絲在之前與她有關係，現在也在做同樣的事，跟父親的老同事談話等等。理由是十分合情理，沒錯。她很好奇，這是家中的謎，她認為了解真相會使她好受一些。不過這卻留給我們一個問題：我們要阻止她嗎？我們要讓她做她在做的事，然後在一旁監視嗎？我們要不要警告她說她身處險境？」

「警告也沒有用。」布萊恩說。

「所以我們必須以其他方式利用她。」

「利用她？」

「我們不去逮捕她，我的上級有些人一直想這麼做，但我們認為用一種靜觀其變的方式或許最後還比較有益。她已經和其他相關人士接觸了。其中之一是特克．芬雷。」

特克．芬雷，那個自由業飛機駕駛，成事不足的傢伙。布萊恩沒能維持住和麗絲的婚姻已經夠糟了，她還跟一個這麼任性、行事不良、可以說對人類毫無貢獻的人密切往來，還要糟到什麼程度？特克．芬雷是時間迴旋的另一種輻射塵，布萊恩心想。一個適應不良的人類。一個沒有目標的流浪者。如果席蒙的暗示正確的話，說不定還是更糟的東西呢。

「你是說，特克．芬雷和這位年長女人有一些關連，除了那女人曾經包他飛機以外？」

「呃，這當然是會讓人這樣聯想。不過特克還和其他同樣可疑的人接觸，是已知和疑似第四年期的人。特克還是個罪犯。你知道嗎？他離開美國時是有拘票要抓他的。」

「什麼案子的拘票？」

「他是一場倉庫火警的關係人。」

「你說什麼？他是個縱火犯？」

「案子時效過了，不過他可能燒掉他老爸的生意。」

「我以為他父親是石油學者。」

「他父親曾經在土耳其工作過，跟阿拉伯石油公司有些關係，不過他賺的錢大都是在一項進口生意上。他和他父親之間有仇，老頭的倉庫燒了，特克溜出國。結論你可以自己去想。」

太糟了，布萊恩想。「所以我們必須要讓麗絲離他遠點。她或許有危險。」

「我們懷疑她被某件她不了解的事所吸引，我們懷疑她是否正受到脅迫而與這人合作。可能是特克叫她不要接電話的。」

「不過你們可以找到他們，對吧？」

「早晚。不過我們不是魔術師，不能把他們從無變出來。」

「那告訴我我能怎樣幫忙。」布萊恩忍不住說，「如果在我跟她談以前你們就直說……」

「你的做法會不同嗎？我們不能隨便就把消息說出去。你也不能，布萊恩。你也知道。現在我們讓你知道我們的機密。除了你、我、席蒙以外，這些不可以在其他地方討論。」

「當然，可是……」

「我們希望你做的，是繼續想辦法和她接觸。讓她知道是你打來的電話，即使沒接，也許最後她會感覺愧疚或是寂寞，而決定跟你談談。」

「如果她這麼做呢？」

「我們現在要的，只是她的所在位置。如果你能說動她和你見面是最好的了，不管有沒有特克在都行。」

雖然他很不喜歡把她交給執行委員會，但是這當然要比讓她在某個犯罪勾當裡愈陷愈深來得好。

「我會儘量。」布萊恩說。

「太好了。」維爾咧嘴一笑。「很感謝。」

兩人握了握布萊恩的手，走出辦公室，留他獨自一人坐在那裡，思索良久。

第十一章

北上的海岸公路上，落塵（或者說是和雨水混合以後所成的淤泥）還沒有完全清除，所以特克只好停在一處貨車站，要了間旅館房間住下，等臨時政府那些超時工作的道路工作隊員在某處重要的急彎路上除去積塵。

旅館是座煤渣磚蓋的營舍，嵌進森林邊緣。纖細的柳樹如悲傷的巨人般斜倚著建築，相形之下旅館顯得低矮。麗絲發現旅館是為收容卡車司機和伐木工人而設計的，不是要給遊客住的。她用手指沿著他們房間的窗台上抹過去，給特克看那一條在灰塵中畫出的線。

「可能是上星期的。這一帶的人不會花很多錢清理房間。」他說。

那麼這就是天神的塵灰了，也就是古老的假想智慧生物建造物的殘餘。大家現在都這麼說。視訊新聞裡充滿了對落塵眾說紛紜的報導，有的說是機器碎片、也有的說是生物遺骸，或前所未見的複雜分子排列物。

麗絲聽到隔壁房間裡有人在爭執，聽起來像是菲律賓語。她拿出手機，想要再聽一段本地的播報。特克盯著她說：「記住……」

「不要接也不要打。我知道。」

「明天這時候我們應該已經到村子了，只要這條路今天晚上清通。到時候或許就真的能知道一些事。」

「你對這個女人很有信心，叫黛安吧，她的名字？」

「不能完全說是信心。不過她得知道托馬士的事，或許她能做些什麼。而且她和本地第四年期網絡長期保持密切關係，說不定還知道一些你父親的事呢。」

她問過他和第四年期的人聯繫有多久了。不是聯繫，不完全是，他說。不過這個叫黛安的女人信任他，他也曾幫了她一些忙。讓蘇麗安・莫埃租特克的包機，好盡可能安全地飛過山區，應該就是黛安的建議。特克所知僅止於此，也不想知道更多。

麗絲又看了看窗台、落塵。「最近我覺得這一切都有關連。每件發生的事都很怪異。落塵、托馬士、西部那邊發生的事……」

手機開始播報造成魯布艾爾卡里石油設備暫時關閉的地震新聞。

「倒不見得一定會有關連，」特克說，「只是三倍的奇怪而已。」

「什麼？」

「這是托馬士從前常說的。怪事都是接二連三發生。就像上次我們在麻六甲海峽為一架貨機配備機組人員，有一天引擎出問題，必須停錨上岸修理。第二天就是怪天氣，一場沒有人預測到的暴風雨。隔天天空晴朗，可是我們就得用水管把那些馬來海盜沖下甲板。托馬士常說：一旦怪事開始出現，你差不多就可以指望它變成三倍的奇怪了。」

還真讓人安慰呢，麗絲心想。

ᔕ ᔕ ᔕ

當天晚上他們同床而眠，沒有親熱。兩人都疲倦了，而且兩人都要面對事實。麗絲心想，這裡並不是山中湖邊的帳篷，這也不是一場無傷大雅的周末冒險。更大的力量已經加入，也有人受到傷害了。在想到父親的當兒，她想他是不是也撞進某個類似的三倍奇異的仙境。也許他的失蹤並不是自私或甚至是心甘情願的，也許像特克的朋友托馬士一樣，被一輛沒有標誌的貨車裡不知名的人綁架了。

特克一躺在床上就睡著了，非常典型的作風。不過能躺在他身旁，感覺到他的身軀在旁邊真好。上床前他沖過澡，肥皂和男人的味道從身上發散出來，像是慈悲的氛圍。布萊恩有沒有聞起來像這樣過？

她可記不得。布萊恩是沒有什麼特別氣味的，除了他當時用的芳香劑的強烈化學味道以外。他可能對於身上沒有味道還有一絲得意吧。

不，這樣說不公平。布萊恩不只是這樣。布萊恩相信有秩序的生活。不能因此就把他變成了怪物或是惡徒，而她也不相信他本人參與跟蹤她行動或綁架托馬士的事。那樣不是按規矩做事。布萊恩永遠是按規矩做事的。

這也不見得是壞事。如果這樣子顯得他比起特克沒有冒險心，那麼這也使他顯得更可靠。布萊恩永遠不會駕飛機橫越高山，或是受雇在某艘鏽跡斑斑的商船擔任一級水手。但是他也不會違背諾言或違反誓約。這也是為什麼決定結束他們倉卒而不明智的婚姻是那麼困難的原因。麗絲認識布萊恩時正在哥倫比亞大學攻讀新聞學位，他是遺傳安全部紐約辦事處的小職員。他的溫柔和同情心贏得她的心，而她卻太晚才明白，布萊恩永遠會在身邊，但卻永遠不會一直站在她這一邊。到頭來，他只不過是眾多聲音中的一個，這些聲音勸她不去理會她個人的歷史，因為這個缺口中可能掩藏了某些令人無法承受的真相。

但是他曾經那麼無辜地、固執地愛著她，而且聲稱仍然愛著她。她睜開眼，看到她放在床頭櫃上的電話，微微發著光，上面顯示登入了幾通布萊恩試圖打來的電話。她一通也沒有回。這不公平，也許是必要，她願意相信特克。不過這不公平，也不慈悲。布萊恩應該受到更好的待遇。

ꕤ ꕤ ꕤ

到了早晨，路上已經清通了一條車道，他們又往北開了四小時，經過巴士、漆得像是馬戲團車隊的小巴士、木材廠卡車、載貨卡車、裝滿精煉油或汽油的油槽車。接著特克轉往西邊，開上一條路況很糟的側道。這類疏於維修的側道布滿這一帶，像是老人手心的紋路。

突然間他們就到了蠻荒地。赤道洲的森林張著大口攏向他們。遠離了城市和農場、煉油廠和忙碌的港口，到了這裡麗絲才感覺到這個世界的陌生，這使她父親著迷的那種固有的和古老的奇異。高聳的樹木和濃密的蕨類矮叢應該和地球上的生命有關連，它們的DNA中含有祖先來自地球的證據。不過麗絲不知道這些植物的俗名，更不用說臨時學名了。假想智慧生物在這個行星播下種子，據猜想是為了要使它適合人類居住。假想智慧生物的計畫都是長期的，且不說別的，他們用幾十億年來計算事件，演化對他們來說想必是可以觀察得到的事。

也許他們甚至無法直接體驗在他們眼中（如果有眼睛的話）短暫如人類生命一樣的事件。麗絲發覺這個想法令人格外心安。她可以親見身受對假想智慧生物而言必然是瞬間消逝的事，平凡一如路上這些搖曳生姿的奇異樹木，以及將斑駁樹影打在林地上的陽光。她想，我們凡人的才能真是一項天賜禮物。

陽光透過細細的羊齒狀樹葉輕輕灑落。矮樹叢裡有許多野生動物，很多都不（或尚未學會）害怕人類。她瞥見長耳狗、一隻條紋斑魚獸、一群蜘蛛鼠，牠們的名字通常會讓人想到某種地球上的動物，不過還是得靠點想像才能發現共同點。這裡也有昆蟲，在翠綠的暗影中或是嗡嗡地叫或是嗚嗚哀鳴。最糟的是吃腐肉的黃蜂，牠們不危險，但是個頭很大，奇臭無比。還有蚋，長得就和地球上的蚋一樣，也縈繞在陰暗地方，此時正群聚在長滿青苔的樹幹上。

特克全神貫注在不平的路面上開著。幸而這裡的落塵很輕微，森林的樹篷又吸收了大部分。路況驚險時特克沉默不語，等到了直路他就問起她父親。她之前曾經和他談過，不過那是在落塵以及這幾天的怪事發生之前。

「你父親失蹤的時候你究竟是幾歲？」

「十五歲。」年輕的十五歲。天真，而且緊緊追隨美國流行時尚，做為她對這個異地世界的嘲諷，她可是心不甘情不願地來到這裡的。還戴著牙套呢，老天。

「當局有很認真在辦嗎？」

「你是指什麼？」

「呃……你知道，他不會是第一離開家的人。我沒有惡意。」

「他不是那種丟下我們的人。我知道在像這樣的案例中，每個人都會說：這真是太出人意料了！不過我是個天真的乖女兒，我無法想像他做得出任何惡劣或不為他人著想的事。何況他還全心全意忙著大學裡的工作，如果他過著雙面人的生活，他哪裡找得出時間？」

「靠教師薪水養活家人？」

「我們有我媽媽家的錢。」

「所以我猜當他失蹤時，要引起臨時政府的注意並不難。」

「我們找前國際刑警詢問每個人，還有一份公開的警方檔案，但是什麼結果也沒有。」

「所以你們就聯絡遺傳安全部。」

「沒有。是他們聯絡上我們。」

特克點點頭，看起來若有所思，這時候他駛過一道淺淺的路坑。一輛三輪機車朝反方向迎面而過，鼓鼓的輪胎、高高的座位，一籃子蔬菜綁在後車架上。騎士是個削瘦的本地人，只瞄了他們一眼，不感到好奇。

「遺傳安全部的人找上門，有沒有人覺得很怪？」特克問。

「我父親另外還在研究新世界第四年期人的活動，所以他們知道他。他以前也和他們談過。」

「研究第四年期的目的是什麼？」

「個人興趣。」她說，這句話充滿了怪罪的意味，讓她有些畏縮。「其實這是他迷上後時間迴旋世界的一部分，他想探討人要如何適應這個世界。而我猜他深信火星人對於假想智慧生物的了解要比寫在他們檔案中的還多，而也許有部分知識隨著化學和生物的東西由第四年期人傳開來。」

「可是遺傳安全部的人也沒有什麼發現。」

「是啊。他們讓檔案公開了更久，或者對外如此宣稱，可是他們的運氣也不比臨時政府好。最後結論顯然是他的研究讓他失去自我，在某個時間點上，有人要給他長壽療法，他就接受了。」

「好吧，可是這並不代表他非失蹤不可呀！」

「不過他們的確非失蹤不可。一旦接受這種療法就會換一個新的身分，這樣當你的同齡朋友開始凋零而你仍健在，就像在畢業紀念冊上一樣時，你就不會覺得太尷尬。展開新生活的想法，對許多人而言都很有吸引力，尤其如果他們正置身在個人或財務的困境中。可是我父親不是這樣。」

「人是會懷著對死亡的恐懼而從不表露出來的，麗絲。他們就只是懷著它過生活。可是如果你讓他們知道一種逃避的方法，誰知道他們會怎麼做？」

或者會丟下什麼。麗絲沉默了一會兒。在汽車引擎的隆隆聲中，她聽到一段不知名的鳥鳴，像小調旋律，從森林高高的濃密枝葉上傳來。

她說：「當我回來這裡的時候，我已經準備好要接受這種可能性了。我不相信他會就這麼離開我們，但是我不是無所不知，我無法確知他腦子裡在想什麼。如果事情就是這樣，沒關係。我可以面對，不會想報復。假使他果真接受了這種療法，用一個新名字在哪個地方生活，我也可以面對。不一定非得見到他不可。只是我需要知道真相，或找到一個知道的人。」

「比方那個相片中的女人，蘇麗安．莫埃。」

「你載去庫伯利克墓的女人。或者這個黛安，要她去找你的這個人。」

「我不知道黛安能告訴你多少。反正會比我多。我的原則是絕不問問題。我見過的第四年期人很容易讓人喜歡。我不認為他們很邪惡，就我所知，他們也沒有做任何事讓我置身在危險中。和你在新聞中聽到的遺傳安全部那些鬼扯正好相反，他們就只是人而已。」

「是知道如何守住祕密的人。」

「沒錯。」特克說。

ဢ ဢ ဢ

片刻之後，他們經過一塊粗糙的木牌，上面用好幾種文字寫著村名，大概是：「德沙新撒蘭迪鎮」。再過去約一公里的地方，一個在麗絲看來頂多二十歲的瘦小子走到路上，揮手要他們停下。他走到特克這一邊的車旁，把頭伸進車窗。

「要去撒蘭迪嗎？」這小子尖銳的聲音使他顯得比看起來還要年輕。他的呼吸聞起來是發臭的肉桂。

「正要往那裡去。」特克說。

「你到那裡有事嗎？」

「是啊。」

「什麼事？」

「私事。」

「你要買『凱』嗎？那裡不是買『凱』的好地方。」

「凱」是本地像蜜蜂的昆蟲製造出的一種會產生幻覺的蠟，近來在麥哲倫港俱樂部中是種很紅的毒品。「我不用。不過還是謝謝了。」特克踩了油門，力道還不至於撞傷這小子。他迅速閃開，擺出了一張臭臉。麗絲往回看，那小子仍然站在路上，對他們怒目而視。她問特克那是怎麼回事。

「最近常有城裡人開車到鄉下地方逛，想要弄一兩公克的毒品，結果被搶、惹上麻煩。」

「你認為他想要賣毒品給我們？」

「我不知道他想要做什麼。」

不過那小子肯定帶了手機，也肯定打電話通知前方的人了，因為當他們一駛過路邊前幾間有人住的小屋，還沒有到鎮中心的時候，當地的民兵就迫使特克把車子開到路邊。民兵是兩個壯漢，穿著臨時湊和的制服，開著一輛上了年紀的多功能貨車。麗絲坐著不動，讓特克去跟他們說。

「你們到這裡有事？」其中一人問。

「我們必須見伊布黛安。」

停頓很久。「這裡沒這個人。」

特克說：「好吧，那我一定是轉錯彎了。既然沒這個人，我們只停下來吃個午餐，就會上路了。」

這個警察（如果你能這麼稱呼他的話，這些小城的治安人員在臨時政府中是沒有地位的，麗絲心想）給了特克深深的、嚴厲的一眼。「你有名字吧？」

「特克．芬雷。」

「你可以到路對面喝杯茶。午餐我就不知道了。」他舉起一根指頭。「一個小時。」

ᔕ ᔕ ᔕ

他們坐在一張看起來是用巨大的廢棄電纜軸做的桌子旁，在午後的炎熱中，一邊揮汗，一邊用缺了口的陶杯喝茶。店裡其他客人全避開他們的眼光。而就在這時候，門簾打開來，一個女人走進室內。

這是個很老很老的女人。她的髮色和髮質都像是蒲公英茸球，皮膚蒼白，彷彿一不小心就會裂開。她藍色的眼睛出奇地大，深陷在輪廓清楚的眼窩裡。她走到桌前說：「你好，特克。」

「黛安。」

「你知道，你真的不應該回來這裡。時機很不好。」

「我知道……托馬士被逮捕了，或是綁架了。」特克說。

這女人畏縮了一下，就只一瞬間，幾乎覺察不出來。此外便看不出有任何反應。

「我們有幾個問題想請教，如果可以的話。」

「既然都來了，我們倒不妨談談。」她拉過來一張椅子，「把我介紹給你朋友吧。」

這個女人是第四年期，麗絲想。也許這就是她之所以會發出一種柔弱而奇特的氣勢，而那些壯漢顯然乖乖聽從於她的原因吧。特克介紹她時說她是伊布黛安．杜普雷（「伊布」是米南加保族人對人的尊稱）。麗絲接過女人乾硬的小手，像是握住一隻格外結實的小鳥在手中一樣。

「麗絲，你有問題要問我？」黛安說。

「把相片給她看。」特克說。

於是麗絲緊張地在她的包包裡翻找，終於拿出裝著蘇麗安．莫埃相片的信封。

黛安打開信封，注視良久，然後把相片還回去。她的表情很哀傷。

「我們可以談嗎？」特克問。

「我想我們必須談。不過要到比這裡更私密的地方。跟我來。」

࿋ ࿋ ࿋

伊布黛安帶領他們走出餐館，穿過一條夾在臨時雜貨店和有飛簷的木造鎮公所間的窄巷。經過了一座加油站，那裡的加油機被漆成五顏六色。以黛安的年紀和天氣的酷熱看來，麗絲本以為她會走得很慢，但這個老女人卻行動敏銳，還一度握住麗絲的手，要她快點走。這個動作很奇怪，讓麗絲感覺自己像個小女生。

她帶他們走到一間煤渣磚建造的碉堡式房屋，屋子掛著一塊用多種文字寫的招牌，其中英文寫著「診所」兩個字。麗絲問：「你是醫生嗎？」

「我連合格護士都不是，不過我先生是醫生。早在新紅月會在這一帶出現以前，他就為這些人看病多年了。我跟他學了一些基本的醫療，他死了以後，村民也不肯讓我退休。我可以處理小傷小病，注射抗生素，給疹子塗藥膏，用繃帶包紮傷口。如果有比較嚴重的病痛，我會要他們到公路上那間診所。請坐。」

他們坐在黛安診所的接待區。這裡的擺設有鄉村風，有藤製家具和木板條百葉窗，百葉窗在微風中發出喀啦喀拉的聲音。每樣東西不是漆成淡綠色，就是用淡綠色靠墊、椅墊等裝潢。牆上掛著一幅大海的水彩畫。

伊布黛安把她的素白棉布裝撫平。「我可以請問你怎麼會有這個女人的相片嗎？」

開門見山，不說廢話。「她名叫蘇麗安．莫埃。」

「我知道。」

「你認識她？」

「我見過她。我向她推薦特克的包機。」

「告訴她你父親的事。」特克建議。於是麗絲開始說，一直講到她是如何因決意要知道父親失蹤的事而回來這裡；布萊恩．蓋特利和遺傳安全部的關係；他如何用部裡的面部辨識軟體搜尋那張蘇麗安．莫埃的舊照，而得知這個女人幾個月前才又來到麥哲倫港。

「這一定就是起因了。」黛安說。

「起因？」

「你的搜尋，或者你前夫的搜尋，可能引起在美國的某個人對莫埃女士的注意。遺傳安全部找蘇麗安．莫埃已經找了好一段時間了。」

「為什麼？她有什麼重要的地方？」

「我會把我知道的告訴你，不過你可不可以先回答我一些問題？這或許可以澄清一些疑問。」

「請問吧。」麗絲說。

「你怎麼認識特克的？」

「我包他的飛機飛過山區。聽說我父親一個同事去過庫伯利克墓。當時這是我僅有的線索。所以我就請特克……不過我們並沒有飛過山區。」

「天氣惡劣。」特克說，用手掩著咳嗽。

「噢。」

麗絲說：「然後，當布萊恩告訴我說，蘇麗安．莫埃才在幾星期以前租了一架小飛機……」

「布萊恩怎麼會知道這件事？噢，我猜他搜尋過航空客運的旅客名單，或是之類的事。」

「這是一條我打算去追下去的線索……雖然布萊恩勸我不要。即使在那時候他也都覺得我牽連太深了。」

「而特克，當然，是什麼也不怕啦。」

「沒錯，我就是什麼也不怕。」特克說。

「可是我還沒去做，就發生落塵這件事，然後……」

「然後，」特克說，「托馬士失蹤，我們發現麗絲被跟蹤，她的電話也被竊聽。我很抱歉，黛安，不過我只能想到來這裡了。我希望你能……」

「什麼？替你介入嗎？你認為我有什麼力量？」

「我認為你或許可以解釋。我也不會排斥一些有用的勸告。」

黛安點點頭，用食指敲敲下巴。她穿著涼鞋的腳也在木頭地面上打著同樣的拍子。

「你可以先告訴我們蘇麗安．莫埃是誰。」麗絲說。

「首先，」黛安說，「她是火星人。」

火星上的人類文明讓麗絲的父親大失所望。

𝔖 𝔖 𝔖

這是他們討論過的另一件事。就在那些在陽台上的夜裡，那時天空像本書在他們頭上打開來。萬諾文來到地球的時候，羅勃．亞當斯還年輕，是在時間迴旋後的貧瘠年代中的一個加州理工學院學生，面對著他以為已知的世界無可避免的毀滅。

時間迴旋最壯觀的成就就是行星地球化和移民火星。利用擴張的太陽和外太陽系千萬年的過去做為一種時間上的槓桿，火星變得勉強可以居住，而人類的種子殖民地也建立起來。地球在時間迴旋膜後面才過了幾年，火星上的文明卻已經興起又衰落了。

就連這赤裸裸的事實也會讓麗絲生氣，因為當著麗絲母親的面絕不能提這些事（她的雙親在時間迴旋的混亂中去世，她是絕對不能忍受討論這件事的）。這些她都是在學校裡學到的，當然，但是她並沒有隨之而來的那種敬畏感。在羅勃．亞當斯那些安靜的談話中，數目並不只是有趣而已，當他說到「一百萬年」時，她可以聽到遠處高山從海水中冒出的怒吼聲。

在被包住的地球上，麗絲走去學校又走回來的時間裡，火星上已經興起一種十分古老也十分奇異的人類文明。

這文明被假想智慧生物包在緩慢的時間中，這種包圍使得火星和地球時間同步，而在地球被包起來的情況結束時，火星的包圍也結束了。但是在此之前，火星人派出一艘載人的太空船來到地球。太空船中唯一的人員就是萬諾文，也就是所謂的火星大使。

麗絲總會問（不止一次在夏季的夜晚中有這樣的談話）：「你有沒有見過他？」

「沒有。」萬諾文在時間迴旋最亂的那些年間在一場路邊攻擊中喪命。「不過我看了他對聯合國的演說。他似乎……還滿討人喜歡的。」

麗絲很小的時候就看過萬諾文的紀錄影片。小時後的她曾經幻想有他做朋友：一個比她矮小的心靈上的朋友，就像《綠野仙蹤》書中夢奇金國的小人兒。

不過火星人從一開始就很害羞，她父親告訴她。他們送給地球人他們的「檔案」，這是他們的物理科學知識摘要，其中有些領域要比地球科學更為先進。不過這部檔案對於他們在人類生物學方面的研究成果（製造出他們那種長壽的第四年期階級），或是假想智慧生物卻著墨不多。對麗絲的父親說來，這是不可原諒的省略。「他們對於假想智慧生物的了解，即使沒有千萬年之久，也有百萬年了。」他說，「就算是猜測，他們也必定會有什麼可以說的吧？」

時間迴旋停止，火星和地球也都恢復了一向的時間旅行之後，與火星人的無線電通訊曾經盛行了一段時間。甚至還有第二支火星探查隊來到地球，企圖心比第一支還要大。一群火星特使團也被安置在一幢像堡壘般被稱做「火星大使館」的建築中，與紐約舊聯合國大樓區相連。當預定的五年任期結束，他們就上了一艘由地球上主要工業大國聯合設計製造的太空船回家了（在西昌發射的）。

後來再也沒有第二個代表團來了。派遣地球探查隊到火星互訪的計畫，在多國協商後瓦解，而火星人對此也是興趣缺缺的樣子。「我猜，」麗絲的父親曾說，「他們有一點被我們嚇到了。」火星一直不是資源豐富的地方，即使在「行星生態地球化」之後，情況也沒有多大的改變，可以說它的文明是經由一種不厭其煩的集體儉省才得以存續。而地球有體積龐大卻汙染的水、沒有效率的工業和崩塌的生態系統，這些可把我們的訪客嚇壞了。「他們一定很高興，和我們中間隔了幾百萬公里遠。」羅勃・亞當斯說。

況且他們也有自己的後時間迴旋危機要去處理。假想智慧生物也在火星上架設了一座拱門。拱門立在火星的赤道沙漠上，通向一顆同樣小而崎嶇不平的行星，這個行星環繞一顆遙遠的恆星，環境適合人居，但是尚未有人居住。

於是地球和火星之間的交流便日漸趨緩，終至成為一道敷衍的細流。

地球上就再也沒有火星人了。外交任務結束以後，他們全都回去了。麗絲從沒有聽過這種說法以外的事。

所以蘇麗安・莫埃怎麼會是火星人？

∽ ∽ ∽

「她甚至看起來也不像火星人啊！」麗絲說。火星人頂多一百五十公分高，而且皮膚有深深的皺紋。而出現在那張舊照中的蘇麗安・莫埃，不僅身高只是一般的矮，也沒有很多皺紋。

黛安說：「蘇麗安・莫埃有個很特別的淵源，你們或許也會猜到。你們要來點冷飲嗎？我想我要一些……我喉嚨有點乾。」

「我去拿。」特克說。

「太好了。謝謝你。至於蘇麗安・莫埃……恐怕我在解釋以前必須先告訴你們一些我的事。」她猶疑了一下，很快地閉了眼睛又睜開。「我丈夫是泰勒・杜普雷。我哥哥是傑森・羅頓。」

過了一秒鐘，麗絲才把這些名字聽進去。這些是歷史書裡的名字，是時間迴旋時代的姓名。傑森・羅頓協助為火星荒涼的沙漠培育種子、讓複製體的發射運作，也是萬諾文託付火星藥劑的人。傑森・羅頓違抗美國政府，私下把這些藥品和複製技術傳給一些少數學術界人士和科學家，使他們成為第一批地球上的第四年期人。

而泰勒・杜普雷，如果她記得沒錯，是傑森・羅頓的私人醫生。

「這可能嗎？」麗絲低聲說。

「我不是要用我的年紀嚇你，只是要讓你相信我的話。我是第四年期的人，當然，而我從這個團體一開始就是其中一份子了。所以蘇麗安・莫埃會在幾個月前來看我。」

「可是……如果她是火星人，她是怎麼來到這裡的？為什麼她看起來不像火星人呢？」

「她是在火星上出生的。年紀還很小的時候，在一次大洪水中幾乎喪命。她受了傷，而且腦死，只有使用延長壽命的藥物做徹底的重建才治得好。因為她是在很小的年紀接受這種治療，所以有了悲慘的副作用：有點像是遺傳不斷復發。她沒有大多數火星人在青春期會長出的皺紋，而且會在一般火星人停止成長的點以後繼續成長。所以這使她看起來幾乎像是地球人，在他們眼裡，是回復到最早祖先的模樣了。由於近親亡故，又由於被認為畸型得可怕，所以由一個過著苦行生活的第四年期團體撫養長大。即使他們沒能給她別的，至少讓她受了完好的教育。由於她外形的關係，她對地球十分著迷，而致力研究一種我們稱做『地球研究』的學問。我不知道火星人是怎麼稱呼這門學問的。」

「所以是地球專家嘍。」麗絲說。

「這也就是為什麼她後來被選為火星特使的原因。」

「如果這是真的，她的相片應該到處可見啊？」

「她被藏著不讓媒體知道。她的存在是一個小心守護著的祕密。你知道為什麼嗎？」

「呃，如果她長得這麼像地球人……」

「她在人群中就不會被人注意，而且她自學了至少三種地球人的語言，能像那個國家的人一樣說話。」

「所以她是什麼，間諜嗎？」

「也不盡然。火星人知道地球上也有第四年期人。蘇麗安·莫埃是他們對我們的外交使節。」

特克遞了一杯冰水，麗絲喝得很急。她喉嚨太乾了。

黛安說：「當火星人離開的時候，蘇麗安·莫埃卻選擇留下來。她和一個地球女人交換，那女人是第四年期的，剛好和她長得很像。特使團回火星的時候，那個女人就跟他們一起走了，算是我們自己的密使吧。」

「蘇麗安·莫埃為什麼要留下來？」

「因為她在這裡發現的事讓她很震驚。在火星上，當然，第四年期人已經存在好幾世紀了，他們受地球上沒有的法律和慣例所約束。火星的第四年期人是用各種各樣的妥協去獲得他們的長壽。比方說，不能生育、不能擔任公職，除了做為觀察者和仲裁者以外。然而我們的第四年期卻不見容於法律，既有殺身之虞也具有危險性。她希望能用火星上的規範改善混亂。」

「我猜她沒有成功。」

「我們不妨說她沒有完全成功。第四年期也有百種人。像我們這種贊同她理念的第四年期人，在這麼些年當中會資助她、鼓勵她。但是其他的第四年期人卻討厭她的干預。」

「干預什麼？」

「干預他們想要創造出可以和假想智慧生物溝通的人類。」

ᔕ ᔕ ᔕ

「我知道這聽起來有多怪誕，」黛安．杜普雷說，「但這是真的。」她又加上一句，語氣比較壓抑，「我哥哥傑森就是因此而死。」

麗絲覺得這個女人明顯可見的誠懇，再加上風把百葉窗吹得啪啪作響的聲音、村民各行其事的人聲、遠處一隻狗沒目標的吠叫，以及特克喝著冰水，彷彿這些話都不稀奇的神情，使這一切都變得無可懷疑。

「傑森．羅頓是這樣死的？」麗絲在書上看過記載，說傑森．羅頓是時間迴旋最後那段混亂日子中的傷亡者。在那陣恐慌中，成千上萬的人死去。

黛安平靜地說：「這個過程在成人身上是會致命的。它會重建人類大部分的神經系統，使它容易接受假想智慧生物網絡智慧的進一步的操縱。到時候會有……會有類似的溝通情況發生。不過它卻會殺死溝通者。理論上，這個過程如果用在人類的活胚胎上會比較穩定。也就是子宮裡尚未出生的嬰兒。」

「可是那樣會……」

「站不住腳。」黛安說。「在道德上和倫理上都太恐怖了。不過這對我們團體當中的一派人來說是莫大的誘惑。它提供了一種可能，讓我們可以真正了解假想智慧生物的謎：他們對我們的目的是什麼，以及為什麼做出那些事。也許還有別的，不只是溝通，而是一種心靈的契合。將人與神混合，如果我可以這麼形容的話。」

「而火星人想要阻止這種事發生？」

黛安看起來微微帶著愧容。「火星第四年期人是最先想要嘗試的。」

「什麼？他們去改造了一個人類胚胎？」

「這個計畫失敗了，孩子沒有活到青春期。實驗是由撫養蘇麗安．莫埃的那群克已派第四年期人進行的。那孩子死的時候她也在場。」

「火星人准許這種事嗎？」

「只准一次。蘇麗安．莫埃想要阻止我們的第四年期人做同樣的事。我們這裡的第四年期人更不受法律和習俗的約束，如果已經開始進行了，她就要打斷這個過程。」

微風和暖，但是麗絲卻打著冷顫。「有嗎？我是說，開始了嗎？」

「傑森把技術和藥劑，連同萬諾文帶到地球上的其他東西全都傳布出去。我們有這種能力已經有好幾十年了，不過並沒有誰真正有興趣去進行，除了一些……你可以說是歹毒的團體以外。」

特克說：「我還以為第四年期人都有一些內建的抑制功能。比方說，托馬士。他接受療法後就不再喝比啤酒烈的飲料，也不再去酒吧打架了。」

「我們會抑制住明顯的攻擊行為，但是並不會因此就欠缺了道德選擇，或自我防衛的能力。而且這也不能完全說是攻擊，特克。這件事很冷酷、不可原諒，但是，在某方面說來，很難用具體的道德下判斷。如果把針打進一個孕婦血管，而她是自願的，這就不是一件顯而易見的暴力行為，尤其當你深信它的必要性。」

麗絲說：「是因為這樣，遺傳安全部才會對蘇麗安．莫埃有興趣？」

「是的。遺傳安全部和每一個類似的單位。不只是美國人害怕第四年期，你知道。在伊斯蘭世界裡，偏見還更強烈。沒有一個地方是安全的。幾十年來，遺傳安全部一直試圖搜尋並取得任何一丁點被禁的火星生物科技。也許想要壟斷的成分大於要毀掉它。他們還沒有成功，而且也可能永遠不會成功。神燈裡的精靈已經出來了。不過他們在研究的過程中也得知一些事，顯然得知了蘇麗安．莫埃的事。第四年期人竟然要和假想智慧生物溝通的想法可把他們嚇壞了。」

「跟你們怕的是同樣原因嗎？」

「部分原因相同。」黛安說。她喝了口水。「部分。」

村中的報時者叫喚信徒禱告。黛安不理會這聲音。

麗絲說：「蘇麗安至少去過麥哲倫港一次。十二年前。」

「是的。」

「做同樣的事？」

「是的。」

「成功了嗎？我是說，她阻止了誰做這件事嗎？不管是哪個牽涉其中的人。」

伊布黛安看著麗絲，再望向別處。「沒有，她沒有成功。」

「我父親認識她。」

「蘇麗安．莫埃認識很多人。你父親叫什麼名字？」

「羅勃．亞當斯。」麗絲說，她的心跳得更厲害了。

黛安搖搖頭。「名字不熟。不過你說你要找的一個人在庫布利克墓鎮上？」

「一個叫艾夫蘭．杜瓦利的人。」

「艾夫蘭．杜瓦利。」伊布黛安的表情沉了下來。麗絲感覺到她相當激動。

「杜瓦利是第四年期的人？」

「是的。在我看來，他也有一點瘋狂。」

第十二章

陪艾沙克走回圍場後，蘇麗安．莫埃就把花的事告訴杜瓦利博士。

這件事似乎太玄了，所以有必要派出一支隊伍去找那個東西。蘇麗安沒有參加，不過她指示他們明確的方向。杜瓦利博士只帶了三個人，開著公用車駛進沙漠。杜瓦利的興奮是意料中的事，蘇麗安心想。他愛上假想智慧生物，愛上他想像中的他們。他簡直無法抵擋外星花朵這樣的禮物。

近黃昏時他們回來了。杜瓦利沒找到那朵玫瑰，不過倒並非毫無所獲。在乾燥的荒地上還有其他不尋常的東西生長，他蒐集了三樣東西放進棉布袋裡，然後在交誼廳桌上把它們展示給蘇麗安和其他人看。

戰利品之一是一個像海棉的綠色圓盤，形狀像是一個小型的自行車車輪，上面有小枝般的輻條，輪軸上還接著瘤狀的樹根。還有一樣是個半透明直徑一公分的管子，長度相當於蘇麗安的前臂。最後一樣是一團黏答答的東西，像是一個握緊的拳頭，上面有藍紅兩色的條紋。

這些東西沒有一樣看起來是健全的，不過無疑地曾經是活的。自行車輪已經發黑，有多處破損。

中空的管子順著軸幹裂開來。拳頭顏色蒼白，已經開始發出難聞的氣味。

芮布卡太太說：「這些東西是跟落塵一起落下來的嗎？」

杜瓦利搖頭。「它們全都生根了。」

「長在那裡？在沙漠裡？」

「我無法解釋。我只能猜在某些方面和落塵有關。」

杜瓦利滿懷期望看著蘇麗安。

蘇麗安卻無話可說。

ꕤ ꕤ ꕤ

早上，蘇麗安去看艾沙克，但是他的門關著，芮布卡太太站在門外，兩臂交抱。「他身體不舒服。」她說。

「我只跟他說一下話。」蘇麗安說。

「我希望讓他休息。他在發燒。我想我倆必須談談，莫埃女士。」

兩個女人走到院子裡，在主建築的陰影下走著，然後一起坐在石頭長椅上，從這兒可以看到花園。空氣燠熱，一切都像是靜止了。陽光灑落在有圍籬的花壇上，雖無形卻好似有千萬斤重。蘇麗安等芮布卡太太開口。事實上蘇麗安早就料到芮布卡太太遲早會表現出敵意。她是艾沙克身邊最接近母親角色的人，雖然艾沙克的天性中已排除掉任何感情依戀，至少他這一方是不會有的。

芮布卡太太說：「他從沒生病過，一次也沒有。可是從你來這裡以後……他就不一樣了。他會四處遊蕩，吃得也少了。他對書籍有狂熱的興趣，起初我還認為這是件好事。不過我懷疑這是不是只是另一個病徵。」

「什麼的病徵？」

「不要閃避問題。」芮布卡太太是個大塊頭的女人。在蘇麗安看來，這些人全都身形碩大（她自己還不到一六〇公分），但是芮布卡太太尤其高大，而且似乎想要表現得氣勢兇狠。「我知道你是什麼人，和其他人一樣。這裡每個人都知道你好多年了。當你來敲門時我們並不驚訝，只驚訝你怎麼過這麼久才來。我們準備好要讓你觀察艾沙克，甚至和他互動。唯一的條件是你不可以干涉。」

「我干涉了嗎？」

「從你來以後他就變了。你不能否認這一點。」

「那與我無關。」

「是嗎？我希望你說的沒錯。可是你看過這種情形，對不對？在你來地球以前。」

蘇麗安從不打算隱瞞，這件事已經在地球第四年期人當中傳開來，尤其是像杜瓦利這種人，他們對假想智慧生物完全著了迷。她點點頭。

「像艾沙克一樣的孩子。」芮布卡太太說。

「在某些地方像他。是個男孩。和艾沙克同樣年紀的時候就……」

「死了。」

「是的。」

「死於他的……身體狀況？」

蘇麗安沒有即刻回答。她不喜歡喚回那些記憶，雖然後來的人可以從中學到教訓。「他在沙漠裡死的。」不同的沙漠。火星的沙漠。「他想要找路，但卻迷路了。」她閉起雙眼。在她眼皮下的世界是一片無邊無際的紅，燦爛得讓人受不了的陽光帶來的紅。「如果我能夠，我一定會阻止你們的。你也知道。可是我來得太晚了，而你們也都非常聰明地把自己藏起來。現在我跟你們一樣無助，芮布卡太太。」

「我不會讓你傷害他！」芮布卡太太口氣中的激烈和她的指責一樣讓人吃驚。

「我不會做任何傷害他的事！」

「也許不會。可是我認為，在某個層面上，你很怕他。」

「芮布卡太太，你是不是完完全全誤會了？我當然怕他！你不怕嗎？」

芮布卡太太沒有回答，只是站起身，慢慢走回圍場。

ᔕ ᔕ ᔕ

當晚艾沙克仍然發燒，不能出房間。蘇麗安在房裡躺著沒睡，透過讓風沙打磨過的窗台望著星星。也就是望著假想智慧生物，這是大家給這些星星取的名稱，多麼巧妙含糊。即使在確認他們真的存在之前，就這麼稱呼了：他們是一種假設的實體，把地球用一種奇異的時間膜包住，使得在一個男人去蹓狗或是一個女人梳頭髮的時間中就過了一百萬年。他們是一種散布在銀河四處、能夠自我複製的半生物機器網絡。他們介入人類事件，或許也介入數不清的其他有意識的文明，原因我們並不太清楚，也或許根本沒有任何原因。

她注視著他們，不過當然看不見。他們瀰漫了夜空，包含了好幾個世界。他們無所不在。

除此之外，還能說什麼？一個無比浩大的網絡橫過銀河，使得它與自然力已無法區分了。它是不能討價還價的，甚至無法和它說話。它在非人類的時間中與人類互動。它的字句是數十年，它的對話則和演化過程無法區辨。

它會做有任何意義的思考嗎？會懷疑、會和自己爭辯嗎？會虛構意念並依此行動嗎？換句話說，是個「實體」嗎？或者只是一個龐大而且複雜的「程式」？

火星人為此爭辯了好幾世紀。蘇麗安童年經常聽那些年長的第四年期人辯論這個問題。蘇麗安沒有一個定論，沒有人有。不過她猜想，假想智慧生物並沒有中心，也沒有運作的智力。他們會做複雜而且無法預料的事，演化也會。演化造就出極為複雜而且互相依賴的生物系統，卻沒有任何中心方向。一旦自我複製的機器被（某種早已不存的古代物種，這物種或許比地球和火星從星塵冷卻形成還要古老許多）釋放到銀河中，他們就要受到同樣無情的競爭和突變邏輯的擺布。在數十億年中，什麼樣的東西不能生出？無比的規模和力量、半自動、就某種意義而言的「智慧」機器（拱門、包圍住地球的時間膜）……這一切，沒錯。但是要說有個中心的激發行動意識？心靈？蘇麗安是頗懷疑的。假想智慧生物不是一種實體。他們只是當自我複製的邏輯吞沒了廣大太空時所發生的事。

遠古機器的塵灰落在沙漠上，這些落塵中長出奇異的、失敗的碎片。一個輪子、一根中空管子、一朵有煤黑眼睛的玫瑰。艾沙克對西邊有興趣、遙遠的西邊。這意謂什麼？它有任何明確的意義嗎？

這意謂，蘇麗安心想，艾沙克被當作祭品，一種像風一般沒有心思也漠不關心的力量的祭品。

ᔕ ᔕ ᔕ

早晨，芮布卡太太准許蘇麗安進去男孩房間。「你就會明白，我們為什麼都這麼擔心。」她冷冷地說。

凌亂成團的被單下躺著癱軟的艾沙克。他的眼睛是閉著的。蘇麗安摸摸他額頭，感覺到發散出來的高燒。

「艾沙克。」她嘆口氣說道，既像是對男孩說也像是對自己說。他那種蒼白又奄奄一息的情況喚起太多的記憶了。從前有另一個男孩，是的，另一場高燒、另一片沙漠。

「玫瑰。」艾沙克開口了，嚇了她一跳。

「那是什麼？」她說。

「我記得玫瑰。而玫瑰，玫瑰也記得……」

他眼睛仍然閉著，像是睡著了。突然間他一坐而起，枕頭在他後腰下方被壓著，他的腦袋也撞到床的靠背板。頭髮因為汗濕顯得稀疏。蘇麗安心想，當人類能走、能跑、能跳的時候，看起來是多麼堅強，而當不能做這些事時，他們又是多麼脆弱呀。

然後男孩做了一件連蘇麗安都大感驚駭的事。

他睜開雙眼，兩眼虹膜竟幾乎失了顏色，彷彿原本的淡藍色被灑了金色油彩。他直直盯著她，露出微笑。

接著他說話了，他說的是蘇麗安已經有幾十年沒有聽過的語言，那是火星上人煙稀少的南方荒地的方言。

他說：「是你，大姐姐！你都去哪裡啦？」

接著，立刻就陷入沉睡，只留下蘇麗安在話裡可怕的回音中顫抖。

第十三章

第二天早晨，一架直升機低低飛過敏南村上方。雖然這可能沒有惡意（伐木公司在最近幾個月以來一直在探查這些山丘），但卻讓村民不安。於是伊布黛安建議他們快點走。「留下來要比離開危險。」她說。

「我們要去哪裡？」麗絲問。

「到山區那一頭。庫伯利克墓。特克會載我們過去，對吧，特克？」

他看起來像在思索。「我也許需要一把鐵鍬，」他神祕兮兮地說，「不過，我會載你們過去。」

「我們要開村裡的車回城裡，比較不顯眼的。你們來時開的車太醒目了。我會請一個村民把它開到海岸公路上，留在那裡。」伊布黛安說。

「等這一切都結束以後，我拿得回我的車嗎？」

「我不敢說。」

「噢，當然啦。」特克說。

* * *

麗絲知道當局有很多方法可以找出他們想找的人。體積小的射頻標籤可以安裝在車輛或甚至衣物上。還有更多更隱密、更精細的裝置可用。把他們的車開往北邊的米南加保村民，同時也帶走他們的衣服和其他東西。麗絲換上村裡商店買來的一件印花上衣和棉布長褲，特克則是一條牛仔褲加上一件白襯衫。他倆都在伊布黛安的診所裡沖了澡。「要特別留意你們的頭髮，」黛安指示他們，「頭髮裡可能會藏有東西。」

他們變得更疑神疑鬼了，把全身上下弄得乾乾淨淨的。麗絲上了黛安為他們安排的滿布鏽斑的車。特克坐上駕駛座，麗絲坐在他旁邊，繫上安全帶，等黛安和十幾名圍繞在她身邊的村民道別。

「她很受愛戴。」麗絲說。

「北部海岸上每個村子都知道她。她年復一年在聚落中來來回回，幫助他們，這些都是移居的馬來人，也有淡米爾人和米南加保人。他們都為她保留住處，也很保護她。」特克說。

「他們知道她是第四年期人嗎？」

「當然。而且她也不是唯一的第四年期人。這些村裡有些老年人要比你以為的還要老。」

世界在變，麗絲心想，而說再多人類染色體有多麼神聖崇高，也阻止不了這個改變。她想像自己試圖將這個事實告訴布萊恩。他無疑會拒絕或否認這個事實。布萊恩相信遺傳安全部所做的都是好事，但這種信心有時也會動搖，產生裂縫。他擅長彌補但裂縫仍不斷出現。這幢龐大建築已經搖搖欲墜了。

伊布黛安．杜普雷小心翼翼上了車，繫上磨得破舊的安全帶。特克緩緩開著，村裡的群眾擠滿窄窄的街道，跟著車子走了好幾公尺。

「他們不願意我走，」黛安說，「他們害怕我不回來了。」

ဖ ဖ ဖ

每當他們駛過一輛車，麗絲都會縮一下身體。特克把頭上的布帽壓得低低的，蓋在眼睛上。等車子一上了平坦的公路，他就開心地逕自哼著歌。伊布黛安耐心坐著，看著外頭的世界往後退。

麗絲決定打破沉默。她轉過頭對黛安說：「告訴我艾夫蘭．杜瓦利的事。」

「如果你告訴我你所知道的部分，我說起來會容易些。」

「這個嘛……他在美利堅大學教書，不過他行事隱密，其他教職員不是很喜歡他。在我父親失蹤前不到一年，他沒有解釋什麼原因就離開教職。檔案室有人告訴我，他去信要把他最後一張薪水支票轉寄到庫伯利克墓的一個信箱地址。根據我母親的說法，」雖然情感上很難受但卻很難得地，麗絲逼自己說起過去，「在他辭掉工作以前，他來過我家幾次。庫伯利克墓沒有他登記的地址，我搜尋他的名字也沒有任何現址，哪裡都沒有。我本來是想去庫伯利克墓看看信箱地址是不是還在用，或者有沒有誰租了這個信箱的任何紀錄。不過這似乎只是猜測。」

「你很接近了，雖然你還不明白是什麼。怪不得遺傳安全部會對你有興趣。」

「所以杜瓦利和這種溝通者派有關係？」

「不是有關係。那是他的，是他創始的。」

黛安說，杜瓦利在移民到新世界前好多年，就在新德里接受了第四年期療法。「他受聘在大學教書後不久我認識他。麥哲倫港周圍地區有成千上萬個第四年期人，這還不包括那些想與世隔絕、安安靜靜過完他們延長的壽命的人。有些比較有組織，有些比較沒組織。我們不會舉行大會，理由很明顯。不過我遲早都會認識大多數已知的第四年期人，還可以分出有哪些派別和次團體。」

「杜瓦利有自己的團體？」

「據我所知，是有幾個想法相同的人。」她遲疑了一下。「我們被稱做第四年期，是因為火星上這種療法相當於進入生命的第四階段，是成年期之後的成年期。第四年期療法只是延長了生命數十年，但是其他心智或道德等方面，卻不一定是成熟的。從療法本身和所形成的規範制度來看，就能印證這一點。艾夫蘭．杜瓦利把自己的著迷帶進他的第四年期中。」

「什麼樣的著迷？」

「對假想智慧生物的著迷。對宇宙的抽象力量的著迷。有些人對自己的人類性質十分不滿。他們想要被比他們偉大的東西救贖、去認可自己獨特價值的感覺。他們想要接觸上帝。第四年期的矛盾處在於，它對這種人像是磁鐵一樣。我們試圖要控制這些人，但是……」她聳聳肩，「我們沒有火星人的那套法律和社會規範。」

「所以他就根據一種想法去組織團體，這種想法是要創造出一種，一種……」

「一種溝通者，一種與假想智慧生物溝通的人類介面。他很認真看待這件事。他從第四年期團體中召集認同他的人，然後盡一切力量和我們隔絕。一旦開始進行這個過程，他們就會變得非常神祕。」

「你們不能阻止他嗎？」

「我們試過，當然。杜瓦利的計畫並不是第一次的嘗試。在過去，其他第四年期人的介入已經足以壓抑這種努力。必要時蘇麗安·莫埃更會去教人阻止，她的權威在大多數第四年期人當中是無庸置疑的。不過杜瓦利博士不受道德勸說影響，而等到蘇麗安·莫埃來到時，他和他的團體已經躲起來了。從那時候起，我們就和他們只有非常零星的接觸。就因為接觸次數太少，知道得又太晚，所以無法阻止。」

「你是說有個小孩？」

「是的。他的名字，我聽說，是艾沙克。今年應該十二歲了。」

「我父親是十二年前失蹤的。你想他會不會加入這個團體了？」

「不會。根據你對他的描述和我對杜瓦利召募人員的了解，不會。很遺憾，不過他不在其中。」

「那麼也許他知道他們在做一些危險的事，也許他們綁架他了？」

「我們第四年期人是會抑制暴力的。你說的事不是絕不可能，但是發生機率不高。我從沒有聽過杜瓦利做過這種事。如果那種事發生在你父親身上，那還比較像是遺傳安全部的傑作。即使在那時候，他們也已經開始懷疑杜瓦利了。」

「遺傳安全部為什麼要綁架我父親？」

「可能是要訊問他。如果他抵抗的話……」黛安面色沉重的聳聳肩。

「他為什麼要抵抗？」

「我不知道。我從沒見過你父親，不能回答這個問題。」

「他們先偵訊他，然後怎麼樣……再把他殺了？」

「我不知道。」

特克說：「遺傳安全部有一個執行委員會，麗絲。他們會自己寫法律證明，所以可以任意而為。我幾乎可以肯定就是他們抓走托馬士。托馬士是個第四年期人，而第四年期人是出了名的難偵訊。他們不怎麼怕死，而且對於疼痛又有很大的忍受力。要從一個頑固的第四年期人口中得到消息，就表示要讓他經歷一種通常到最後都會致命的過程。」

「他們殺了托馬士嗎？」

「我猜是，再不就是把他移到某個祕密監獄，打算慢慢整死他。」

布萊恩可不可能會知道這件事、聽說過事情？麗絲腦中閃過一個嚇人的畫面，是遺傳安全部人員在領事館嘲笑她的情景，笑她去發掘自己父親真相的天真想法。她一步步都是如履薄冰，除了自己的無知外，沒有東西保護。

可是……不，遺傳安全部這個機構也許可以做到這件事，布萊恩卻不會。雖然在婚姻中她並不快樂，但是她太了解布萊恩了。他也許是多面人，但不會是個殺人兇手。

ᔕ ᔕ ᔕ

伊布黛安要他們丟下汽車和衣服的確很明智，但是當他們離開樹林區，進入麥哲倫港的工業化郊區時，特克發現他們做得還不夠徹底。黃昏時分車過了煉油廠，左方是大海，煉油廠冒出的亮光有如蕈一般，他說：「從上了大路以後，我就一直看到幾輛車，好像刻意跟我們保持一定距離。不過這也可能是我的想像。」

「那麼就不要直接去阿隆吉。事實上我們應該儘快下高速公路。」黛安說。

「我沒有說被人跟蹤了。只是我注意到這件事而已。」

「我們要往壞處想。下一個出口離開。找個加油站或是哪個地方停下來，不要引人懷疑。」

「這裡我有認識的人，是我可以信任的人，如果我們需要一個地方過夜的話。」

「謝謝你，特克，不過我想不應該危及任何其他人。況且我也懷疑麗絲會不會急著想認識你的前女友之一。」

「我沒有說什麼女朋友的事啊！」特克說著，漲紅了臉。

他開進一座和零售店相連的加油站。麥哲倫港這一帶住著煉油廠工人，許多組合式平房在景氣繁榮的時候匆匆建好，從此以後便日益破敗。他把車停放一棵雨傘樹下，離加油機一段距離。最後一道日光已經消失，室外只有街燈的橘黃色亮光。

「如果你要丟車，再過去幾條街有一個巴士站。我們可以搭巴士到稻米灣，再走去阿隆吉。不過那樣就得半夜才能到得了。」特克說。

「也許這樣最好。」黛安說。

「不過我真不喜歡又丟掉一輛車。這些交通費用是誰出錢的？」

「朋友和朋友的朋友。這你不用擔心。車裡什麼東西都不要拿出來。」

特克和黛安把車牌拆下丟掉。麗絲要求去小店買些吃的東西，早餐過後他們還沒有停下來吃頓飯呢。

她買了乳酪、餅乾和瓶裝水，在巴士上可以吃。結帳時，她注意到櫃台上有一疊拋棄式電話，是那種丟了個人手機時可以應急的，也是不想讓人知道身分的毒販喜歡用的。她看過新聞報導過這類事情。她抓了一個，一起結帳。接著，她一手拎著袋子，一手拿著手機走到小店後面。

她按了布萊恩的家中號碼。

他幾乎立刻接起來。「喂？」

他的聲音讓麗絲一時間嚇呆了，本想把電話按掉，但是後來她還是說了。「布萊恩嗎？我現在不能說話，不過我要你知道我沒事。」

「麗絲……拜託，告訴我你人在哪裡。」

「我不能。不過有件事，這很重要。有個人名叫托馬士・金恩，托－馬－士－金－恩。幾天前他被監禁了，很可能沒有拘票或是任何法律紀錄。可能是被遺傳安全部或是自稱是遺傳安全部的人抓走。你可以查一下嗎？我是說，你覺得人被綁架是對的嗎？如果你認為這樣不對，有沒有什麼辦法讓這個人放出來？」

「你聽我說，麗絲。聽著。你不知道自己惹到什麼事了。你現在和特克・芬雷在一起，對嗎？他有沒有告訴你說他是個犯人？所以他才會逃離美國，麗絲。他……」

她轉過頭，看到特克從商店轉角走過來，要藏起來已經來不及了。她把手機關上，不過這個動作也沒有用了。在燈光下，她可以看到他臉上的怒容。他不發一語，把她手裡的手機拿過去，擲向空中。

手機飛過燈柱，像隻巨大的飛蛾般舞動，消失在峽谷邊緣。

麗絲震驚得說不出話來，她轉向他。特克鐵青著臉。她從沒有看過他像這樣。他說：「你什麼都不知道，是不是？根本不知道這裡有什麼危險！」

「特克……」

他沒有在聽，一把抓住她手腕把她拉向街上。她好不容易掙脫他的手，不過卻把裝著乳酪和餅乾的袋子掉到地上了。

「該死，我不是小孩！」

「你他媽的證明啊！」他說。

* * *

這趟巴士坐得不能算是愉快。

麗絲悶悶不樂，坐離特克遠遠的，看著窗外的夜向後移。她決定不要去想特克做過什麼事，或者她可能做錯了什麼事，或布萊恩說過的話，至少在她平靜下來以前。但是怒氣消逝之際，她卻只覺得落寞。這末班南下的巴士坐了半滿，其他乘客是幾個穿卡其褲和藍襯衫、臉色嚴酷的男人，可能是輪班工人，住在南邊海岸，好節省城裡房租花費。坐在她後面座位上的男人用伊朗語喃喃說著話，也許是自言自語。

巴士隔段時間就會在水泥塊搭建的車站和高速公路旁的店面公車站停下，這裡是由寂寞的人和閃爍的燈光構成的世界。之後城市就被拋在身後，眼前只剩高速公路和大海那看不見海平面的一片黑暗。

黛安・杜普雷走過走道，在麗絲旁邊坐下。

「特克認為你要更謹慎看待這些事，這是場冒險。」老女人說。

「是他告訴你的？」

「我推測的。」

「我是很認真的。」

「打電話不是個好主意。手機可能無法追查得到，但是誰知道警察或是遺傳安全部會用上什麼科技？最好還是不要去推測。」

「我的確是很認真的，」麗絲又一次堅持，「只是……」

她找不出適當的字句。突然間她意識到她所知道的生命有多少正在巴士輪下流逝。

ᔕ ᔕ ᔕ

等到巴士開到靠近阿隆吉機場的一個車站時，特克已經不再咬牙切齒，而開始顯得有些不好意思了。他從旁投給麗絲一個帶著歉意的眼光，她沒理會。

他說：「還有約一公里路就到阿隆吉了，你們兩位已經準備好要走路了嗎？」

「是的。」黛安說。麗絲只點了點頭。

從車站走去的路比較鄉下，燈火稀疏。行走之際，麗絲聽到她腳踩在沒有怎麼鋪好的路邊的喀啦喀啦聲，以及風掃過雜草叢生、沒有樹木的空地的聲音。遠處高草裡有種蟲子在叫，要不是那唧唧叫聲中有種哀傷的音調，像是一個鬱悶的男人用指甲畫過一把梳子的梳齒，她會錯認那是蟋蟀聲。

他們來到阿隆吉機場的後門，這裡離大門很遠。機場用圍籬圍起，特克從口袋裡撈出一把鑰匙，邊推開鐵網門，邊說：「從這裡進去以後，我們最好是不要引人注目。機場十點以後關閉，不過現場還有維修組，新跑道那裡也有警衛。」

麗絲問：「你不是有權利進到這裡嗎？」

「算是啦，不過我們最好還是不要引起太多的注意。」

她跟著特克和黛安來到一間鋁板機棚，位在機場航廈後方一排數十間機棚中的一間。巨大的門用鎖鍊關上了，特克說：「我說要一把鐵撬可不是開玩笑的。我需要用東西把這個弄開。」

「你被自己的機棚鎖在外面進不去？」

「有點可笑吧。」他走開了，顯然是去找工具了。

麗絲滿身大汗，走路走得小腿發痛。她還必須去上廁所。她也沒有換洗衣物了。

「原諒特克吧，」黛安說，「他不是不信任你，他是替你擔心，他……」

「從現在開始你都要這樣嗎？發表這種大師一般的聲明？這有點煩人吧。」

黛安睜大眼睛望著她。然後，讓麗絲多少有些鬆口氣的，她笑了起來。麗絲說：「我……我很抱歉，可是……」

「不用！不用道歉。你的話一點也沒錯。這是老人的缺點，老是忍不住發表長篇大論。」

「我知道特克害怕什麼。特克是把自己退路的橋給燒了。我的橋還在，我還有退路可以回去。」

「嗯，這就是啦。」她再次微笑。「大師發表言論了。」

ꩦ　ꩦ　ꩦ

特克從工地拿了一根鋼筋回來。門閂比掛在上面的掛鎖脆弱，喀啦一聲就撬開了。他把那兩扇巨大的鋼門推開，打開室內的燈。

他的飛機在裡面，他的雙引擎「天王」機。麗絲還記得這是他們那次不成功飛越山區航行的飛機。那似乎是好幾年以前的事了。

特克在做飛行前檢查時，麗絲和黛安去上了那間髒兮兮的員工廁所。麗絲從飛機庫後方走出來，發現特克正和一個穿制服的男人激烈爭論。男人個子不高、頭頂微禿，臉上有明顯的不悅之色。「我必須通報阿隆吉先生，」他說，「你也知道的，特克。」「給我幾分鐘，我只要求這樣。這幾年來我請你喝的酒還不夠我這個要求嗎？」

「我只是勸告你說這種事是不准許的。」

「好。沒問題。十五分鐘，然後你愛通報誰就通報誰。」

「我現在是在正式告知你喔。沒有人能說我通融你喔。」

「不會有人說這種事的。」

「十五分鐘。就十分鐘。」

警衛轉身走了。

ᔓ　ᔓ　ᔓ

特克說，從前赤道洲任何地方，只要能開條降落跑道，就是一座機場了。只要一架小小的四人座螺旋槳飛機，就可以到從前根本去不了的地方，而且沒有人要擔心申請飛行計畫的事。不過，在臨時政府和空中旅行財團殘酷無情的壓力下，那種情形已經改變了。強大企業和強大政府會把像阿隆吉機場這種地方逼到轉為地下，這是早晚的事。即使是現在，像這樣在機場關閉後的下班時候起飛也不合法。這麼做也許會讓他丟了執照，不過反正他也要被逼走了。「沒有什麼可損失的。」他說，「沒有太多可損失。」然後他把飛機轉向一條空跑道，開始起飛前的滑行。

特克就正在做他最會做的事，麗絲心想。穿上鞋，一走了之。他相信遠處地平線的救贖力。她的信仰和他不同。

飛機離開地面，機身搖晃得像風箏，耳裡只聽見引擎的噗噗聲，那巨大的葉片螺旋槳將他們載往那月光照亮的山區。伊布黛安朝窗外看去，喃喃說著：「現在這些東西比以前安靜多了……噢，好多年前了，好多年前了。」

麗絲看到海岸的弧線斜向機身右側，遠處麥哲倫港那片烏黑的範圍變得更小了。她耐心地等特克說些話，甚至是道個歉。可是他沒有，只突然用手指了指，麗絲朝他指的方向看去，剛好看到一顆流星的白熱光尾巴閃過山頂和隘口，朝空曠的西部沙漠而去。

第十四章

布萊恩·蓋特利對於這天早晨信箱中突然出現的殘暴畫面毫無準備。這個畫面喚起他一段不愉快的回憶。

十三歲那年夏天，布萊恩在家人做禮拜的聖公會教堂擔任志工。他不是很虔誠的青少年，教義的事讓他很困惑。他也避開「聖經研究」，不過教會本身（它的組織和實際的建築）卻具有一種令人安心的力量，就是日後他稱之為「莊嚴」的特質。教會加諸事物一個合理的界限，這就是為什麼他的雙親（他們經歷過後時間迴旋的經濟混亂和宗教迷惘）每個星期都上教堂的原因，這也是為什麼布萊恩喜歡它的原因。他也喜歡新建教堂的松木味道，以及彩繪玻璃將早晨陽光分解出色彩的景象，因此他自願擔任夏天志工，在幾個昏沉欲睡的日子裡打掃教堂，或是為年長的教友開門、替牧師或唱詩班指揮跑腿。到了八月中，他又被找去替每年一次的野餐會布置擺桌。

布萊恩家的郊區有維護良好的公園和青綠的山谷。年度教堂野餐會（這項慣例太怪異，以致連名稱都有種古老的味道）在最廣闊的公園裡舉行。野餐會不只是野餐，更是一個家庭心靈溝通日（根據周日告示宣傳單上所說），因此有多家庭會去做溝通，有些時候甚至是一家三代都參加。布萊恩忙著鋪上塑膠桌布、拖動冰桶和飲料桶、活動期間四處傳遞熱狗、他不認得的小朋友互丟飛盤，學步的孩童礙手礙腳……這一切讓他忙得不可開交。這天是野餐會的理想日子，陽光普照但不會太熱，還有微風將烤肉的煙味吹走。即使才十三歲，布萊恩也很感激野餐那略帶催眠的氣氛，像個時間暫停的下午。

然後他的朋友萊爾和凱夫出現，邀他去玩。林子裡有條小溪，可以打水漂或是抓蝌蚪。布萊恩向大人請了假，就和他們走進森林的綠蔭中。淺淺的溪水像一條緞帶般，流過古代冰河擠壓出的圓石。在溪邊，他們不只找到可以打水漂的石頭，更驚人的，他們還發現了一個居住處：一片破帆布營帳，全都歪扭著，還有裝雜貨的袋子、生鏽的罐頭（豬肉、豆子、貓狗食品）、空瓶子和棕色扁瓶、一輛鏽蝕的購物推車，最後還有一團舊衣服，放在兩株橡樹中間。橡樹樹根冒出地面，彼此糾纏像是拳頭。仔細一看才發現，這根本不是一團舊衣服，而是個死人！

這個流浪漢至少死在這裡好幾天了，一直沒有人發現。破舊的紅色棉襯衫緊緊繃住他的大肚子，看起來既腫脹又皺縮，好像身上某種重要的東西被吸走了一樣。身體露出來的部分被動物啃掉了，他那雙乳白色的眼睛裡有小蟲，當風吹過來時，氣味令人作嘔。布萊恩的朋友凱夫轉過頭，立刻就吐在清澄的溪水中。

三人跑回公園裡，告訴卡萊索牧師他們的發現。警察來了，一輛救護車也過來運走屍首，將這場突然變沉重的聚會打散了。

之後六個月，凱夫和萊爾都沒有來做周日禮拜，彷彿教堂和死人是相連的，不過布萊恩的反應卻相反。他之所以相信教堂的保護力量，正是因為他看到教堂之外是什麼東西。他看到不神聖的死亡。他看過死亡，死亡不應該讓他驚訝的，但是他還是被二十年後從他信箱裡出來的東西驚嚇到了，就在他辦公室神聖的牆內，也在他成年生命那小心界定卻正在崩塌的界限之內。

꩜ ꩜ ꩜

兩天以前，他接到麗絲打來的那通簡短而被打斷的電話。

電話是深夜打來的。那天，布萊恩從那種嚕嗦的領事館社交之夜離開後，便直接回家。這種夜晚是在大使官邸喝酒，跟一般的可疑人士閒聊。布萊恩喝得不多，不過他喝的全進了他腦袋，於是回家路上他讓車子自動駕駛。車子對於速限一板一眼，真是白痴得可以；加上受限在有自動駕駛網的少數幾條街上，所以行進緩慢。在緩慢但安全的情況下，他回到曾經和麗絲一起住的公寓中，這裡伴隨著一種密室恐懼症的氣氛和若非布置得還算舒適就會成為絕望的味道。上床前他沖了澡，邊用毛巾擦乾身體，邊傾聽城市夜晚的寂靜。他心想：我是在這個界限之內還是之外？

關燈時電話響了。他把楔形話筒湊到耳邊，聽出她遙遠的聲音。

他試著要警告她。她說了一些他當下並不明白的事。

然後電話就不通了。

也許他應該把這件事告訴席蒙和維爾，但是他沒有。他不能。電話內容是私人的，是對他一個人講，也是為了他一個人講的。席蒙和維爾不知道也無大礙。第二天一大早他就坐在辦公室裡想著麗絲，想著他失敗的婚姻。然後他拿起電話，打給彼得．柯區伯，他是聯合國臨時政府的「安全與執法部」的連絡人。

柯區伯過去幫了他不少小忙，布萊恩也回報了不少。赤道洲有人移居的東岸是聯合國託管地，至少名義上是如此，所以定下一套複雜的法律，由國際委員會經常修訂。這裡最接近公家警力的就是國際刑警，不過日常的執法大都是由戴藍盔的軍人負責。結果就是造就了一種官僚體系，文書工作做得比行使正義要多，其存在也主要是撫平敵對國家間的利益衝突。要做任何事，就必須認識人。而柯區伯就是布萊恩認識的人之一。

柯區伯很快接了電話，布萊恩先聽了他免不了的抱怨：天氣啦、欺負人的石油同業聯盟、他那智障的下屬。最後，在柯區伯漸漸平復以後，他說：「我要給你一個人名。」

「好吧，」他說。「我還正需要呢，工作愈多愈好對吧。誰的名字？」

「托馬士．金恩。」他把拼法也告訴他。

「你為什麼對這個人有興趣？」

「部裡的事。」布萊恩說。

ᔕ ᔕ ᔕ

「某個美國亡命匪徒嗎？還是推銷優質寶寶的業務員、一個變節的器官販子？」

「類似。」

「我儘量。你欠我一杯。」

「沒問題。」布萊恩說。

這件事他也沒告訴席蒙和維爾。

ꕥ ꕥ ꕥ

相片是第二天早上從他的印表機上印出來的，同時還有一份柯區伯沒有簽名的短信。

布萊恩看著相片，然後把它面向下放在桌上，再拿起來看。

他看過更糟的。但他當下不自覺想到的，卻是約四分之一個世紀前他在教堂野餐會外發現的屍體，那具躺在兩棵樹裸露的樹根中間，眼珠子已經變成乳白色而全身爬滿了螞蟻的屍體。和當時一樣，他此刻下意識裡感到胃裡一陣翻轉。

相片裡是一具殘破的老人屍體，放在覆著鹽的石頭上。屍體上的斑痕也許是大片的瘀傷，或者只是腐爛造成的。不過額頭上確定是槍傷。

柯區伯沒有簽名的字條上寫著：兩天前於南角附近沖上岸，無證明文件，經指認為托馬士・W・金恩（美國商船DNA資料庫）。你們的人嗎？

看樣子金恩先生流浪到野餐會的界限之外了。麗絲也是，他一想到這裡，感到極度驚惶。

꩜ ꩜ ꩜

下午他又打給彼得・柯區伯。這一次柯區伯沒有那麼多話。

「我收到你傳給我的相片了。」布萊恩說。

「不用謝我。」

「你說『你們的人』，這是什麼意思？」

「我想還是先不要討論。」

「是美國人嗎，你的意思是？」

沒有回答。你們的人。所以，對，是美國人，或者彼得是在暗示托馬士・金恩屬於遺傳安全部？或者是他的死是這個部門幹的？也許他指的是「你們的殺人事件之一」。

「還有別的事嗎？」柯區伯問，「因為還有很多工作等我去……」

「再幫個忙，」布萊恩說，「如果你不介意的話，彼得。我再給你一個名字。」

第三部

進入西部

第十五章

艾沙克沒能再說任何話就閉上嘴，陷入一場喚也喚不醒的睡眠中了。那些第四年期的人繼續照料他，但是對他的狀況都束手無策。他的生命跡象穩定，似乎沒有立即的危險。

蘇麗安坐在艾沙克房裡陪著他，窗外遠處陽光照在沙漠上，將陰影隨著時間一點一點推移過鹼性的沙礫。兩天過去了。一天早晨，天空上煤黑色的烏雲層層密布，雷電交加。每年這時候偶爾會來幾場暴風雨，為山區帶來一點雨水。夕陽西下時，風停雨歇，天空恢復一片澄藍。空氣有股新鮮而刺鼻的氣味。男孩仍然沉睡著。

西邊荒地上，細長植物在短暫雨水挑逗下開了花。或許還有別的東西也在曠野中盛開。例如艾沙克那朵有眼睛的玫瑰。

蘇麗安表面雖平靜，心裡卻嚇壞了。

這孩子用埃許的聲音說了話。

她猜想，這是不是就是宗教書籍上提到的在神面前的顫抖。假想智慧生物不是神（如果她了解

「神」這個簡單卻超有彈性的字眼是什麼意思的話），不過他們卻擁有如神一般的力量，也同樣神祕不可解。她不相信他們具有有意識的心靈，甚至覺得「他們」這個詞都是誤稱、都是粗糙的擬人觀。當「他們」顯現時，人類自然而然的反應就是畏縮和躲藏。這是兔子對狐狸、狐狸對獵人的本能反應。

一生中兩次，蘇麗安心想，這是我特別的負擔，要在一生中親眼目睹兩次。

艾沙克躺在床上，胸膛隨著呼吸的節奏起伏。蘇麗安坐在床邊椅子上，不時會打個小盹。她常常做夢，夢得比她孩童時更震撼也更深沉。夢中她置身在一片不同的沙漠，那兒地平線比較近，天空是一種透入人心的暗藍色。沙漠上有石頭、有沙子，還有許多色澤鮮艷的管狀或細瘦的植物。活像一個瘋子的幻覺成了真。當然還有這個男孩。不是艾沙克。另一個，第一個。比艾沙克還要柔弱，皮膚比較黑，但是眼睛也像艾沙克一樣，怪異而布滿了金色亮點。他因為疲累，昏倒在地。蘇麗安和一群成年人在一起，而她卻是第一個膽敢走過去的人。

男孩睜開眼睛。他不能動，因為兩條腿兩條手臂和軀幹全都被柔軟的蔓藤綁住了。那些奇怪的植物把他釘在那裡，有一些還刺穿身體。

他肯定死了。身體這樣被刺穿，誰能活得下來？

但是他卻睜開了眼睛。他睜開眼睛，輕聲說：「蘇麗安……」

她在艾沙克床邊的椅子上醒來，在乾熱的空氣中冒著汗。芮布卡太太已經進了房間，正望著她。

「我們在交誼廳開會。」芮布卡太太說。「我們希望你能去，莫埃女士。」

「好，我過去。」

「他的情況有改變嗎？」

「沒有。」蘇麗安說。

但她心想：是時間還沒到。

ꩡ ꩡ ꩡ

這其實不是昏迷，只是睡眠，是很沉的睡眠，而且持續好多天。這天晚上，艾沙克醒來了，醒來的時候，房間裡只有他一個人。

他感覺……很不一樣。

比平常要警覺：不只是醒來，而且比從前都要清醒。他的視力似乎更敏銳、更集中。他感覺到如果他想，還可以數得清空氣中的塵灰粒，即使室內只靠床邊燈的光照明。

他想要往西邊去。感覺那裡有樣東西吸引著他。就所知的字裡，沒有一個字眼可以形容那樣東西。一種存在，正在升起，而它需要他，他也需要它，那種急切類似愛情或欲望。

但是他不要離開圍場，今天晚上不要。艾沙克第一次完全出於直覺的漫遊毫無結果，除了發現那朵玫瑰以外。至少在他恢復體力之前，沒理由再去一次。不過他得讓自己離開這狹窄的房間，去嗅點兒空氣，也讓皮膚透透氣。

他站起來，穿上衣服，走下樓。經過中央大房間，門沒掩緊，門後傳來大人們嚴肅的說話聲。他走到外面院子裡。遠處大門邊原本派有守衛看管，可能是要防止他又四處漫遊吧。不過今晚守衛待在另一邊，在有圍牆的花園裡。

他走進植物叢中，循著園丁鋪設的石頭路踱去。今晚空氣涼爽，園中花草盛開。夜晚開放的仙人掌開花了，即使在昏黃月光下也看得出十分鮮艷。

落塵被雨水沖進土裡，那裡有些小東西在動。

艾沙克把手心貼放在一小塊光禿的地上。土是溫的，保留了白日餘溫。

天上星星閃亮。艾沙克凝視良久。它們是符號，教人似懂非懂；是字母，組成單字，再組成他幾乎（但還不完全）可以看得懂的文句。

放在泥土上的手似乎碰到什麼，他低頭看了看。當手移開時，泥土鼓漲起來，泥屑四散落下。蚯蚓，他心想。不過這不是蚯蚓、不是看過的任何東西。它緩緩從土中扭動著鑽出來，像是一根有指節的肥胖手指。也許是某種樹根，但是長得太快，不可能是大自然的東西。它像是感受到艾沙克的溫度一樣，朝著他的手伸過去。

他並不怕。呃，不對，這話不是真的。一部分的他的確害怕，幾乎嚇得僵住。平常部分的他想要退縮，跑回房間以確保安全。然而現在有一種全新的感覺超越了這些部分的他，將他整個人籠罩住，讓他覺得大膽而自信。對這個新的艾沙克來說，這根淡綠色的手指一點也不嚇人，甚至毫不陌生。他認得，雖然叫不出名字來。

他讓它碰觸他，綠手指緩緩繞著手腕。艾沙克從它那裡得到一種奇異的力量，而它也從艾沙克身上得到一種奇異的力量。然後他又去看著那些恆星星群閃耀的天空。這時每顆星星似乎都像一張張面孔那樣熟悉了，每顆星星各有其色彩和重量，距離和身分也不同，雖然他都知道，但卻叫不出名字。像一隻正在嗅聞空氣的動物，他再次面向著西方。

ʆ ʆ ʆ

蘇麗安走進交誼廳時，發現有兩件事很明顯。一是她不在時，他們已經都討論得差不多了，她被找來這裡是要作證，而不是商量。

第二件明顯的事，是這裡瀰漫著一種愁雲慘霧、幾乎像是傷慟的氣氛，彷彿這些人明白他們創造的生活即將結束。這一點倒是絕對正確。這個團體無法再存在下去了。它開創的目的是養育艾沙克，而這個過程很快就要結束……不管是怎麼結束。

這些人當中大部分一定都是在時間迴旋之前出生的，蘇麗安心想。和其他地球的第四年期人一樣，當中很大比例來自學術界；這其中也有技術人員，幫忙維修低溫保育器；還有一名技工、一名園丁。就像火星第四年期人，這些人也把自己和一般社區隔絕。他們不像把蘇麗安撫養長大的第四年期人，但是的確是第四年期的人；聞起來就有一股第四年期味，非常陰沉、非常自大、非常自負而不自知。

當然，主持會議的是艾夫蘭．杜瓦利。他把手揮向房間前面一張椅子，要蘇麗安坐下。「在危機更進一步發展前，我們希望你能解釋幾件事，莫埃女士。」

蘇麗安正襟危坐。「當然，我很樂意盡力幫忙。」

芮布卡太太坐在主桌上，在杜瓦利博士右邊，她投給她一個銳利和懷疑的目光。「我希望這話是真的。你知道，當我們十三年前接下養育艾沙克的工作時，我們面臨一些反對……」

「養育他？芮布卡太太，還是製造他？」

芮布卡太太不理會這句批評。「是第四年期團體中其他成員的反對。我們依據的信念並不是每個人都有的。我們知道我們是少數人，少數人當中的少數。也知道你在別處為火星人做事，莫埃女士。知道你最後一定會找到我們，也準備要對你坦誠。基於你與一個比我們古老許多的團體的關係，我們尊敬你。」

「謝謝你。」蘇麗安說，並沒有掩藏她的質疑口氣。

「不過希望你能對我們坦白，就像我們對你一樣的坦白。」

「有問題就請問吧。」

「製造艾沙克的程序從前也嘗試過？」

「是的。」蘇麗安承認。「沒錯。」

「你在這方面有些個人經驗，這是真的嗎？」

這一次她回答就沒那麼快了。「是的。」她成長的故事在地球第四年期的人當中廣泛流傳。

「你可以和我們分享這個經驗嗎？」

「我不願意談論它，理由大半是個人的。因為這個回憶並不愉快。」

「但還是勉強吧。」芮布卡太太說。

蘇麗安閉起眼睛。她不想回憶這些事件，然而回憶卻常常是不請自來湧進腦海。但是芮布卡太太沒有說錯，即使蘇麗安多麼不願意承認。是時候了。

ꕥ ꕥ ꕥ

那個男孩。

沙漠中的那個男孩。火星沙漠上的那個男孩。

男孩死在乾燥的南部巴基亞省，這裡離他出生且過了一輩子的生物研究站有一段距離。

蘇麗安和男孩同年。她並不是生在巴基亞沙漠站，但是也記不得其他的家。她對於在巴基亞之前的事所知有限，而且都來自那些老師所說的故事：一個女孩和家人被帕亞河的洪水沖走，在約五公里外下游水壩的入口濾網上被人救起。她的雙親都喪生了，而這個小女孩，這個無人記得的蘇麗安，受到重傷，唯有大量生物科技介入才能得救。

確切地說，女孩蘇麗安必須重建，而方法就是用延長生命的第四年期療法。

治療大體上是成功的。她受損的身體和頭腦根據她的模板DNA重建起來。當然，她對於意外之前的生活已毫無記憶。她得到一次重生，就像嬰兒一樣從頭再去學習認識世界、二度學習語言，爬行一段時間以後再搖搖晃晃踏出第一（或第二）步。

但是這個療法有個缺點，這也是它很少用來介入醫療的原因。它不只提供本就有的長壽，也干擾了她生命的自然周期。在青春期，每一個火星孩子都會長出深深的皺紋，使火星人外觀上與地球人有明顯區別。但這情形卻沒有發生在蘇麗安身上。她依然是（以火星標準來看）沒有性別、皮膚光滑得醜怪，是個長得太大的嬰兒。當她往鏡子裡看的時候（即使在今天），還是免不了會想到某個粉紅色而形狀怪異的東西，就像是在一截腐爛樹身中扭動的蛆。為了保護她，不讓她受到羞辱，就由巴基亞沙漠站的那些救了她性命的第四年期人收留她、養育她。在沙漠站，有上百個寵她、疼她的父母親，而巴基亞那些乾燥的山丘就是她的遊樂場。

沙漠站除她以外唯一的孩子，是個名叫埃許的男孩。

他們沒有給他取別的名字，就只叫他「埃許」。

埃許被製造的目的是要與假想智慧生物溝通，雖然蘇麗安覺得他似乎連和周遭的人溝通都沒辦法。即使是對蘇麗安（他似乎很喜歡和她在一起），每次說的話也很少超過幾個字。埃許和眾人隔開，蘇麗安只在一些指定的時間才可以去看他。

不過她是他的朋友。蘇麗安並不在意這男孩的神經系統可能會接收到外星生物那看不見的訊號，就像埃許也不在意她全身粉紅得像個死產的胎兒。他們各自的獨特反而讓彼此有了相似之處，以致那獨特也就變得無關緊要了。

巴基亞沙漠站的第四年期人鼓勵這份友誼。他們對埃許倔強的沉默和他智力所顯現的不夠聰明感到失望。他很認真，但卻沒有好奇心。他睜大眼坐在那些大人為他設計的課堂裡，也吸收相當大量的知識，但是對它們卻是漠不關心。天空掛滿星星，沙漠滿是沙土，但是就算星星和沙土互換了位置，埃許也無所謂。他有沒有跟假想智慧生物說話，或是他們有沒有跟他說話，沒有人知道。在這個話題上，他沉默得頑固。

埃許單獨和蘇麗安在一起時最為活潑。在某些日子，他們可以離開沙漠站去探索附近沙漠。有人監督他們，這是當然啦，總是有個大人會在他們看得到的地方。但是和沙漠站那些封閉的空間比起來，這已經是很狂放的自由了。巴基亞乾燥得嚇人，但是稀少的春雨有時候會在石頭間積成水潭，蘇麗安喜歡這些臨時池塘中游來游去的小生物。有一種小魚，在乾涸的時候會把自己藏在胞囊中，像是種子一樣蟄居，而在稀罕的雨落下時甦醒。她喜歡把藏有許多生物的水用雙手舀起，讓埃許靜默而又帶著驚異的表情，看著那些扭動身軀的小東西滑出她的指間。

埃許從來不發問，不過蘇麗安會假裝他問了。在站裡她永遠是被教導、永遠是被鼓勵要傾聽；而和埃許單獨在一起時，她就變成了老師，他則是全神貫注又安靜的聽眾。她時常會把當天或是那個星期才學到的東西解釋給他聽。

人不是一直生活在火星上的，有一天她告訴他，當時他們正漫步在陽光下灰塵滿布的岩石中。千萬年、千萬世紀以前，他們的祖先從地球來，而地球是一顆比較接近太陽的行星。你無法直接看到地球，因為假想智慧生物把它包在一個不透光的膜中。不過你知道它在那裡，因為有個月亮環繞著。

她提到假想智慧生物（火星人稱做「阿布阿許肯」，這是由「強大的」和「遙遠」兩個字根組合而成的詞），一開始時小心翼翼，猜想埃許不知道會如何反應。她知道他有部分是假想智慧生物，而她並不想觸怒他。不過這個名詞並沒有引起特別的反應，只表現出他一向的漠不關心。因此蘇麗安可以自由自在地講解、想像、夢想了。早在那時候，假想智慧生物就已經使她著迷了。

她告訴男孩：

就一般人所知，他們位在群星之中。

而埃許，當然啦，是什麼話也不會回的。

他們不能算是動物，比較像是機器，不過也會成長、複製。

他們做的事看起來沒有明顯的原因……他們在幾千百萬年前把地球放進一個時間很慢的泡泡裡面，可是沒有人知道為什麼。

沒有人跟他們說過話，除非你說過。也沒有人看過他們。不過他們的零星碎片不時會從天空中掉落，奇怪的事會發生……

§ § §

「他們的零星碎片從天空中掉落」，這句話在杜瓦利博士那些第四年期人當中引起相當的驚愕。

杜瓦利清清喉嚨，說道：「火星檔案裡沒有提過這種事。」

「是沒有。」蘇麗安承認。「我們和地球直接溝通時也沒有提到。即使在火星，這種事也很少見，差不多每兩、三百年發生一次吧。」

芮布卡太太說：「抱歉，是發生什麼事？我不明白。」

「假想智慧生物存在於一種生態中，芮布卡太太。他們會繁茂、興盛，然後死亡，然後再重覆這個循環，一遍又一遍。」

「你說的假想智慧生物，我猜你指的是他們的機器？」杜瓦利博士說。

「這兩者也許並沒有很要緊的區別。沒有證據顯示他們的自我複製機器不是受控於他們自己的網絡智慧，以及他們自己偶然的演化。很自然地，他們生命的碎屑會在太陽系當中流動。偶爾這些殘餘物就會被一個內行星的重力捕捉下來。」

「為什麼這些東西沒有落到地球上？」

「在時間迴旋以前，地球存在於一個年輕許多的太陽系中。五十億年前，假想智慧生物幾乎還沒有在「柯伊伯帶」（Kuiper Belt，一九一五年，美國天文學家柯伊伯發現在距離太陽三十到一百天文單位之間有一個帶狀區域，帶上有許多繞行太陽的冰體）上住下。就算他們的機器進入地球大氣層，也只是單獨一個或稀稀疏疏的。地球上關於徘徊不去的光團或是奇異的天空物體的報告層出不窮，顯示這種事確實不時會發生，只是沒有人可以確認那是什麼。當時間迴旋膜出現後，就阻隔了殘餘物穿透落下。即使現在，地球仍被一種不同的膜保護著，以防陽光過度的輻射。火星呢，不管是幸或不幸，並沒有阻絕掉那些東西。火星人對這些並不陌生，杜瓦利博士。我們成長並且演化了千萬年，一直以來我們都知道假想智慧生物存在著，而且太陽系實際上是他們的財產。」

「落在我們身上的塵灰，是同樣的現象嗎？」芮布卡太太說。她的聲音嘶啞，帶著一種有敵意的急切。

「可能。沙漠裡那些長出的東西也是。我們很自然會推測『這個』太陽系也讓假想智慧生物住了無數個世紀。每年一次的流星雨不像是單純的古代隕石殘留物，反而更可能是他們的碎屑。落塵不過是一種特別密集的掉落，也許是最近一次『蛻皮』的結果。這就像是我們穿過一片雲層，這雲層的構成物是……」

「由他們廢棄的細胞構成的。」杜瓦利博士說。

「算是一種細胞，脫落的，也許是拋棄了的，但卻不見得是沒有活動力或完全死亡的。有部分的新陳代謝依然留存。」因此會有那朵有眼睛的玫瑰和其他那些發育不全、很快就死掉的生長物。

「你的同胞一定研究過這些遺骸。」

「噢，是的。事實上我們還培育過他們。我們的生物科技絕大部分是源自於對他們的研究。即使長壽療法也有假想智慧生物的遠因。我們大部分的藥劑都要用到假想智慧生物科技的一些元素，所以我們才會模擬外太陽系的環境，以低溫去培育他們。」

「我想那個火星男孩也和艾沙克一樣……」

「他們接受的療法和假想智慧生物裝置的原料有更密切的關連。我猜你認為那是某種純由人類製造的藥劑？神奇的火星生物科技的又一項例證？從某種意義來說是的，但是它也不僅如此，而是某種非人類的、本來就無法控制的事。」

「而萬諾文卻把種子帶到地球。」

「如果萬諾文發現的地球文明，就和我們火星人一直以為的那麼古老又有智慧的話，我相信他會坦白說明它的起源。不過不幸得很，他發現情況大不相同。他把我們許多祕密告訴傑森．羅頓，而傑森．羅頓又魯莽地用自己做實驗，還把這些祕密傳給所謂『他信任』的人，結果那些人根本也沒有多謹慎。」

蘇麗安感覺到室內的驚異。萬諾文和傑森．羅頓這兩人的名字，在地球第四年期人當中提到時都是帶有敬意的。然而他們畢竟也是凡人，容易疑慮、害怕、貪婪，以及倉卒做出決定，好在閒時後悔。

杜瓦利博士終於還是開口：「可是，你們還是可以告訴我們……」

「這些是第四年期的事！」蘇麗安被自己語氣的兇猛嚇了一跳。「你不明白。這是不『祖瑞』。」她無法確切翻譯出這個詞和它所有的微妙涵義。「讓未改造的人知道這事是不對的，也很不適當。未改造的人並不想知道，這些事是給很老的人去擔心的；一旦他們接受長壽的負擔，就也要接受『這個』負擔。不過我很願意在你開始這個計畫以前就告訴你那些，杜瓦利博士，如果你沒有把自己藏得那麼好的話。」

不過她這番話的對象，是出生在地球那喧鬧森林中的人，即使他們的第四年期也是異類，是不能指望他們了解的。生命的最後時期，那精選的數十年，對他們而言只不過是多個幾年可以呼吸。火星上所有的第四年期形式上都要和其他人隔絕。當進入第四年期時（除非是像蘇麗安那樣在特殊狀況下進入），就要受到限制，同意過著隨之而來的幽僻生活，這已經成為一種傳統。地球第四年期曾試圖重建一些這種傳統，而這群人還甚至退居到一處類似沙漠中的庇護所。可是不同的是……他們不了解它的負擔、他們還沒有準備接受這神聖的知識。

荒謬的是，他們欠缺火星第四年期那種極端枯燥的修院生活。蘇麗安討厭那些把她養大的第四年期人，就是因為這一點。火星第四年期人行為舉止活像是穿過某個古老迷宮中的隱形走道。他們用歡樂去換得一種塵灰滿布的「莊嚴」。不過就算是那樣，也要比地球這種混亂的魯莽要強。在地球第四年期中，人類所有的罪惡，被不必要地延長。

或許是感覺到她的激動，杜瓦利博士說：「可是那孩子怎麼樣呢？請告訴我們埃許發生了什麼事，莫埃女士。」

ↂ ↂ ↂ

埃許發生的事很簡單，也很可怕。事情打從假想智慧生物的殘骸從外太陽系落下開始。

這件事並不是完全意料之外。火星的天文學家已經在好幾天前就追蹤到塵雲的移動。這裡的人對即將發生的事都覺得很興奮。蘇麗安獲准爬上樓梯，到巴基亞沙漠站一座高扶牆上觀看熾烈的落塵。沙漠站在五百年前最後一場戰爭中曾做為堡壘。

在蘇麗安兩段生命中都沒有過這種事。她不是唯一爬到牆上觀看的人。巴基亞站背對著歐默山脈的山脊，大部分殘骸會落在乾燥的南方平原上。平原在星光下伸展，顯得神祕莫測。那天晚上，天空滿布一道道火線般的流星，蘇麗安凝神看著這場演出，一直到討厭的睡意襲來。她的照顧者把一隻手搭在她背上，送她回去睡覺。

埃許也爬上扶牆，看著那些殘骸落下，發出綠色和金色的亮光，但卻沒有表現出任何反應。

回到床上，蘇麗安發現睡意已消。她醒著躺了好久，思索所見，也想著阿布阿許肯裝置的堆積殘骸。想到那些吃著冰塊和岩石的東西，在漫漫年月、遠離太陽的寂寥中出生、死亡，他們的殘餘物穿過大氣層落下時會燃燒。其中有不少殘餘物存活下來，開始一種不完整的新生命。歷史書上描述過這種奇特而具有怪異機械特徵的生長物，這個行星上的溫度和（對他們而言）具腐蝕性的空氣，並不適合他們生存。這是真的嗎？如果是的話，她能不能親眼看到？天文學家說這些物質會落在距巴基亞站不遠的地方。蘇麗安是那麼地著迷於假想智慧生物，她真想親眼看到一個活生生的樣本。

埃許顯然也是。

第二天早晨，站裡氣氛相當興奮。埃許情緒很激動，他打從嬰兒期以來第一次哭了。他的照顧者發現他把頭往他臥室的南面牆上撞。某種看不見的影響力粉碎了他一貫的怡然自得。

蘇麗安想要去看他，尤其聽說這個消息後，但是她被回絕了，而且連著好幾天都是。他們找來醫生為埃許檢查。這男孩的高燒起起落落，忽而沉沉睡去，忽而又醒來。每當他一醒來，就要求別人准他到外面去。

他已經不吃東西了，等到蘇麗安獲准進到房裡時，幾乎認不出他了。埃許原本是矮胖、圓臉，看起來很小；此刻卻變得憔悴削瘦，而他那有著奇異金色光點的眼睛，也深陷在他削瘦的腦殼中。她問他出了什麼事，本來也不指望回答，不料他出乎意料地說：「我想去看他們。」

「什麼？誰？你想去看誰？」

「阿布阿許肯。」

男孩膽怯的聲音倒顯得這個詞更怪了。蘇麗安感覺一陣寒意從背脊底部爬到腦門。

「你說去看他們，是什麼意思？」

「到沙漠。」埃許說。

「那裡沒東西呀。」

「有，有東西。阿布阿許肯。」

然後他哭了起來，蘇麗安就得離開房間了。照顧埃許的護士跟著她走到走廊，說：「他已經好幾天都吵著要離開這裡。不過這是頭一次提到阿布阿許肯。」

他們真的在那裡嗎？這些假想智慧生物、阿布阿許肯，或者至少是他們的殘留物？蘇麗安向她的照顧者提出這個問題。這個照顧者是個虛弱的老人，在變成第四年期以前是位天文學家。他說，是的，南邊有一些活動。還給她看一組前幾天拍的空中攝影相片。

這是一片荒地，盡是沙土、灰塵和岩石，和巴基亞站大門外的那片荒地並沒多大差別。但是在一大片斜坡地上卻端坐著一大團怪異到無法形容的東西。在蘇麗安看來，這是些古怪不完整的半成品：色彩鮮艷的管子、銀色的六角形鏡子、分成一格格的球體。這些東西之間還是相連的，像是一隻巨大、詭異的昆蟲身體某個部位。

「這裡必定就是他想要去的地方。」蘇麗安說。

「可能是。可是我們不能讓他去。風險太大了，他也許會受到傷害。」

「他在這裡已經受到傷害了。他看起來快死了！」

她的老師聳聳肩。「這不是你我能決定的。」

也許吧。可是蘇麗安卻替埃許害怕。他不算十足的朋友，但是卻是僅有的。他不應該被迫受到監禁，蘇麗安好想把他放走。她想像該怎麼做、要怎樣偷偷走進房間把他偷偷帶出來……但是巴基亞站的走廊上向來都是人來人往，而埃許又總是有人看守。

況且她也不准時常去看他。她的生活沒有他安安靜靜在一旁感覺很空虛。有時候她走過房間，聽到他哭喊時還會畏縮。

晴朗的日子像是永無止境般過著，情況依然沒有改變。她的老師說，外頭荒地上，阿布阿許肯的生長物已經開了花並且開始枯萎，因為他們不適應這個環境。然而，埃許的焦躁不安卻日益加劇。

杜瓦利博士說：「這些生長物……很危險嗎？」

「不危險。它們生命很短暫。」

蘇麗安心想，就像是溫室花朵，被移植到不對的氣候和土壤中。

ꕥ ꕥ ꕥ

ꕥ ꕥ ꕥ

她最後一次看到埃許活著，是一天以後。

這天早晨，蘇麗安在屋外，走在他倆一向一起散步的地方。她的照顧者離她有一段距離，知道她心裡很亂，想要一個人靜一靜。

又是一個大晴天。岩石在沙地上投下深沉的影子。蘇麗安在大門附近漫步，腦袋裡空空的，試著不去想埃許的事。就在這時候她看到他，踩在一塊大石頭的影子當中，面向著南方，像海市蜃樓般站在那兒。蘇麗安大吃一驚。

這簡直不可思議。蘇麗安回眼看著她的照顧者（也是個年長的第四年期人）。他已經停下腳步，在巴基亞站南面牆的陰影下休息。老人沒有看到埃許，而蘇麗安也不張揚，免得露出馬腳。

她故意慢慢走近，儘量避免太過匆忙而引起老人注意。埃許從藏身處抬頭看她，面露哀傷。

她彎下腰，假裝在檢視一塊頁岩或是一隻急急竄過的沙甲蟲，低聲說：「你怎麼溜出來的？」

「不要告訴別人。」埃許求她。

「不會，我當然不會。可是你怎麼⋯⋯」

「沒有人看到。我偷了一件袍子。」他說，舉起一件很大件的沙漠白袍，還揚了揚那兩條袖子。

「我爬上北邊扶牆，那邊連著岩牆，我就順著爬下來了。」

「可是你在這裡做什麼？再過幾小時天就黑了。」

「我在做必須做的事。」

「你需要食物和水。」

「我可以不用。」

「不行。」蘇麗安只要離開沙漠站就會帶著水，她堅持將隨身攜帶的水瓶遞給他，又給他一根她留給自己的壓縮餐食棒。

「他們會發現我不見了。」埃許說。「不要告訴他們說你看到我。」

蘇麗安從沒有跟埃許有這麼多的對話，和往常比起來，這簡直是滔滔不絕了。她說：「我會的，我的意思是，我不會說的。我不會告訴任何人。」

「謝謝你，蘇麗安。」

又是一件驚人的新鮮事。這是他頭一次說出她的名字，也可能是頭一次說出任何人的名字。踩在她眼前沙地上的，不是埃許，而是埃許再加上別的東西。

阿布阿許肯。蘇麗安心想。

假想智慧生物在他身體裡面，從他已經變了的眼睛往外看。

沙漠站裡某個地方有鐘聲響起，蘇麗安那個昏昏欲睡的照顧者一下子警覺起來，呼喚她的名字。

「快跑。」她輕聲說道。

不過她沒有等著看男孩有沒有聽從她的勸告。她轉身向著沙漠站，假裝沒事發生，走向她的照顧者，沒說半句話，彷彿埃許置身多年的沉默進入她的喉嚨，讓她失了聲。

ꕥ　ꕥ　ꕥ

「他要的是什麼？要找到墜落的東西？可能吧……但是然後呢？」杜瓦利問。

「我不知道。我猜是想找同類吧。使假想智慧生物的複製者聚集、分享資訊並且複製的本能或程式，或許在男孩埃許身上也同樣能運作。一旦接近掉落的殘餘物就會有危險。」蘇麗安說。

「就像艾沙克嗎？」芮布卡太太問。

「有可能。」

「你的同胞當時一定也問過同樣的問題。」

「不幸的是，沒有找到任何答案。」

杜瓦利說：「你說那個男孩死了。」

「是的。」

「告訴我們他是怎麼死的。」

蘇麗安心想：非要嗎？非要再忍受一次嗎？

當然，她非得忍受。過去、現在以及未來的每一天，她都得忍受。

꩜ ꩜ ꩜

他離開沙漠站已經好幾小時，等到蘇麗安的決心崩潰時，夜已深了。一想到埃許還獨自留在外頭黑夜中，她就覺得害怕。男孩不在所引起的焦急和驚慌，讓整個沙漠站像遭到電擊，這使得她的決心更加動搖了。於是她去找了她認為最和善的老師，就是她的天文學老師羅其斯。她說今天下午看到埃許了，邊說還邊哭，罪疚的淚水就像決了堤。待羅其斯終於聽明白她說的話後，命令她待在原地。他馬上去組織了一支搜索隊。

五男三女一群人在拂曉時分離開沙漠站，他們對於沙漠的危險和地理都相當有經驗了。全部的人坐在一台卡車裡，由一架大機器拉著前進（沙漠站裡大機器為數甚少，在這資源貧乏的行星上，大機器是項奢侈品）。他們准許蘇麗安一起去，好指出她最後看到埃許的地方。萬一找到時，她也可以幫忙勸他回沙漠站。

他們已經向最近的大城市要求送來更精細的機器、比空氣還輕的透視設備等等，不過這些東西還要再過一天才能送到。在那之前，羅其斯告訴她，得靠眼力和直覺來找。幸而埃許沒掩藏他的行跡，很明顯他是往阿布阿許肯墜落最集中的地方前去。

當這支隊伍走過低丘區、進入南方沙漠的低盆地時，蘇麗安親眼看到那些墜落物正在腐爛。當時卡車駛近一團乾燥並且正在破敗的……呃，東西吧，蘇麗安只能用這個詞來形容。一根淡黃色、有兩人高的寬口管，高高立在一堆圓球、角錐和銀白色鏡子之上。這些東西全都是從布滿小石子的沙漠地面長出來，又死掉了。或者說幾乎死掉了。幾根像羽毛的卷鬚像是巨大的鳥羽，無力地在超現實的垃圾中搖動著，也或許是乾燥的微風吹動了它們。

蘇麗安第一次面對假想智慧生物，是當她注視著埃許那改變了的眼睛時。現在是第二次。雖然天氣很熱，她卻打了個寒顫，身子往後縮，靠向羅其斯。

「別害怕，這裡沒有危險的東西。」他說。

不過她並不害怕，不怎麼害怕。占據她全身的是一種不同的情緒，一種令人暈眩的感覺，混雜著恐慌與著迷。這些是阿布阿許肯的碎片、是滿布星星的東西的某部分零件、是一個神祇身軀的筋與骨。

「好像我能感覺到他們一樣。」她低聲說。

或許她感覺到的是她自己的未來，像是河水上漲，朝她湧來。

ᔕ ᔕ ᔕ

「莫埃女士，」杜瓦利博士嚴厲地說，「那個男孩是怎麼死的？」

蘇麗安讓交誼廳裡的靜默再持續一會兒。現在已經很晚了。萬籟俱寂。她想像自己可以聽見沙漠的風在她耳中一波波吹動。

「可能是氣力耗盡吧。最後我們在一個小窪地發現他，起初看不見，一直到我們走得很近才看到。他平躺著，幾乎沒有了呼吸。他周圍……」

她不喜歡那幕景象。她這漫長的一生中，這幕景象始終縈繞不去。

「說下去。」杜瓦利說。

「他周圍長出了東西。他被包圍在某種假想智慧生物殘留物的矮叢中。那些東西看起來很危險，尖尖的像矛，由一種堅脆的綠色物質組成。發育得也不完整，顯然不牢固。不過仍在動……仍然是活的，如果你接受這種形容的話。」

「它們包圍住他？」芮布卡太太問，她的聲音比較溫柔了。

「可能是在他睡著的時候在周圍長出來的，或者他是故意走過去的。有一些……刺穿他了。」她碰了碰肋骨、腹部，說明是哪些地方。

「把他刺死了？」

「我們找到他的時候，仍然清醒。」

蘇麗安從羅其斯身邊衝出去，想也沒想就往被外星尖刺刺穿的埃許跑過去，毫不理會那些叫她回去的驚呼聲。

這都是她的錯。她不應該幫助埃許逃出沙漠站。雖然他在那裡不快樂，但是至少還安全。此刻他卻被可怕的東西打敗了。

ട ട ട

這些阿布阿許肯的生長物雖然怪異，她卻不特別害怕。它們圍著男孩身體長出來，像是一圈削尖的籬笆柱。蘇麗安可以聞到它們，雖然根本沒注意到，那是一種刺鼻的化學味、有硫磺和酸腐的臭味。這些生長物並不健康，身上有密密麻麻的裂口和裂縫，有些地方像是爛了一樣，變成黑色了。當她走過去時，長梗會微微移開，彷彿知道她來了。也許真的知道呢。

它們絕對是知道埃許的。有幾棵最高的生長物弓成半圓形，而用尖端刺進男孩身體。在他胸口和腹部共刺了三個地方，衣服上留下一小團一小團乾了的血漬。起初蘇麗安看不出他是死或活。

他睜開眼睛，望著她，然後竟不可思議地露出微笑。

「蘇麗安，」他說，「我找到它了。」

然後他最後一次閉上了眼睛。

ᔕ ᔕ ᔕ

交誼廳中的靜默被一聲怯生生的敲門聲打斷。

這個團體中只有一個人沒有參加這次會議。芮布卡太太匆忙去開了門。艾沙克站在門外，身上仍然穿著睡衣，兩個膝蓋髒汙，兩手也髒了，神情抑鬱。

「有人來了。」他說。

第十六章

布萊恩．蓋特利辦公室門打開時，他的電腦上正好跳出一份新聞摘要。來客是矮胖的遺傳安全部人員維爾。新聞稿的內容和最近的落塵有關。

維爾沒和他那個陰沉的朋友席蒙一起來。他咧著嘴笑。在這種情況下，他的開心讓布萊恩覺得有些齷齪。

「是你轉寄這個的嗎？」布萊恩指著新聞稿問。

「你先看。我等你。」

布萊恩想要把注意力放在文件上，但是他心思卻一再飄到彼得．柯區柏傳過來的相片上。托馬士．金恩的屍首，放在岩岸上，遍體鱗傷。他不知道維爾有沒有看過相片。是不是他下令殺的人？

他真想問，但是他不敢。他眨眨眼，再看著通訊社的新聞稿。

麥哲倫港／路透社外星網：馬迪山天文台的科學家們今天發表驚人的聲明，指出近來影響赤道洲東岸與沙漠內陸的「落塵」，「並非完全靜止」。

落塵與落塵所含的微小構造，據信為本太陽系外圍假想智慧生物構造的退化殘餘物，明顯可見到生命跡象。

在今日於天文台召開的聯合記者會上，美利堅大學、聯合國地球物理觀測及臨時政府的代表們展示了「不完全的自我複製與自我組合的類有機物體」的相片與樣本，這些物體是在從海岸山脈延伸到西部海邊的乾燥內陸盆地西端取得的。

這些物體由管子和線組合而成，從豌豆大小的空心球到人頭大小都有。據說在行星環境中並不穩定，因此對於人類生命並無威脅。

資深天文學者史考特．克利蘭說：「不可能會發生『太空疫病』的情況。墜落物很古老，也很可能在進入大氣層之前已經磨損腐壞、絕大多數也因為通過時的劇烈燃燒而成為無菌，完整留下的，只有少數奈米大小的成分。其中有極少數包含了足夠的分子完整性，可以重新啟動生長過程。但是它們的設計是要在極冷和深遠的真空中茁壯成長。在高溫、充滿氧氣的沙漠中，無法存活太久。」

被問及這些構造物體是否還活著，克利蘭博士說：「我們手中的樣本中是沒有。最大量的活性群顯然都在魯布阿爾卡里深處（油藏豐富的西部沙漠），海岸城市的居民不太可能會在花園裡發現外星植物。」

然而，由於不能完全排除掉有害的影響，因此在石油特區和赤道洲西海岸之間已經展開一般層級的檢疫措施。雖然這片地區地形崎嶇、不適合人居，也沒有多少移居者，不過遊客偶爾會去參觀峽谷地，而石油業者也在那裡。臨時政府領土管理單位的保羅．尼森說：「目前旅遊受到監管，警報也已發布。我們希望禁止好奇的人接近，並且協助需要進一步研究以了解這個重要現象的研究者工作。」

後面還有好幾段關於細節和聯絡電話的文字，不過布萊恩認為他已經了解大概了。他朝維爾擺出一個「你說呢？」的表情。

「這結果對我們正好。」維爾說。

「這是什麼意思？」

「這個臨時政府不過是個不稱職的保母，但是從落塵之後，尤其是西邊這個怪東西之後，他們總算開始注意什麼人要往哪裡去了。尤其是監管空中交通。」

赤道洲每人擁有的私人飛機（大部分是小飛機），數目要高於地球上任何地方，簡陋小機場也很多。載運乘客往返叢林聚落或是將石油地質學家送往沙漠的交通，多年來都沒有管理。

「壞消息是，」維爾繼續說，「特克．芬雷昨天晚上開走他的飛機了。一起的還有麗絲．亞當斯和一個身分未明的第三人。」

布萊恩感到胸中一陣日益擴大的空虛，其中一部分是嫉妒，一部分是為麗絲擔憂，她一步步把自己往更深的麻煩中鑽。

「而好消息呢，」維爾說，他的笑意愈來愈濃，「是我們知道他們要去哪裡。我們也要過去，而你要跟我們一起去。」

第十七章

特克原本要把飛機降落在庫伯利克墓幾公里外一個他熟悉的小機場，就在通往油田公路上的低丘西邊。如果邁可．阿隆吉已經先打了電話，又準備要告他的話，他的飛機很可能會被沒收，雖然最後也免不了如此。

當飛機開始朝著面向沙漠的分水嶺西坡往下做長距離滑翔時，黛安出乎意外地說要去一個不同的地點。「你記不記得你把蘇麗安．莫埃載到哪裡？」

「多多少少吧。」

「那請你帶我們到那裡去。」

麗絲回頭看著黛安：「你知道到哪裡找杜瓦利？」

「這些年來我聽說了一些事情。這些山麓丘陵上滿是有改革理想的小聚落，以及各種你能想像到的宗教隱所。艾夫蘭．杜瓦利就把他的圍場偽裝成這類地方。」

「可是如果你知道他在哪裡……」

「我們並不知道，起初不知道。不過就算是像杜瓦利這種聚落也是會有漏洞的，有人會來，也有人會走。在緊要關頭，也就是在那個孩子出生之前，他是躲著我們的。」

ᔕ ᔕ ᔕ

這就意味著要在空中再飛半個小時了。在一陣長長的沉默之後，特克開了口：「手機的事，我很抱歉。你當時在做什麼？要留言給你在美國的母親之類的事嗎？」

「差不多。」她很高興他道了歉，而即使是想要把托馬士．金恩從拘禁中救出來，她也不想承認她是打給布萊恩．蓋特利，以免把情況變得更糟。「我可以問你一個問題嗎？」

「請便。」

「為什麼你要偷自己的飛機？」

「我欠機場老闆一些錢。生意不怎麼樣。」

「你可以告訴我的。」

「這不是打動一個有錢的美國離婚女士的好方法。」

「我不有錢，特克。」

「在我看來是。」

「那你計畫要怎樣還清債務？」

「其實我沒有什麼確實的計畫。我想最糟的情況是賣掉飛機，還了債把錢存起來，然後到一艘要航向第二道拱門的研究船找個船位。」

「過了第二道拱門那裡只有岩石和惡劣的空氣。」

「我想要親眼去看看。就這樣，或者……」

「或者什麼？」

「或者如果我們之間有結果，我想我就留在港市，找個工作。那裡總是有油管工作的。」

她小小吃了一驚，也感到開心。

「不過現在已經無所謂了。」他又加上一句，「等我們這裡的事結束，不管有沒有找出關於你父親的事，你都必須回美國。你在那裡會過得不錯的。你出身於一個受尊敬的家庭，關係也好，他們不會逮捕你、審問你。」

「那你呢？」

「我可以依照我的計畫消失不見。」

「你可以……跟我一起回去，回到美國。」

「那不安全，麗絲。我們現在身陷的麻煩不是我惹過的頭一個。我不能回去是有充分理由的。」

告訴我，她心想，不要讓我開口問。你知道他是個罪犯嗎？所以他才逃離美國的。那就告訴我吧。她說：「法律問題嗎？」

「你不會想知道的。」

「我想。」

他低飛過沙漠，月光照亮的山麓丘陵就在右翼下方。他說：「我燒了一幢房子。是我父親的倉庫。」

「你告訴我說你父親做石油生意。」

「是啊，曾經做過。不過他不喜歡待在海外。我們離開土耳其以後，他就加入我伯父的進口生意，他們從中東的工廠進口便宜貨，地毯啦，紀念品啦之類的東西。」

「你為什麼要燒掉倉庫？」

「當時我才十九歲！麗絲。我非常火大，就想要修理我老頭。」

她盡可能輕柔地說：「為什麼呢？」

又是一片沉默。他注視著沙漠、飛機上的儀器……除了她以外的任何地方。「當時我跟一個女孩子交往，我們都要結婚了。是很認真的。可是我爸和我伯父不希望我們結婚。他們，你知道，對於種族是很老派的看法。」

「你的女朋友不是白人？」

「是西裔人士。」

「你真的會在乎你父親的想法嗎？」

「當時並不在乎。我恨他。說實話，他是個殘暴的壞蛋。在我的眼裡，是他把我媽逼死的。我才不管他怎麼想。他心裡明白，所以他一個字也沒跟我說。他跑去我女朋友家，說如果她不跟我交往，就願意付她大學一年的學費。我猜這交易聽起來不錯，從此以後我再也沒見過她了。不過她事後覺得很不安，寫信給我，解釋了事情的原委。」

「於是你就燒了他的倉庫？」

「我從車庫拿了幾罐去漆水，到工業區，把它倒在卡車車庫門上。那時候已經過了午夜。等到消防車趕到，四分之三都燒掉了。」

「你就報復啦。」

「我不知道的是，當時房裡還有一個晚班警衛。因為我，他在燒燙傷病房裡住了六個月。」

麗絲什麼話也沒說。

「更糟的是，我父親把這件事壓下來了。和保險公司弄了些安排。他找到我，告訴我這件事，說他是怎麼樣花了大筆錢，讓我逃過法律制裁。他說那是因為我是家人，他對我女朋友做的事也是這個原因，因為家人最重要，不管我懂不懂。」

「他還指望你感謝他？」

「雖然讓人難以相信，不過，的確是的。我想他是真的認為我會心懷感激。」

「你感激嗎？」

「不，」特克說，「我不感激。」

他把天王機降落在幾個月前載蘇麗安·莫埃時降落的地方，這是一條鋪有路面的小跑道，看起來似乎是在一片荒地中央。不過黛安堅持這裡只距離杜瓦利的圍場約一公里路，走路就可以到。

於是他們拿著手電筒走去。

聚落的影子都還沒看到，就已經先聞到了。那是一種沙漠裡淡淡的礦味，混雜著水氣和花兒的味道。再走過一座小丘就到了。映入眼簾的是四座建築和一個院子，有著紅陶瓦屋頂，像是把中南美洲的農場搬過來一樣。零星幾盞燈火還亮著。這裡有個花園，花園有一扇鏤花鑄鐵門，特克看到門後站了一個人，像是個小男孩。他一看到他們，就往裡面跑去。等他們走到大門口時，好幾盞燈都亮了，還有十多人等在門口。

「讓我先跟他們談談。」黛安說，特克欣然接受這個提議。黛安走近圍籬時，他就和麗絲站在後面幾步。他試圖仔細端詳這些第四年期人，但光是從他們身後照過來，所以只能看到朦朧的身影。

黛安把手放在眼睛上擋住燈光。「芮布卡太太？」她猛然開口。

一個女人從人群中走上前。在特克看來，她有一點圓胖，髮絲很細，腦袋周圍形成一道白色光圈。

「黛安·杜普雷。」這位芮布卡太太說。

「恐怕我帶來幾位不速之客了。」

「你自己也是。什麼風把你吹來的，黛安？」

「你非要問嗎？」

「倒也不一定。」

「要不就拒絕，要不就讓我們進去。我很累了。我想在我們再次被打擾以前，恐怕沒有什麼時間可以說話了。」

꩜ ꩜ ꩜

艾沙克想要留下來看這些訪客（突然光臨的客人在他的生活裡就像落塵一樣罕見），不過他又開始發燒了，於是被送回床上。在床上躺了好幾個小時，睡不著又直流汗。

他知道花園裡伸上來摸他手的卷鬚是假想智慧生物的裝置，是一種生物性機器。發育得不完全，也不適應這個環境。當它繞著手腕時，他體會到一種令人興奮的深沉感受。在某種程度上，他體內那未曾滿足的需求獲得了瞬間的滿足。

然而短暫接觸結束後，這種需求卻反而更強烈。他迫切地想要去到西部那片沙漠。當然，他也害怕。害怕那麼大的乾燥地區，害怕會在那裡找到的東西、害怕以如此強迫的力量占據他的那股需求。不過需求是可以滿足的。他現在知道了。

他看著拂曉驅走星星，這顆行星像朵花一樣轉向太陽。

兩名第四年期人陪著麗絲和特克走到一間宿舍，房裡已經擺了幾張床。床單還算乾淨，不過卻有一股久久未曾動過的舊布的味道。

陪他們的第四年期人有些漠然，不過就這種情況下來說還算友善。兩個都是女性，其中較年輕的說：「要用浴室的話，走廊走到底就是了。」

麗絲說：「我得和杜瓦利博士說話。你可不可以告訴他說我想見他？」

兩個第四年期人互看了一眼。「等早上吧。」年輕的那個說。

麗絲在最靠近的一張床上躺下。特克則是攤開四肢躺在另一張床上，幾乎是立刻，他的呼吸就變成長長的鼾聲了。

麗絲滿腦子亂七八糟的思緒，每一個都吵著要引起她的注意。她有一點驚訝自己竟然走到這麼遠的地步、成為等於是竊案的同夥，還接受了一群離群索居的第四年期人的招待。艾夫蘭・杜瓦利離她只有幾間房之遠，距離解開那個困擾她家人十多年的謎團也大概就是這段距離了。

是解開這個謎，或者是落入陷阱當中。她想，她父親當年有多麼接近這些危險的真相。

她離開床，踮著腳走過室內，鑽進特克的被單。她彎起身體貼著他，一隻手放在他肩上，另一隻手伸到他枕頭下，希望他的大膽或是憤怒能夠滲透到她體內，使她不那麼害怕。

ᔕ ᔕ ᔕ

黛安和芮布卡太太（安娜．芮布卡，丈夫約書亞過世後她才成為第四年期）一起坐在一間滿是桌椅的房間裡，桌椅都是這裡的住民丟棄不用的。杯子就放在粗糙的木頭桌面上，浸在一圈水漬裡。夜已深沉，沙漠的旋風在房裡穿梭，她的雙腳冷極了。

這裡就是圍場了，黛安心想。樸素但還算舒適，有種修道院禁欲苦行的味道。一種聖禮的靜默。令人不安的熟悉（她年輕時大部分時間都是和宗教信仰激進的人相處）。

這裡會發生的事情她都不難想像。這處圍場無疑就像那些宗教隱所，除了這裡還拿這個孩子做實驗以外。而藏在某個地方（也許是地底下）的，則是超低溫的生物反應器，火星的「化學藥劑」就存放在裡面繁殖。她看到他們用燒陶窯做為掩飾，若是有人不請自來，他們就會拿粗陶器和理想社會的宣傳小冊子打發，而那些人到走了還被蒙在鼓裡。

這個團體創立的成員，黛安不是聽說過就是見過。最初的創始成員中只有一個不是第四年期，那就是芮布卡太太。她可能是後來才接受了療法。

黛安說：「我要告訴你們的，是遺傳安全部現在在麥哲倫港，顯然派來不少人。很快就會找來這裡，因為他們一直在跟蹤那個火星女人。」

芮布卡太太仍然維持那冷酷的平靜。「他們不是一直都在跟蹤那個火星女人嗎？」

「顯然現在做得更好了。」

「他們知道她在這裡嗎？」

「就算現在還不知道，很快也會知道了。」

「你到這裡來有可能引來他們。你有沒有想過這件事，黛安？」

「他們已經把蘇麗安．莫埃和庫伯利克墓連結在一起了。也有杜瓦利的名字。從這些資料出發，要找到這裡會有多難？」

「不難。」芮布卡太太承認，眼睛盯著桌面。「我們在這裡很低調，可是……」

「可是？對突發事件，你們有沒有計畫？」黛安冷冷說道。

「當然有。必要時，我們幾小時內就可以離開。」

「那個男孩怎麼辦？」

「我們會保護他的安全。」

「實驗進行得怎麼樣了，安娜？你們和假想智慧生物接觸了嗎？他們有沒有跟你們說話？」

「男孩生病了。」芮布卡太太抬起頭，皺著眉。「拜託你就不要再唱反調了。」

「你們有沒有想過在這裡做的事？」

「我沒惡意，不過如果你說的是真的，那麼我們就沒有時間辯論了。」

於是黛安放和緩了點說：「事情有如你們所希望的發生嗎？」

安娜．芮布卡站起來，黛安以為她不會回答了。但是她在門邊停了一下，回過頭來。

「沒有，」她不帶感情地說，「跟我們希望的不同。」

ꕥ ꕥ ꕥ

窗外的陽光像一隻發燙的手，碰到麗絲臉頰時，她就醒來了。

房裡只有她一人。特克到別的地方了，也許去上廁所，或是打探早餐的事。

她穿上第四年期人為她準備的普通襯衫和牛仔褲，心裡設想著要問艾夫蘭．杜瓦利的問題。等一梳洗完、吃了東西，就要和他說話。此時門外走廊上傳來急促的腳步聲，她從窗子往外看，有十幾輛車正在堆裝補給品。她立刻明白，這些人已在準備棄守這個圍場。麗絲可以想到幾十個他們會這麼做的理由，不過她突然害怕杜瓦利在還沒跟她說到話以前就走掉，於是急忙走到走廊上，看到第一個走過的人就去問了。

「可能在交誼廳，」這個第四年期人告訴她，「沿走廊直直走，到了院子往左轉。不過他也可能在監督裝貨。」她最後是在花園門邊找到他，他正在看一張寫了字的單子。

艾夫蘭．杜瓦利。她在父母親從前在麥哲倫港舉行的職員派對上一定看過他，不過她在這類場合上看過太多不認識的大人，面孔都被記憶給弄混了。他看起來面熟嗎？或者因為在照片中看過的關係所以覺得依稀面熟。由於接受了第四年期療法，他看起來和十二年前沒有多大不同：留著鬍子，圓臉上有一雙大眼睛。他的眼睛掩在一頂寬邊沙漠帽的帽影下。不難想像他在亞當斯家客廳中來回走動的樣子，不過是又一個中年的什麼學教授，一隻手拿著飲料，另一隻手往椒鹽脆餅碗裡撈。

她壓抑自己的焦慮，直直走向他。當她走近時，他抬起了頭。

「亞當斯小姐。」他說。

有人已經事先警告他了。她點點頭。「請叫我麗絲。」她說，這是為了消除他的猜疑心。她並不想和一個為了科學研究去製造並且監禁一個孩子的人有什麼深交。

「黛安・杜普雷說你有話想要跟我說。不幸的是，在這個時刻⋯⋯」

「你很忙，」她說，「怎麼啦？」

「我們要離開了。」

「要去哪裡？」

「到處都可以。待在這裡不安全，原因我想你也明白。」

「我真的只需要幾分鐘，我想要問關於⋯⋯」

「你父親的事。我也很高興跟你說，亞當斯小姐⋯⋯麗絲。不過你明白這裡發生什麼事了嗎？我們不只得儘快離開，而且還必須毀掉我們所建立的大半成果。生物反應器和內容物、文件和培養菌，凡是不希望落入迫害者手裡的東西都得毀掉。」他看了看手中的紙，在兩個男人把一輛裝著許多紙箱的手推車拖到一輛貨車旁時，在紙上打了個勾。「等我們準備好要走了，你和你的朋友可以跟我們坐一段路。到時候再談。不過目前我有事要處理。」他加上一句，「令尊是個勇敢而有原則的人，亞當斯小姐。我們對於某些事意見不一，不過我很尊敬他。」

至少這表示他知道些什麼，麗絲心想。

꩜ ꩜ ꩜

特克起得很早。

大廳裡倉卒的腳步聲把他吵醒。他小心翼翼翻身下床，沒有驚擾到麗絲。麗絲在夜裡爬上床跟他一起睡，這時她半裹在被單裡，輕輕打著呼。多麼溫柔啊，這個慈悲的神所創造的小東西。他猜想她對飛機上那些話會如何反應，這可不是她原本希望聽到的內容吧？或許這些已經足夠把她嚇得趕回加州的家了。

他發現每個人都在搬東西，這些第四年期人顯然已經準備放棄這裡了。他去找黛安，看看能不能幫得上忙。當他在交誼廳找到黛安時，黛安告訴他事情都分派好了，都由那些第四年期人以某種一絲不苟的程序在進行了，於是他就給自己做早餐。過了一會兒，他朝房門走去，該把麗絲叫起來了（如果她還沒有自己起來的話）。

他在走廊上停了下來，有個男孩從門裡往外伸長了脖子。這一定就是那個使黛安如此激動的男孩，那個半假想智慧生物的男孩。特克本來以為會是某種畸形的混種生物，但是站在他面前的卻是個娃娃臉的十二歲男孩，臉色紅通通的，兩眼有一點分開。

「嘿，你好哇。」特克小心翼翼地說。

「你是新來的。」男孩說。

「是啊，我昨天晚上到的。我叫特克。」

「我從花園看到你。你和另外兩個人。」男孩加上一句，「我是艾沙克。」

「嗨，艾沙克。看來今天早上每個人都很忙。」

「我可沒有。他們不給我事情做。」

「我也是。」特克說。

「他們要炸掉生物反應器。」男孩告訴他。

「是嗎？」

「嗯，因為……」

但男孩突然全身僵直，兩隻眼睛睜得好大，特克清楚看到繞在虹彩外圍那些神祕的金色小光點。

「嘿……你還好嗎？」

一句驚恐的低語：「因為我記得……」

男孩往後倒下，特克一個箭步，一把將他接在懷中。他趕緊大叫，向人求救。

「因為我記得……」

「什麼？艾沙克，你記得什麼？」

「我記得太多了。」男孩說完就哭了起來。

第十八章

拂曉時分，布萊恩・蓋特利坐上了運輸機，從麥哲倫港主要機場起飛。他繫著安全帶坐在長型座椅上，維爾和席蒙則分別坐在兩邊。機上還有一群武裝人員，不像是軍方的人，因為他們的防彈衣上沒有識別標誌。機艙裡空無一物，有如工廠倉庫。一道紅光從舷窗照了進來，布萊恩看得出黎明將至。

先前，維爾要他提早在清晨以前就到機場。維爾說：「如果我們面臨需要協商的情況，或是任何其他談話，比方說，事件過後的偵詢，我們希望你能居間跟麗絲・亞當斯交涉，由你來總比一個她不認識的人好。你覺得怎麼樣？」

他覺得怎麼樣？簡直爛透了！可是他不能說不，或許這麼做可以保護她。他當然不希望她被某個懷有敵意的遺傳安全部人員或傭兵訊問。她因為錯誤的原因而到了錯誤的地方，但是這不代表她就是罪犯。運氣好的話，布萊恩或許可以讓她免於牢獄之災，或是更糟的災難。托馬士・金恩屍體的印象在他腦中悸動，像是個脆弱的動脈瘤。

他只對維爾說了聲：「我會盡力幫忙。」

「謝謝你。我們很感激。我知道這不是你進來工作的目的。」

不是他進來工作的目的。這已經變成笑話了。他能進到遺傳安全部工作，是因為行政能力，也因為他父親一個堂兄（堪薩斯市的遺傳安全部分部主任）為他開的門路。他認同遺傳安全部的使命，至少就工作上會接觸到的部分而言。這個部門的理念是保存人類生物遺產、對抗黑市的複製工程、非法的人類改造，以及引進的火星生物科技。這在他看來都很有道理。大多數國家有類似的部門，也都遵循聯合國在斯圖加特協約下訂立的行動綱領。一切都是乾乾淨淨、光明正大。

就算在遺傳安全部極機密層級中有些官僚的角落、有些不為人知的地方，有人正在計畫並且執行某些不太光明的攻擊，對付那些對人類遺傳連續性有害的人。那又如何？這並不令人意外。該知道的人就會知道。布萊恩從來就不是該知道的人。無知是他比較喜歡的良知模式，至少就「執行委員會」的事情而言。當然不是每件事都能依法行事、正大光明。身為成年人，布萊恩自然明白這一點。

可是他並不喜歡這一點。布萊恩的天性喜歡規矩，不喜歡混亂。法律是人類行為的園丁，花園之外是殘忍的、血淋淋的場面，是臉上掛著陰森森笑容的席蒙和維爾，是那些武裝的幹部。也可以說，就是托馬士・金恩那殘破的屍首。

飛機傾斜，往上爬升，飛越海岸山脈。這片山脈攔截了大部分赤道洲的降雨，使得內陸變成了沙漠。「我們一小時之內就會到達庫伯利克墓。」維爾說。布萊恩以前去過庫伯利克墓，那時他剛從美國過來，在一趟認識環境之旅的旅程中路過這裡。那是座空蕩蕩的小城，盡是泥磚建築，教人心情鬱悶。小城存在的唯一目的是提供加油站，讓開往魯布艾爾卡里石油沙地，或是穿過瑪迪隘口回到海岸的車輛在此加油。維爾說在庫伯利克墓北邊和東邊的沙漠山麓丘陵上，有一個穿袍子的怪人組成的社區，其實就是離群索居的第四年期人。過去幾小時的空中攝影顯示，那裡附近就停放著特克・芬雷的那架小叢林飛機。

如今眼看這個地點要被攻下，布萊恩心想，過程會很猛烈嗎？機上載了大批武器，他希望這些只是用來恫赫，讓威脅顯得逼真一點而已。第四年期的人應該是非暴力的，那種科技給了他們長壽，也讓他們變得溫和。沒有殺人的必要，當然。就算會有任何殺戮，也不會牽扯到麗絲。他會負責做到這一點。至少在他的盤算裡，他很勇敢。

§ § §

這一切都發生得太快了。

庫伯利克墓的機場不夠大，無法供應運輸機人員住宿。飛機在路面裂損的水泥跑道末端一停妥，機尾的貨艙門就打開了，武裝人員依序成群而下。幾輛輕武裝車輛在黃銅色的晨曦中等候著。布萊恩上了席蒙和維爾坐的那輛敞篷沙漠車。這種車當地人稱做「公雞」，因為它會在地面上彈躍而行，就像是不會飛的禽鳥。他們開在護送車隊後面，開車的是席蒙。這車坐得並不舒服，加上高溫和陽光，更讓人受不了。眼前的庫伯利克墓只是一個車廠和加油站，生鏽的汽車零件四散，一輛老舊貨車的傳動系統棄置在石子地上，像是某種侏羅紀時代動物的脊骨。不久他們駛離了大路，空隆空隆開在一條和山脈平行的硬土小路上。

一小時過去了，這其間只有席蒙試圖用野戰無線電和某人說話的嘶吼聲打破沉默。從布萊恩聽得到的內容看來，都是一些代號和讓人聽不懂的命令。之後車隊越過一條小溪的最高處，第四年期的圍場就赫然出現在正前方。軍車猛然加快速度，巨大的輪胎揚起陣陣塵沙。維爾卻停下車，熄了火，在突然的寂靜中，布萊恩耳邊響起嗡嗡的聲音。

席蒙又開始大喊，先是對著無線電，然後對維爾，好像說什麼「來不及了」，又發出要「中止」的命令。

「他們放棄了圍場。」維爾對布萊恩說。「新的車痕。一定有二十多輛車。」

「你們不能至少拿下這個地點嗎？」

「那要等到把他們可能留下來的軍械全都拆掉引信以後。在這種情況下，他們……」

遠處一陣爆發的亮光打斷他的話。

布萊恩望著第四年期圍場。片刻前還是圍著一個中央庭院的幾幢低矮建築，此刻卻變成一片塵雲，往外擴散。

「可惡！」維爾正罵著，就在這千分之一秒，轟然一聲巨響，劇烈震撼傳送過來。布萊恩覺得他的肺漲了起來，整個胸口隱隱作痛。他閉起眼睛。第二道震波像火熱的翅膀，拍動著迎面襲來。

圍場不見了。布萊恩告訴自己，麗絲不在裡面。裡面沒有半個人。

「……安排……」維爾正在說。

「什麼？」

「他們早一步安排好要毀掉技術設備，不讓我們拿走樣本。我們來晚了。」爆炸激起了灰塵，維爾整個人蒙上一層白灰。席蒙的突襲隊匆匆回來。

「麗絲？」

「我們必須假設她和其他人一起走了。」

「走去哪裡？」

「他們不會全部在一起。從車痕看來，好像是幾十輛車各往不同方向去。我們會追捕到一些。運氣好的話，會抓到麗絲和其他主要目標。如果發出警戒，還可以派無人機在空中監視。不過我們沒有時間，況且這個洲的無人機都被運到遠方，去偵測那該死的油田在地震中的損失情況了。」

席蒙仍然對著話筒大吼，接著他關掉無線電，對維爾說：「飛機不見了。」

應該說是特克·芬雷的叢林飛機。不見了。逃走了。他是不是應該感到高興呢？

「至少，我們可以追蹤到飛機。」維爾說。

同時也可以追蹤到麗絲。

布萊恩回首看著圍場的遺跡。一陣陣黑煙從倒塌的地基上湧出，四周沙漠上多處小火團，斷斷續續燒著。曾經立在那裡的那些磚塊和泥磚建造的房舍，如今什麼也不剩了。

一行人在庫伯利克墓一個算是大眾旅館的地方過夜，這是一間瓦片屋頂的汽車旅館。布萊恩和席蒙、維爾住同一間房，房裡有兩張床和一張行軍床。布萊恩睡行軍床。

這天從下午到晚上，大部分的時間他都在聽席蒙打電話或接電話。他們經常會提到「執行委員會」這個詞。

夜裡，雖然有個碰碰作響的骨董級電熱器，房裡依然寒冷，使得睡在行軍床上的布萊恩難以成眠。他突然想到，不知道他們有沒有發現麗絲最後打給他的那通電話？

他的電話有沒有被監聽？麗絲的來電號碼他沒見過，也許是只能通幾分鐘話的拋棄式手機，避免被追蹤。這通電話即使沒什麼罪嫌，布萊恩卻沒有向單位報告。這就會顯示出他的忠誠度不夠，不是值得信任的遺傳安全部人員。

他想要對麗絲發火，氣她沒道理地去蹚這渾水、氣她執迷不悟地非要找出父親失蹤緣由，非要把故事變成某種回憶錄。

他想要生她的氣，但卻做不到，於是他就生起自己的氣來。

ꕥ ꕥ ꕥ

黎明前，追捕逃亡的第四年期人的報告陸續傳來了。席蒙對著話筒大喊，布萊恩則匆忙換好衣服。

機會一半一半，他想。

維爾說：「圍場的人至少還有一半逍遙法外。我們的人攔下三輛車共十五個人，他們當中沒有要角。好消息……」

布萊恩穩住自己。

「好消息是，一架登記在特克・芬雷名下的小飛機，曾企圖在此地西邊幾百公里的一個公用小機場加油。機場經理認出了這架飛機，他看過司法快報上提過芬雷先生的前雇主要沒收飛機，抵償積欠的租金。他通知了臨時政府，而那裡有人很好心地也通知了我們。我們的人扣留了飛機駕駛和乘客。一男三女，全都不肯表明自己的身分。」

「其中有麗絲吧？」布萊恩問。

「也許，但是還沒證實。不過可能會有更高價值的目標人物跟她一起。」

「她不是目標人物，我不認為她是。」

「她逃走了，這就使她變成目標了。」

但並不是高價值的，他固執地想。「我可以去看她嗎？」

「如果我們現在動身，中午以前就可以到那裡了。」維爾說。

庫伯利克墓消失在他們後方之際，布萊恩心想，不知道庫伯利克是何許人，他又為什麼埋在這塊荒地上？不過車上沒有一個人有答案。席蒙把車從山間開向平坦的西方地平面，這小小的屋舍聚落也就在他們身後消失了。前方的路在早晨的熱氣中抖動，像是出現在想像中的東西。

席蒙一手握住方向盤，另一隻手不停拍打電話，但電話就是不通。車隊包括這輛車加上裝載傭兵的三輛重型卡車，四散開的車子之間通訊也是時有時無。維爾不解地說：「這裡到西岸有六、七個浮空器，卻沒有一個該死的浮空器在做它該做的事。我們還能得到機場的消息，算幸運了。老天！」

讓布萊恩感到訝異的還不只是斷斷續續的通訊。他注意到有車流不斷朝相反方向行進，不光是石油公司的車輛，更多的是私人汽車。還有些車布滿灰沙、飽經日曬，一副快開不動了的樣子。他們看起來正在撤離魯布艾爾卡里（這個偏遠但還是有人居住的地區），也許真的是在撤離。搞不好又有新的微震了。

ꕥ ꕥ ꕥ

又前進了快一百公里，車隊開到碎石子路邊停下。席蒙和維爾走到前面，和傭兵連隊隊長談話。看起來比較像是爭執，而不是談話，不過布萊恩也聽不出所以然來。他站在路邊，看著往西走的車輛。真詭異，他心想，這裡多麼像猶他州呀！同樣灰濛濛的藍色地平線、同樣懶洋洋的白日高溫。假想智慧生物在組合這個行星時設計了這片沙漠嗎？如果是的話，又是為什麼呢？不過布萊恩不太相信他們會如此注意細節，在他看來，假想智慧生物是堅信長遠結果的。他們種下種子（或是種下行星的種子），然後讓大自然去做剩下的事，一直到收穫……不管收穫會是什麼。

這裡幾乎草木不生，只有當地人稱做仙人掌草的怪異樹叢，而就連這個，在布萊恩看來也乾巴巴的。然而他注意到在他腳下一塊塊焦茶色的仙人掌草叢之間，有個地方長出一種更鮮艷的東西。因為也沒有別的事可做，他就蹲下去看。引起他注意的是一朵紅花。他不是植物學家，不過在這堆不起眼的樹叢中，這朵花看起來就是不搭。他伸出手去摸它。這植物是冷的，而且多肉質，而且……似乎還會畏縮。花莖彎離開他，而花（如果它是花的話）則垂下頭來。

這樣正常嗎？

他討厭這個該死的植物，討厭這沒有止盡的詭異。於是他告訴自己，這是場噩夢，讓這一切都自以為正常的噩夢。

ട ട ട

一行人終於來到公路旁的機場，這裡有幾座組合屋，兩條鋪有路面、一正一反的跑道，一座加油站，以及一間兩層樓的泥磚造塔台，塔台設有雷達。通常機場的客戶都是石油公司的飛機，載運高階主管往返魯布艾爾卡里。今天跑道上只見一架飛機，一架特克．芬雷的、堅固的藍白色天王小飛機，停在火烤的陽光下。

遺傳安全部的車隊在最前面的建築物前停下。布萊恩下了車，微微顫抖著，心中的恐懼再次浮現。既為麗絲害怕，也害怕麗絲，怕她會對他說些什麼話，怕她對於他跟像席蒙和維爾這種人一起出現所下的結論，不論是對是錯。

也許他可以幫助她。他緊緊抓住這個想法。她深陷麻煩當中，深陷在要命的麻煩當中，不過如果她不要說錯話，而且否認同謀共犯，再把罪過推到別人頭上，乖乖配合偵訊，她還是可以脫身的。如果她願意這麼做，布萊恩或許能夠讓她不用坐牢。當然她就得回家，忘了赤道洲和她那小小的調查嗜好了。在最近這幾天的事情過後，她或許對於回美國不至於那麼不屑。說不定還能學會感激他為她做的一切，而回到他身邊呢。

他急忙加快腳步，好趕上席蒙和維爾。這兩人穿過那群機場員工，快步走進一條臨時走廊，來到一間小辦公室門口。門口有一個機場保全看守，他的藍色制服上滿布灰塵。「嫌犯在裡面嗎？」席蒙問。

「四個人全在。」

「把門打開。」

守衛打開門。席蒙第一個進去，維爾跟在後面，布萊恩殿後。這兩個遺傳安全部人員猛然停下步子，布萊恩只得伸長脖子，從他們肩膀上看過去。

「操！」席蒙說。

房間中央一張髒兮兮的會議桌旁坐了三女一男，每個人都用手銬銬在一張椅子上。

從外表看來，男人或許有六十歲了。也許還要老，因為他是個第四年期人。頭髮花白、細瘦、皮膚很黑……但是卻不是特克．芬雷。

三個女人年齡都差不多。沒有一個看起來像是蘇麗安．莫埃。當然也沒有麗絲．亞當斯。

「誘餌！」維爾說。他的聲調誇張，充滿嫌惡。

「去查清楚他們是誰、知道什麼。」席蒙對等在走廊上的那些武裝人員說。

維爾把布萊恩拉出來。「你還好嗎？」

「只是……對，」布萊恩好不容易說，「我是說，我很好。」

其實他並不好。此刻他給四名犯人拍照，四人腦袋都被子彈打爆，血染一片。他們的身體皺縮，覆蓋著一層砂礫。看那樣子也許是在某處遙遠海灘被沖上岸，或者只是曾經被埋在沙漠中，這是他們為自己的長壽付出的死亡代價。

第十九章

杜瓦利開車往北走，一直到夜晚降臨。趁著比較不那麼心煩意亂之時，麗絲好好研究了他。最重要的一點是，他非常保護艾沙克這個孩子。

麗絲和特克被催促著上了一輛很大的多功能車，這種車有彈簧金屬輪胎，可以適應各種地形。車子原本設計是可以舒舒服服載六個人的，不過他們卻擠了七個人進去。麗絲和特克、黛安、芮布卡太太、蘇麗安．莫埃，和艾沙克。

特克原先主張坐天王機，卻被杜瓦利和芮布卡太太的一番爭辯打消了念頭。飛機比混在車陣中的汽車容易追蹤，又不容易掩藏。杜瓦利博士說他們打算用飛機調虎離山。圍場上有四個年紀最長的第四年期人自願上飛機往西飛，其中一人是合格的飛機駕駛。「很可能會被捕，不過他們知道自己在做什麼。」杜瓦利博士堅定地說，「即使會死，他們也不怕。」火星療法的諸多諷刺之一是，雖然可以延長生命，但是也消除了對死亡的恐懼。特克問有沒有治破產的療法。

於是他們坐車離開，另有十幾輛車也隨後離開圍場，或是走現成的路或是穿過荒涼沙漠，各朝不同方向而去。他們不想園場落入政府當局的手，因此安裝了炸藥，打算將園場連同任何會使他們被捕的證據一起炸毀。麗絲一行人先一步走遠了，沒有親眼看到爆炸，不過在路上某處她倒是看到地平線上冒出一縷煙。她問杜瓦利博士會不會有人受傷，如果遺傳安全部人員在定時引爆以前抵達，不是會被炸死嗎？

「遺傳安全部的人知道在這種情況下會有什麼事發生。如果發現園場被棄守，他們會知道那裡已安置了會引爆的炸藥。」

「可是如果他們大意，或是去的時間剛好不巧呢？」

杜瓦利聳聳肩。「生命中沒有任何事情是可以保證的。」

「我還以為第四年期的人都應該是非暴力的。」

「我們對於別人的受苦，要比沒有改造過的人敏感。這一點使我們比較脆弱，不過這並不會使我們變笨，也不會使我們不敢冒險。」

「即使冒著犧牲別人生命的險？」

蘇麗安．莫埃對這話露出冷冷一笑。照黛安的說法，她是個畸形的火星人；但在麗絲看來，她卻像是個阿帕拉契山脈一帶用蘋果雕出來的瘦削玩偶。她說：「我們不是聖人，到現在這一點應該已經很明顯了。我們也會做出道德的抉擇，而且經常還是錯的。」

꩜ ꩜ ꩜

杜瓦利想漏夜開車，但被特克說服了，於是一行人就在一片空地上紮營。空地四周圍繞著低矮的手指松樹林。赤道洲山脈連綿，此處正好位在赤道洲分水嶺的西坡。由於海拔的關係，這裡的降雨相當規律，甚至還有一條清澈的溪流，可以取水飲用。溪水冰涼，麗絲想，一定是從那些高高隘口下山谷裡的冰河流下來的。透心的冰涼勾起她快樂的回憶：那時她十歲，父親帶她去葛斯塔德滑雪，陽光照在雪地上，登山吊椅的機器吱嘎聲和笑聲穿透了冰寒的空氣。如今卻是好遙遠了，距離好幾個世界、好幾年了。

麗絲幫忙特克在瓦斯爐上熱蔬菜燉肉罐頭。他想在夜晚來臨以前就把晚餐做好，關熄爐火，免得有無人飛機在天空中感應到熱度。杜瓦利博士說，他懷疑追捕他們的人會追到這麼遠的地方，尤其大部分這類監測設備都被調去處理油田危機了。特克點點頭，不過還是說：「不怕一萬只怕萬一，小心為妙吧。」

在順著丘陵往北走的路上，他們討論了計畫，至少是特克討論了他的計畫，第四年期的人則說得比較保留。特克和麗絲打算坐到北邊城鎮新康伯蘭，再從那裡搭巴士過「法老隘口」到海岸。第四年期的人則繼續走到……走到他們想去的地方。

走到能夠照顧男孩的地方吧，麗絲希望。這是個長相奇特的孩子，頭髮是鏽紅色，被某個權充圍場理髮師的人（可能是芮布卡太太），用一把廚房剪刀剪得好短。他的兩眼距離很寬，讓他看起來有點像隼鳥。瞳孔裡還閃著金光。他一整天都不怎麼說話，就算說了，也多半在早上。某種程度上來說他相當不安，麗絲覺得奇怪的是，只要路遇上轉彎，他不是皺眉、呻吟，就是如釋重負地吁口氣。接近傍晚時，他就發起燒來。「又發燒了。」她聽到芮布卡太太說。

此刻艾沙克正睡在車子後座上，車窗是開著的，好讓高山的空氣在車內流通。白天很熱，但陽光已漸漸偏斜，聽說到了夜裡，空氣會冷得讓人很不舒服。車上只有六個睡袋，這些睡袋都很高級，有高熱效能。必要時人也可以睡在車上。看起來不像是會下雨，不過特克還是在樹和樹之間掛起防水布，就算只有一丁點的保護或是遮蔽也好。

麗絲攪動著燉菜，特克煮著咖啡。「飛機真是太可惜了。」

「反正我也保不住它。」

「回到海岸以後，你要做什麼？」

「看情形。」他說。

「看什麼情形？」

「看很多事情。」他瞇起眼睛望著她，像是從很遠的地方望過來。「也許回到海上……如果沒有別的事發生。」

「或者我們也可以回美國。」她說，心裡猜想他對「我們」這個詞會怎麼解釋。「你之前的法律問題，基本上是過去了吧，對不對？」

「也可能又炒熱了。」

「所以我們要另想辦法了。」「我們」這個代名詞懸在空氣中，像個還沒被打破的「皮納塔」玩偶——墨西哥孩童在節慶時蒙著眼，揮棒打破的那種掛在空中、內部放滿糖果點心的鮮艷玩偶。

「我想我們是必須這麼做了。」

我們。

ର ର ର

夕陽在一片愈來愈紅的暮靄中貼上了地平線，他們開始吃起了晚餐。特克吃得快，話不多。黛安．杜普雷和蘇麗安．莫埃坐在遠處一根木頭上，專心說著話，但聽不見她們在說些什麼；而芮布卡太太在艾沙克身旁走來走去，哄他吃東西。

於是，就剩下杜瓦利博士一個人，這是麗絲頭一次真正有機會私下和他說話。特克待在野營爐火和鍋子旁，麗絲獨自走過去坐在杜瓦利旁邊。杜瓦利面帶埋怨地看著她，像是一隻棕色大鳥，不過他沒走開。「你想要談談你父親。」他說。

她點了點頭。

「我們是朋友。我最敬佩你父親的，是他熱愛他的工作，但卻不是那種狹義的愛。他愛它，是因為他用更廣泛的方式去看待它。」杜瓦利像是事先演練過似的說。「你明白我的話嗎？」

「不明白。」她當然明白，不過她要聽聽杜瓦利的解釋。「不太明白。」

杜瓦利彎下身，抓起一把泥土。「我手上的是什麼？」

「表土，枯葉，也許還有幾隻蟲子。」

「表土、礦物殘餘、淤泥、分解並且供應養分的腐敗生物量層、細菌、蕈類胞子……當然還有幾隻蟲子。」他把土壤拂掉。「就像是地球，但是又有些小小的不同。就地質學來說，這兩顆行星非常類似：花崗岩是花崗岩、片岩是片岩，不過在這裡分布的比例不一樣。這裡的火山活動比地球上少。大陸板塊的移動和侵蝕速度不同、赤道和兩極間的斜溫層比較不那麼陡。唯一可以肯定的是，它和地球有多麼像！」

「因為假想智慧生物為我們造了這個行星。」

「也許不能算是為我們造的。不過，沒錯，他們是造了這個行星，或者至少是修改過了。這使得我們對這個世界的研究變成一種全新的學問，不單是生物學或是地質學，也是一種行星的考古學。這個行星早在現代人類演化以前、在時間迴旋之前幾百萬年、也在拱門立起之前幾百萬年，就深受假想智慧生物的影響。這一點可以告訴我們些許他們的方法，和他們能夠從長計畫的特殊能力；如果我們追問的問題正確的話，或許也能略知他們最終目標是什麼。你父親就是在這種認識下進行研究。他從沒有忽略掉那更大的真相，從沒有停止對它的驚異。」

「行星工藝品。」麗絲說。

「那是他正在寫的書。」杜瓦利點點頭。「你看過了嗎？」

「我只看過書的導論。」還有一些筆記，那是從她母親時不時就要發作的徹底大掃除中搶回來的。

「真希望還有更多。那會是一本很重要的著作。」

「你和他談的就是這本書嗎？」

「是的，算滿常談的。」

「但沒有一直在談。」

「當然啦，我們談到火星人，談到他們對假想智慧生物知道些什麼。他知道我是第四年期的人……」

「你告訴他的？」

「我會把我的祕密告訴他。」

「為什麼呢？」

「因為他很感興趣；因為他值得信任；因為他了解世界的性質。」杜瓦利微微一笑。「基本上，因為我喜歡他這個人。」

「他接受你的第四年期身分嗎？」

「他很好奇。」

「他有沒有提到也想接受這種療法？」

「我不敢說他沒有考慮過，不過他從沒向我開口。就我所知，也沒有向任何人開口。他愛他的家人，亞當斯小姐，用不著我來告訴你這一點。他失蹤我也感到很震驚。」

「你有沒有把關於艾沙克的這項計畫告訴他？」

「有。還在計畫階段的時候，我和他談過。」杜瓦利啜了一口咖啡。「他不喜歡。」

「不過他沒有告發你，也沒有試圖阻止？」

「是的，他沒有告發我們，不過我們為這件事吵得很兇。那時候我們的關係有些緊繃。」

「緊繃，但是沒有破裂？」

「因為雖然我們意見不同，他還是能理解這件事為什麼必要。急迫的必要。」杜瓦利靠近她，有那麼一瞬間，麗絲真怕他會伸手握住她。她不大肯定自己能不能受得了這個動作。「能夠與假想智慧生物，或者說與使這浩大的機器網運作的心靈，做任何實體接觸，這種想法不但使我著迷。他知道那有多麼重要，不只是為了我們這一代，也為了未來的世代，為了人類這種物種。」

「他不肯合作，你一定很失望了。」

「我不需要他的合作，不過倒是希望他能贊同。當他對這有所保留時，我很失望。後來我們就只談別的事，根本不提這件事了。當這個計畫認真展開時，我就離開麥哲倫港，之後就再也沒見過你父親了。」

「那是他失蹤前六個月的事？」

「是的。」

「你知道任何關於那件事的情形嗎？」

「關於他的失蹤嗎？不知道。當時遺傳安全部在麥哲倫港也在找我，因為這個計畫也已經傳到他們耳裡去了。當我聽說羅勃．亞當斯失蹤了，我就猜他是被遺傳安全部的人抓去審問。不過我並不確定。我不在那裡。」

「遺傳安全部審問過的人，大部分都還出得來，杜瓦利博士。」雖然她知道不是這樣。

「不是全部。」杜瓦利說。

「他又不是第四年期的人，他們為什麼要傷害他？」她要說的是「殺他」，只是沒勇氣說。

「他有他的原則，他會出於這種堅持而反抗到底。」

「依你們的交情，你有把握這樣說嗎？」

「亞當斯小姐，我二十年前在印度班加羅爾接受療法。我不是什麼事都知道，不過我很會看人。羅勃．亞當斯這個人不搞神祕，他的誠懇簡直是寫在臉上。」

他遭人謀殺了。這一直是最可能的解釋，不過細節可能要比麗絲想像的更為邪惡。羅勃．亞當斯被人殺害，殺害他的人永遠也不會受審。不過這故事中還有一個故事：是關於他的好奇心、他的理想主義、他信念的力量。

這些想法想必都寫在她臉上了。杜瓦利用一種深表同情的語氣說：「我知道這幫不上什麼忙。很抱歉。」

麗絲站起來。此刻她只感到寒冷。「我可以再問你一件事嗎？」

「請問。」

「你有什麼正當理由？姑且不論人類命運如何，把一個無辜的孩子放到艾沙克的位置上，你要怎麼說明你的理由正當？」

杜瓦利把杯子一仰，當場就把最後的咖啡喝完。「艾沙克從來就不是個無辜的孩子。艾沙克從來就是現在這樣。如果可以的話，我還希望和他交換位置，而且恨不得快點呢！」

ఽ ఽ ఽ

她穿過營地，走到一圈亮光下，特克正坐在那裡，撥弄一個口袋型電信接收器。特克，那個「失蹤」的具體代表人物；特克，從多種生活中一一消失的人。「無線電壞了？」

「浮空器沒有東西傳過來。麥哲倫港也沒消沒息，最近一次是聽說西部深處又有一場微震。」石油收益理所當然是麥哲倫港永遠掛念的事。人人都相信「托辣斯」。特克又看了她一眼。「你還好嗎？」

「只是累了。」她說。

ఽ ఽ ఽ

她又煮了一壺咖啡，讓自己保持警醒。其他人都開始準備各自睡去。終於，如她所願的，除了她和火星女人蘇麗安・莫埃外，大夥兒都睡了。

麗絲對蘇麗安・莫埃有些畏懼，雖然她看起來像是會想扶著她過馬路的那種老太太。她的年紀和穿梭過的距離像是一種看不見的氣氛，圍繞著她。她坐在營火旁，木材燒得紅通通的，只剩下空心，快要熄滅了。她鼓起勇氣才走到她面前。

「不要怕。」老女人說。

麗絲嚇了一跳。「你能看穿我的心思嗎？」

「我能看穿你的表情。」

「我其實不是很害怕。」是有點害怕。

蘇麗安微微一笑，露出她小小的白牙齒。「我想如果我是你，我就會害怕，畢竟聽說過那些傳聞。我知道他們是怎麼說的：冷酷的老火星人、幼年受傷的受害者。」她敲敲自己腦袋。「我的道德堅持。我的傳奇過往。」

「你認為你自己是這樣嗎？」

「不認為，不過我認得出世人對我的描繪。你花了很多時間和氣力找我，亞當斯小姐。」

「請叫我麗絲。」

「好吧，麗絲。你還帶著那張你四處拿給別人看的相片嗎？」

「沒有了。」在黛安的催促下，她在米南加保村就把相片毀了。

「很好。現在我們就在這裡了，沒有人會聽到，我們可以說話了。」

「當我開始找你的時候，我沒有想到……」

「會造成我的不便嗎？或者會引起遺傳安全部的注意？不用道歉。你知道的就是知道，不知道的，你怎麼想也想不到。你是要問我羅勃・亞當斯的事吧？還有他為什麼死、怎麼死的。」

「你確實知道他已經死了？」

「我沒有親眼看到他被殺，不過我曾經和目擊他被綁走的人說過話，我想像不出還會有別的結果。如果他能回家，他早就回家了。如果這話太唐突了，我很抱歉。」

雖然唐突，但卻也是愈來愈明白的道理，麗絲心想。「他被遺傳安全部的人帶走，這是真的嗎？」

「被他們稱做執行小組的人帶走。」

「他們也在追蹤杜瓦利博士和他的團體。」

「是的。」

「你也是。」

「是的，不過理由略有不同。」

「你想要阻止他製造出艾沙克。」

「我想要阻止他進行一項不必要的人類實驗，一項既殘忍又可能是無濟於事的人類實驗。沒錯是的。」

「那不正是遺傳安全部要的嗎？」

「那只是他們新聞稿上說的。你真的相信像遺傳安全部這種組織，所作所為都是他們公開宣稱的事嗎？如果能取得製造工具，他們的祕密碉堡裡早就裝滿了複製的艾沙克，一個個用線連在機器上，還派重兵看守呢！」

麗絲搖搖頭，整理一下思緒。「你怎麼遇見我父親的？」

「我在赤道洲遇到的第一個對我有用的人是黛安・杜普雷。地球第四年期人並沒有正式的階級，但是在每個第四年期團體中都有個中心人物，在每個主要決定中拿主意。黛安在赤道洲海岸就扮演這個角色。我告訴她我想找到杜瓦利的原因，她給了我一些或許有用的人名，他們不是全都是第四年期的人。杜瓦利博士和你父親是朋友，我也和你父親是朋友。」

「杜瓦利博士說我父親很值得信任。」

「你父親對於人性本善有驚人的信心，但這不見得都對他有利。」

「你認為杜瓦利利用了他？」

「我認為他花了很長的時間才看清杜瓦利博士的真面目。」

「那是？」

「虛浮的野心、極度的不安全感，以及捉摸不定的良心，這是很危險的。你父親並不願意洩漏杜瓦利博士的計畫和他的下落，甚至對我也不肯。」

「他後來說了嗎？」

「等我們都熟了以後他就告訴我了。我們先花很多時間探討宇宙論。我猜那是你父親評價別人的獨特方式。他曾經說過，從一個人看星星的方式可以看出許多事。」

「如果他把他知道的告訴了你，為什麼你還找不到杜瓦利，阻止不了他呢？」

「因為杜瓦利夠聰明，他一離開麥哲倫港就改變了計畫。你父親相信杜瓦利正在赤道洲遙遠的西部海岸建立一處圍場，然而那裡至今大部分仍是荒地，除了幾座小漁村外。不過當時他的確是這麼告訴我的，當遺傳安全部審問他時，他一定也這麼說了。」

「杜瓦利認為我父親不肯說，他認為這是他們殺害他的原因。」

「我相信他有抵抗。不過以我對他們偵訊手段的了解，我懷疑他抵抗得了。我知道你聽到這個會難過，麗絲，我也很抱歉，但是這是實話。你父親把他知道的告訴我，是因為他認為應該要制止杜瓦利。他相信我有這個權力去干預，會用非暴力的方式對待杜瓦利和那個第四年期團體。只有在受到脅迫的情形下，他才會把這些事告訴遺傳安全部。但是，麗絲，你父親有沒有說都不重要。杜瓦利並不在西岸，他從來沒有在那裡。遺傳安全部根本不知道他去了那裡，等到我發現他的下落時，也已經太遲了。都過了好多年了，艾沙克已經是個活生生的孩子，再也回不去子宮裡了。」

「噢。」

寂靜中，麗絲只聽見營火燃燒的嗶剝聲。

「麗絲，」蘇麗安．莫埃輕柔地說，「我很小的時候雙親就不在了。我猜黛安也告訴你了。我失去了雙親，但是，更糟的是，我失去了對他們的記憶，就像是他們從沒有存在過一樣。」

「我很遺憾。」

「我不是要你同情，我想告訴你的是，在某個年紀的時候，我下定決心要去了解關於他們的事。

我想知道他們是誰、他們怎麼去住在一條日後會鬧洪水的河邊、他們有沒有可能注意到警告，或是根本忽略了。我猜我想要知道的是，該因為他們想救我而愛他們，或因為救不成我而恨他們。我發現了很多事，大多數是沒有關連的，包括一些他們私人生活的痛苦實情。最重要的是，我終於了解責任不在他們。這是個小小的慰藉，卻可能是唯一的慰藉，就某方面來說，這就足夠了。麗絲……你的父親也是，責任不在他。」

「謝謝你。」麗絲沙啞地說。

「現在我們該快點睡了，」蘇麗安．莫埃說，「趁太陽還沒有出來。」

ᔕ ᔕ ᔕ

雖然睡的是睡袋、地面不平，又置身在陌生的森林中，麗絲卻睡得比過去幾個夜晚都要好。不過喚醒她的不是太陽，而是特克把手放在她肩上搖醒她。她昏昏沉沉中意識到天色仍然很暗。「我們必須走了，」特克說，「快點，麗絲。」

「為什麼？」

「麥哲倫港又有落塵了，這次更多更密，而且不久後就會越過山脈而來。我們必須找個地方躲起來。」

第二十章

艾沙克醒來，從行駛中的後車窗望出去，隘口那兒有雲團隨著車子上下起伏。那些雲團滿布著發亮的粒子，就和八月三十四日那天一樣。突然間，一陣令人窒息的痛楚掩過這一切。

確切地說，那不是疼痛，而是一種很像疼痛的敏銳感覺，頓時聲音和光線都變得難以忍受，彷彿世界變成一把刀插進他腦殼一樣。

艾沙克明白自己的特別。他知道他被製造出來，是要和假想智慧生物溝通，他也知道他讓周遭的大人失望了。他還知道別的事。他知道宇宙間不是空無一物，而是充滿了幽靈般的粒子。這些粒子轉瞬即逝，來不及和實物互動，但是假想智慧生物卻可以操縱這些粒子，用來收發資訊。艾沙克內建的火星科技讓他的神經系統可以接收到這種訊號，可是這些訊號卻始終沒能化為如文字般令人自在的線性表達方式。大多數時候，只是一種隱隱約約說不出來的急迫感。有時候，例如現在，又比較像是疼痛。而這疼痛和這逼近的塵灰雲有關：看不見的那個世界隨著一種隱形的喧囂起伏，而艾沙克的心靈和身體也隨之振動。

他感覺自己被人抱起，放到車後座上，有人替他繫上安全帶。感覺到他新舊朋友的聲音和關切。他們為他擔憂害怕，也為自己害怕。他還感覺到杜瓦利博士命令每個人上車、車門砰然關上、引擎迴轉。他很高興擁住他的頭安慰他的，不是杜瓦利博士，而是芮布卡太太。他已經不喜歡杜瓦利博士，幾乎是恨他了，不過原因他還不明白。

ꕥ ꕥ ꕥ

芮布卡太太不是醫生，不過她學會了一些基本醫療，就像其他第四年期人一樣。麗絲看著她用一根老式針筒刺進男孩手臂，為他注射鎮靜劑。艾沙克呼吸變得更沉了，尖叫終於停止，取而代之的是嘶嘶的呼吸聲。

車子繼續往前行駛，頭燈在落塵中切出兩道光柱。第四年期人換手讓特克駕駛，想要趕在路不通前駛出丘陵區。麗絲問他們是不是應該送艾沙克到醫院，但是芮布卡太太卻搖頭：「我們沒辦法為他做的，醫院也做不到。」

黛安．杜普雷看著男孩，那雙大眼睛裡充滿憂慮。蘇麗安．莫埃也看著他，不過表情比較深不可測，在麗絲看來，是隱忍和驚恐兼而有之。

一路上都是芮布卡太太讓艾沙克把頭靠著她肩膀；在車子的顛簸驚擾到艾沙克時，對他說一兩句話或輕拍安撫。她撫平他的頭髮，又用濕布揉著額頭。不久，鎮靜劑就讓他睡著了。

從他們到了第四年期圍場後，麗絲一直想要問一個問題。由於沒有人有話要說，也由於雨刷把塵灰刮過擋風玻璃的聲音讓她快要抓狂了，她吸了一口氣，問道：「艾沙克的母親還活著嗎？」

「是的。」芮布卡太太說。

麗絲轉過頭面對她。「你是他母親嗎？」

「是的。」芮布卡太太說。

ꩠ ꩠ ꩠ

你看見什麼了，艾沙克？

過了很久，當艾沙克從鎮靜劑帶來的睡眠中醒來後，腦袋裡便出現這個問題。問話的是芮布卡太太。他想在下一次讓他說不出話的疼痛來臨前想出一個答案。但是這個問題很難回答，因為他很難看清楚任何東西。他可以感覺到車子和車裡的人、窗外的落塵，只是這一切都顯得模模糊糊，不大真實。現在天亮了嗎？此時車子停了下來，他還沒回答芮布卡太太的問題，就先問了一個自己的問題：「我們在哪裡？」

前面那個叫做特克．芬雷的男人說：「一個叫巴斯提的小鎮。我們也許會在這裡待一下。」

車外透過塵霧可以看到一些小小的建築，還算看得清楚。不過這不是芮布卡太太要問的事。

「艾沙克，你能走嗎？」

可以，目前可以。鎮靜劑藥效正在褪去，而世界這把刀又開始要讓他腦袋濺血了。他一隻手扶著芮布卡太太的手臂下了車。塵灰在他眼前撒落，聞起來像東西燒焦的味道。芮布卡太太扶著他朝最近的一幢小房子走去，那是一個汽車旅館的側邊房間。艾沙克聽到特克說他用比平常要高的價錢租到最後一間空房。他還說今天晚上很多人都要住在巴斯提。

然後他就進到屋裡，上了床仰躺著。室內比較沒那麼多落塵，不過仍然有那股味道。芮布卡太太拿了一塊乾淨的布，為他把臉上的塵垢抹去。「艾沙克，」她又一次輕柔地問，「你在看什麼？你看見什麼了？」

因為他一直把頭轉向一個方向（當然是西方），目不轉睛地盯著。

他看到什麼？

「一道光。」

「在這間房裡嗎？」

不是。「很遠的地方。地平線還要過去。」

「可是你在這裡就看得見？你可以隔著牆看到？」

他點點頭。

「那是什麼樣子？」

艾沙克心裡擠滿了字句，許多的答案。遠處的火。爆炸。日出。日落。星星在迫切求生意願中落下並且燒毀的地方。深埋在地底，認識這些星星並且歡迎它們到來的東西。

他只有老老實實說了一句：「我不知道。」

ゟ　ゟ　ゟ

只有特克到過巴斯提。他說這個地名來自北印度語的「貧民窟」。不過這裡不是貧民窟，而是在魯布艾爾卡里邊緣一個滿是油汙的公路小鎮，供應來往於油田和最北邊道路之間車輛及人員的需求。小鎮上有煤渣磚造的建築和幾間木造房子；一間商店，販賣胎壓計、地圖、羅盤、遮陽板、廉價小說和拋棄式電話；三座加油站，四間餐廳。

麗絲從旅館房間窗戶看出去，什麼也看不見。落塵像灰色布幕般落下，發出陣陣臭味。她心想，落塵可能打斷了電線，或是變壓器短路，也許不會那麼快修好，尤其在這偏遠的小地方。雖說他們的車適應於各種地形、各種天候，不過能夠開到這裡，已經是奇蹟了。旅館辦公室的人敲了敲門，交給他們手電筒，還警告他們不要點蠟燭或任何有火焰的東西。這些第四年期人都有自己的手電筒，不過反正也沒有什麼可看的，就只有昏暗的四壁和拼花壁紙。麗絲拿了個手電筒在身邊，以便需要到浴室時可以照路。

男孩艾沙克睡了。鎮靜劑也許發揮了一點作用，不過應該是太疲倦了吧，麗絲想。其他人則聚在一起聊天。杜瓦利博士用一種想要說服人的聲調說：「這可能是一種周期性的事件，在地質紀錄上可以看到證據。地質紀錄是令尊的成就之一，亞當斯小姐。不過我們一直不知道要怎麼解釋這種現象。

岩石中大約每萬年就出現一層薄薄的塵屑層。」

「這是什麼意思呢？」特克問道，「這種事每一萬年發生一次？每樣東西都被落塵掩埋了？」

「不是每樣東西。也不是每個地方。這種跡象主要出現在遠西一帶。」

「那不是必須要有相當厚的落塵層才能留下那樣的痕跡？」

「或者是很厚，或者是持續一段很長的時間。」

「這些建築建造時，並沒有考慮到要承受自己重量以外的東西。」

屋頂坍塌、倖存的人被塵灰活埋。一座冰冷的龐貝城。麗絲一想到這些，渾身不寒而慄。不過她有了另一個念頭。她說：「艾沙克……這陣落塵是不是和發生在艾沙克身上的事情有關？」

蘇麗安．莫埃哀傷地看了她一眼。「當然。」她說。

§ § §

艾沙克在夢裡最能明白這件事，夢裡無須言語詮釋，知識憑著形狀、色彩和質地就能獲得。在夢裡，行星和物種像是飄忽不定的思緒般竄起，拋開或是記住，它們的演化也像思緒般演變。他那沉睡的心思，就像宇宙運作那般運作……怎麼可能不是這樣的？

朦朧聽見的字句湧入他那飄浮的意識中。「一萬年」。這些灰塵從前也落下來過，一萬年以前，一萬年以前的一萬年前。巨大的構造物用它們的殘餘物把種子撒在太空中，供應那像鑽石切面般轉呀轉的周期式過程。灰塵會落在西部，因為西部在呼喚它，也呼喚著艾沙克。這個行星不是地球，它比地球要老，存在於一個更古老的宇宙中，有古老的東西住在它內部。這些東西沒有意志、沒有心思，不過會聽、會說，會以緩慢而久遠的節奏悸動。

他可以聽到他們的聲音。有些距離很近，比過去任何時候都要近。

§ § §

從黃昏一直到夜裡，旅館樑柱和木材受到重壓，不斷發出呻吟聲。旅館派人把屋頂上的東西鏟掉。不過落塵逐漸變少，到了清晨，空氣清爽多了，有如磨砂般的半透明。麗絲雖然極力想保持清醒，卻還是睡著了。她蜷曲在泡棉床墊上，鼻孔中的塵灰發出臭味，汗水也花了臉。

她是最晚起來的。她睜開眼睛，看到那些第四年期人已經都起來了，而且都擠到那兩面窗子前。照進來的光線比下雨的秋日天光還要暗，不過這已經比在塵灰仍然落下之際，她膽敢奢求的光線要明亮多了。

她坐起來，穿著昨天的衣服，皮膚上也沾滿昨天的泥土。她的喉嚨很不舒服。特克注意到了，倒給她一瓶水，她感激地大口灌下。「現在幾點了？」

「大概八點。」赤道洲的小時比較長，現在是赤道洲的八點鐘。「太陽已經出來一會兒了。落塵停了，不過還在慢慢沉澱，空氣中還有很多細細的粉末。」

「艾沙克怎麼樣了？」

「反正沒在叫了。我們還好……不過你也許會想要看看外面。」

芮布卡太太往後退，去照顧艾沙克，把窗子讓給麗絲。麗絲不是很有興趣，不過還是看了一下。

窗外似乎沒有什麼令人意外的事。只有一條積滿落塵的路，就是昨天他們把車子驅策到極限一路開來的那條路。車子就停在原地，沙子在向風面卻已堆成沙丘。它的輻射鋼輪胎仍然鼓漲，和停在它後面成排可以遮蔭的工業用重車的輪胎一樣大。天色黯淡而且布滿塵沙，不過她可以一眼看到南邊幾百公尺外的加油站。路上空無一人，有幾張面孔也從其外窗後往外看。沒有任何動靜。

不對……這話不完全正確。

「塵灰」在動。

庭院過去，在灰暗空蕩的路上，她看到有個像是漩渦的東西開始成形。一片像是餐桌桌面大小的塵灰開始以順時針方向打轉。

「那是什麼？」

站在特克旁邊的杜瓦利博士說：「看著吧。」

特克把手搭在她左肩，她伸出右手去按住他的手。塵灰愈轉愈快，漩渦中央凹了下去，然後漸漸變慢。麗絲不喜歡眼前的景象。很不自然、有些危險意味，或者這只是她從別人那裡感應到的：他們知道會發生什麼事，他們之前就看過了。不管是什麼。

接著塵灰爆開來，像是一道間歇泉，往空中射出約三公尺高的塵灰柱。她倒抽一口氣，不自覺地後退。

噴出的塵灰在風中變成羽毛狀，最後融入空氣中的濃密雲霧，但漸漸散開時，明顯可以看到這間歇泉留下了什麼東西……一種閃亮的東西。

看起來像是一朵花。一朵紅寶石色的花呢！麗絲感到驚異。花梗十分光滑，質地讓她想到新生嬰兒的肌膚。花梗和花朵也都是同樣有催眠作用的深紅色。

特克說：「這是最新的一個。」

這朵花開始彎曲扭動，將那凸面的頭朝著某個沒有旋律、也聽不見的音調轉去。麗絲慌亂的思緒自動跳出「花」這個詞，因為它真的很像一朵花，有根巨大的梗幹，還有由花瓣構成的花冠。她知道她想的是加州母親花園裡的向日葵，當它們要結實時也差不多是這種高度。

她說：「這種東西還有很多嗎？」

「是的。」

「在哪裡？它們發生什麼事了？」

「等著看吧。」特克說。

這花把頭轉向旅館。麗絲停住一口倒抽的氣，她看到花朵中間有個看起來像是眼睛的東西。圓圓的，閃著水汪汪的亮光，裡面還有一個像是瞳孔的東西，像黑曜石一樣黑。有那麼可怕的一瞬間，似乎是直直看著她。

「在火星上就是這樣子的嗎？」杜瓦利博士問蘇麗安．莫埃。

「火星有無數光年遠。我們此刻所在的地方，假想智慧生物已經存在了更久的時間。火星上長出的東西比較不活躍，外觀也不同。但是如果你問我這是不是相似的現象，那麼答案是：是的，可能是吧。」

有眼睛的向日葵突然不動了。被落塵掩著的巴斯提鎮一片靜謐，像是屏住呼吸一般。

接著，讓麗絲大為驚恐的是，塵灰中有更多動靜了，飛起的捲絲和陣陣落塵全都集中到花朵上。有個東西……幾棵東西，以駭人的速度撲向花莖。它們不停地在動，她只能模模糊胡地說它們像是螃蟹、湖綠色、有很多腳，而它們對這朵花做的事是……

吃它。

啃囓它的梗，直到這扭動的東西倒下，接著就一湧而上，像是食人魚對付一具動物屍體一樣。當瘋狂的大快朵頤之後，就不見了，或者再次靜止潛伏，偽裝在落塵當中。

沒有任何殘留的部分。什麼線索也沒留下。

「這就是我們不願離開這房間的原因。」杜瓦利博士說。

第二十一章

接下來整個早上，特克都待在窗邊，替那些從塵灰中長出來的怪東西分門別類。要了解你的敵人，他想。麗絲大半時間都站在他身邊，問他在她醒來前看到些什麼，問題簡短而得體。杜瓦利博士打開那墨綠色、小小的電信接收器，收聽來自麥哲倫港的零星報導。在特克看來，他至少在做有用的事，不像其他第四年期人什麼事都不做，只是說話。沒完沒了地說著，漫無目的。特克終於發現第四年期人的這項缺點，他們也許偶爾還算睿智，但是他們卻是無可救藥地愛說話。

此刻他們在批評火星女人蘇麗安．莫埃，她對於落塵知道得似乎比其他人都多，但是卻不肯把所知告訴大家。芮布卡太太尤其堅持：「雖然你不想提起以前的事，但在這裡不能有禁忌，我們得盡可能知道所有資訊。這是你欠我們的……至少是欠這孩子的。」

話聽起來雖然溫和，然而以第四年期人的標準來說，已經接近彼此揮拳了。

火星女人穿著一條過大的丁尼布長褲，使她看起來像個瘦得驚人的鑽油工人。她坐在地板上，兩手抱著膝蓋。「如果你有問題，只管問。」她沉著臉說。

「你說火星上的落塵所造成奇特形體，是……」

「生命體，芮布卡太太。就直說吧。為什麼不呢？」

「就像外頭我們看到的那些生命體嗎？」

「我不認得那些花，或是吃掉花的掠食者。就這一點來說，是沒有相似處的。不過可想而知，厄瓜多爾的森林不會像芬蘭的森林，但是兩處地方都是森林。」

「它的目的呢？」芮布卡太太說。

「我從小就開始研究假想智慧生物了，我聽過許多相當有根據的臆測，但是我仍然無法猜到它的『目的』。火星上的落塵是獨立的事件。它所產生的生命是植物性的，生命總是很短，時間愈久愈不穩定。在這種獨立的事件中，能得出什麼結論？非常少。」她遲疑了一下，皺著眉。「假想智慧生物，不管他們還會是什麼，幾乎可以確定不是行事謹慎的實體，只是眾多彼此相連的過程整理配置的結果。換句話說，他們是一種生態環境。落塵可能是過程中一個平凡的部分，也可能是一種無意義的結果。我不相信它們代表任何更高意識的、有意義的策略。」

芮布卡太太不耐地說：「是的，可是如果你們的人了解夠多，足以把假想智慧生物的技術帶給人類……」

「你們也有這種能力。」蘇麗安．莫埃目光直接看向艾沙克。

「因為那是萬諾文給我們的。」

「我們在火星上的工作一向是純務實的。我們能夠從落塵中培養出標本，並且觀察它們在細胞層次上與人類蛋白質互動的能力。這類觀察進行了好幾世紀，才洞察出人類生物學可能被操縱的方法。」

「可是你們監造出你承認是假想智慧生物科技的東西。」

「你可以說是科技，或是生物。就這個例子而言，我不確定這二者的區別有沒有意義。是的，我們在顯微層次培養出外星生命……或者說科技，如果你喜歡這麼稱呼的話。因為這外星生命會成長、複製、死亡。我們能夠挑選並且操縱某些素質以造成某些特徵。經過許多年，我們造出改造過的培養物，延長人類壽命。還有其他的生殖細胞。其中最極端的一種，就是艾沙克還在子宮裡的時候你用在他身上的療法。在『你的』子宮裡，芮布卡太太。」

芮布卡太太紅了臉。

特克明白他們所討論事情意義重大，就算很重要吧，但在這活生生的難題逼近之際，那些事似乎遙遠得可笑。事實上，問題正在門外呢！走出屋外安全嗎？這才是他們應該問的問題。他們遲早還是得離開這房間，因為他們的食物就快吃完了。

他向杜瓦利博士借來小無線電，把耳機塞進耳中，聽點其他的東西，擋住那些愛抱怨的第四年期人的聲音。

廣播只能收到麥哲倫港傳來的窄頻。有兩個當地媒體聯盟的人宣讀聯合國的狀況報告和最新的報導。此次落塵比上一次稍微嚴重，至少就重量和持續時間而言。城市南邊有好幾公里的房屋屋頂都坍塌了。大多數道路目前無法通行。有呼吸方面問題的人因吸入塵灰而發病，即使健康的人口裡也吐出灰色的殘餘物。不過大家害怕的不是這些，而是從落塵中長出來的怪東西。廣播稱這些東西為「生長物」，說它們在城內隨處可見，尤其出現在塵灰很厚或是落塵飄散的地方。換句話說，它們從塵灰中冒出，像是從鋪在土表保持水分的護根中鑽出的幼苗，雖然只能短暫存活，很快就重新被吸收進當地環境中，但還是有一些「像似樹木或巨大蕈類的物體」，會衝到驚人的高度。

這類報導聽起來就像夢境（或者說噩夢）：在市中心十字路口，有一個高約十五公尺的「粉紅色圓筒」阻塞了交通。「根據目擊證人描述，一個像是長刺的巨大泡泡，好像珊瑚的東西」從中國領事館屋頂上冒出。關於這些會動的小生命體的報導，尚待官方進一步證實。

雖然這情況很嚇人，但是這些東西不會傷人，只有在不巧的時間和地點才會有危險，比方說剛好落在人身上。不過，當局還是勸告居民待在室內，把窗戶關上。塵灰已經不再落下，一陣吹向海岸的微風帶走了最輕的塵粒，工作人員已準備好，等到可以動手，就要再次用水管沖洗街道。沖走「生長物」和其他「東西」吧，特克心想。

除非這情形一再出現，否則巴斯提就會恢復正常。可是這裡位在一連串山脈的另一邊，只靠幾個目前已經無法通過的隘口相連，而這座城市必須依賴海岸那邊供給物品，一如介於丘陵和魯布艾爾卡里之間的每個公路小鎮。這些隘口要多久才能通？幾個星期吧，至少，特克猜想。上一次的落塵對這些城鎮造成不小破壞，可是這次更嚴重、更稠密。那古怪的植物生命（不管它是什麼），對於恢復商業營運必要進行的工作，也一定會有妨礙的。好吧，食物會匱乏，那水呢？不知道這些沙漠集居地如何供水、水源在哪裡？打開水龍頭有水，可是水庫在哪裡？丘陵上嗎？水還能喝嗎？這種狀況還能繼續維持嗎？

起碼車上還有食物和瓶裝水，足夠讓他們撐一段時間。讓特克坐立不安的是，車子停在旅館停車場上，說不定有人會禁不住誘惑，要「分享」車裡的東西。這可就不能不管了！他站起來說：「我要出去。」

其他人轉過頭，瞪大眼看著他。杜瓦利說：「你在說什麼啊？」

他解釋了食物的事。「就算沒有人餓，我可餓了。」

「可能不安全。」杜瓦利說。

特克看到街上有些人用手帕綁在臉上蒙住嘴。其中有個人在一個「植物生命」從塵灰中冒出時，相距不到五公尺，不過這朵花並沒有干擾這人，而這人也絕對無意去惹這花。這和新聞報導的麥哲倫港情形倒是一致。「只走到車子就回來，不過希望有人能在門口幫我留意。我還要可以當成口罩的東西。」

沒有人有異議，讓特克鬆一口氣。杜瓦利博士用一把小刀割下床單一角，特克把它綁在臉上，遮住了鼻子和嘴。芮布卡太太給了他車鑰匙卡，麗絲自願守在門口。

「別待太久。」她說。

「不用擔心。」他說。

天空本來是藍色的，如今卻被落塵蒙上一層粉白。空氣中有股酸澀、硫磺般的刺鼻味。不用說這對人的肺會有什麼影響了。如果塵灰中含有外星孢子（所有談論似乎都在暗示這一點），不就會在人體潮濕的內部生根嗎？特克心想，它們似乎不需要很多水分，既然可以在這乾燥的九月、在一個沙漠城鎮裡鋪有路面的街上長出來的話。不過到目前為止都沒有純粹因為塵灰致死的報導。他搖搖頭，甩開這些念頭，想要把注意力集中在眼前的任務上。

他一走出房間就感覺孤單了。旅館停車場是塊鋪著路面的半月形空地，中間一座陶磚水池已經空了。再過去就是主要街道，其實也就是一小段七號公路，可以通往魯布艾爾卡里。街對面是一排磚造的商店平房。觸目所及全都披上一層塵灰，連窗戶上也堆著灰。交通號誌和告示牌灰濛濛的，難以分辨。四周依然沉寂。

從廂式外形和彈簧金屬輪胎可以認出來，車就停在特克左邊十幾公尺處。他站了一會兒，回頭看看麗絲。麗絲把門打開，只留一道開口。他朝她微微揮手，她點點頭。沒有危險。去吧。

他小心翼翼踩著大步，努力不要揚起太多灰塵。每踩一步，就在灰藍色塵灰上留下清晰的鞋印。

他走到了車旁，毫髮無傷。和麗絲間的距離只稍稍讓他不安了一下。日用雜貨放在車後行李廂。他用前臂拂去車後一層灰，從口袋拿出杜瓦利博士的鑰匙卡，插進插卡處。雙手周圍升起了縷縷塵灰。

他停了一下，把蓋住嘴的布掀起來，吐了口口水，又趕緊蓋上。口水毫不優雅地啪一聲落在蓋滿塵灰的人行道表面，他有點期待會有東西從底下升起，像魚銜住魚餌那樣游上來。

他打開行李廂，挑了一個裝滿瓶裝水的冰桶和一箱食物罐頭（是那種必要時不用燒煮就可以吃的罐頭），再加上一大堆薄餅，這些是他能拿得動的。暫時足夠了。不然他也可以進到車裡，把車子開近房間。不過這樣子就會擋住院子的路，也許還會引起不想要的注意……

「特克！」麗絲在門口喊著。他回頭看她。門大開著，她身體往外彎，頭髮散在臉旁。她神情焦急，用手指著：「特克！街上……」

他立刻就看到那東西了。

不管那是什麼，看起來並不嚇人。事實上，看起來不過是一張被風吹動的紙或塑膠紙，在餐廳旁邊灰塵堆成沙丘的高速公路半空中拍動，高度和一個人頭部齊平。它拍動著，說不上是在飛，不是像鳥那種有目的的飛。

可是那並不是一張紙，而是更奇怪的東西：中間是透藍色，四角是紅色。雖然在空中顯得笨拙，看起來卻像是有計畫地移動，輕飄飄在路中間滑行。

接著，它同時鼓動四個翅膀的尖端，升高幾公尺，似乎有些猶豫。再次移動時，它換了個方向。朝著特克飛來。

「快回來！」麗絲叫喊。

他們說這些東西不危險，特克希望這是真的。他把那箱罐頭食物以外的東西全丟下，開始跑了起來。跑到半路，他回過頭看。那個拍動的東西在他身後，就在右後方約一公尺處。太近了！他丟下最後這一箱，拔腿狂奔。

這東西比從遠處看來要大，聲音也大得多，像是狂風中掛在曬衣繩上的床單。他不知道它會不會傷害他，不過顯然是對他「有興趣」。他跑著，由於積灰有十五公分深，有些地方還更深，所以他像是跑在沙洲上，或在噩夢中。

麗絲把門大開。

不過一會兒，特克用眼角餘光就可以看到這個拍動的東西，像活塞一樣在空中拍打。只要往右邊移動，就會撲上他了。但是它卻保持那穩定而古怪的路線，和他並排，幾乎像是在和他賽跑。跟他比賽……

看誰先跑到開著的門。

他放慢速度。那拍動的東西嘩啦嘩啦超過他。

「特克！」

麗絲仍然站在門口。特克把布從嘴上扯下，深吸了一口氣。這一著不妙，因為他的喉嚨立刻就塞住了。「關門！」他用嘶啞的聲音說著，可是她聽不見。他張開嘴吐口水。「門，該死，快關上這該死的門！」

不管她有沒有聽到，麗絲終於意識到危險了。她往後退，同時一把要去抓住門把，沒抓到，卻一個踉蹌跌在地上。這會兒這個在空中拍動的東西已經不再是笨拙行進了，像是由雷射導引般，朝她飛去。特克奮力往前衝，但是她太遠了。

她半坐起來，一隻手肘支撐著，睜大眼睛。特克感覺到肋骨下一陣有如刀刺的恐懼，尖銳到刺中心臟。她抬起一隻手臂要擋住這個東西，但是它不理會她，就像之前不理會特克一樣。一閃而過，進了房間。

特克無法看到接下來發生的事。他聽到一聲悶叫聲，接著是芮布卡太太的聲音。她發出一陣哀號（這更驚人，因為那是出自一個第四年期人），大喊艾沙克的名字。

第二十二章

麗絲震驚地坐在地板上，搞不清到底發生了什麼事。那個東西、那個會飛的東西、那個她以為要攻擊特克的東西，已經進到房間裡。在一個恍惚的瞬間，她聽到它的聲音已經轉弱成為一種含著濕氣的鼓動聲。接著聲音完全停止，芮布卡太太開始大叫。

麗絲掙扎著站起來。

「把門關上！」杜瓦利博士咆哮。

但不行。現在還不行。她要等特克，他在一陣塵灰中飛快衝進來，她便用力把門摔上，小心翼翼地四下找尋那個會飛的東西。她想到有一年夏天，父母親帶她到阿第隆代克山上一間小木屋度假，一天晚上有一隻蝙蝠從煙囪飛下來，在黑暗中拍動翅膀飛來飛去，把她嚇得要死。現在似乎又身歷其境，想起那種隨時都會有個溫熱而且活生生的東西纏住她頭髮、開始咬她的感覺。

她意識到，那個拍動的東西已經降落了。

第四年期的人團團圍住艾沙克的床，因為……

那個會飛的東西竟然停在男孩的臉上。

嚇壞了的男孩把頭緊緊抵住枕頭。這個動物（或者生物，或者不管叫什麼名字或應該叫什麼名字的東西）蓋住了他的左臉頰，像是一塊厚實的紅色濕布。它一角纏住太陽穴上方的頭髮，另一角包住脖子和肩膀。艾沙克的口鼻沒被遮住，不過這東西冰涼的身體卻貼著他顫抖的下唇。透過這東西透明的身體，他的左眼依稀可見，而另一隻眼睛睜得好大。

芮布卡太太繼續叫著男孩的名字。她朝這東西伸手過去，企圖把它拉開。但杜瓦利抓住她的手，「不要碰它，安娜。」他說。

安娜。芮布卡太太的名字是安娜。麗絲腦子裡某個平靜得像傻瓜的部位把這個事實歸了檔。安娜．芮布卡，也是男孩的母親。

「我們必須把它從他身上拿下來！」

「要用個東西去弄，」杜瓦利說，「手套、棍子、一張紙……」

特克從一個備用枕頭上扯下枕頭套，包住右手。

真奇怪，麗絲想，這個會飛的東西在街上不理會特克、也不理會她或其他人，這些人全都是很容易攻擊的目標，但是它卻毫不猶豫停在艾沙克身上。這是不是意味著什麼事呢？不管這會飛的東西真正是什麼（她相信它是從落塵中生出的，和那有眼睛的花朵，或是新聞報導麥哲倫港那一堆五顏六色的古怪東西一樣），有沒有可能是它「挑上」了艾沙克？

特克包著手走向那個東西，其他人從床前後退。但這時，另一件怪事發生了。

那個會飛的東西不見了。

ᔓ ᔓ ᔓ

「怎麼搞的？」特克說。

艾沙克倒抽一口氣，突然坐起身子，伸手摸摸自己剛剛還布滿塵灰的臉。

麗絲眨了眨眼，想把方才眼前發生的事再回想一遍。那拍動的東西「溶解」了。至少看起來是如此。它突然間變成液體，瞬間蒸發了。或者，不對，是「滲透」了，像是水坑裡的水被吸進濕土裡。沒剩下半點水氣，彷彿直接滲進艾沙克的皮肉中。

她把她的困惑暫時拋到一邊。

芮布卡太太衝過特克身邊，直撲向男孩。她坐在床上，把他摟在懷裡。仍不住喘著大氣的艾沙克彎身靠著她，把頭伏在她肩頭，開始啜泣。

「給他們一些空間吧。」眼見不會再有什麼事發生，至少不會有可怕的事發生了，杜瓦利便要其他人退後。麗絲退下，抓住特克的手。他的手上又是汗水又是灰塵，但卻讓人無比安心。她不懂剛才發生的事，但眼前正在發生的卻完全可以理解：一個母親正在安慰一個受驚嚇的孩子。這是頭一次麗絲開始把芮布卡太太看成一個陰沉、冷淡的第四年期人以外的人。至少對於芮布卡太太來說，艾沙克不是一項生物實驗品。艾沙克是她的兒子。

「該死！」特克又說了一遍。「孩子還好嗎？」

這還有待觀察。蘇麗安．莫埃和黛安．杜普雷退到小小的廚房裡一處角落，熱切而安靜地談論著。杜瓦利博士謹慎地隔著一段距離看著芮布卡太太。艾沙克的呼吸漸漸平穩了，他從芮布卡太太懷中起身，四下張望。那奇特而有金色光點的大眼睛閃耀著，他還打了幾次嗝。

黛安．杜普雷和火星女人停止對話。黛安說：「讓我檢查看看。」

她是這個房間裡最近似醫師的人。芮布卡太太不太情願地讓黛安坐在男孩旁邊、量脈博、用手指敲敲胸口。做這些事，麗絲猜測，要說是為艾沙克診斷，不如說是要讓他安心。不過她也確實仔細看了那東西碰過的左臉頰和額頭，沒有明顯的疹子或發炎。最後她檢查艾沙克的眼睛，那雙奇怪的眼睛，似乎也沒有發現什麼異常之處。

艾沙克鼓起勇氣問：「你是醫生嗎？」

「只是護士而已。你可以叫我黛安。」

「我還好嗎？黛安。」

「在我看來，你還不錯。」

「發生什麼事了？」

「我不知道。眼前有很多奇怪的事情發生，這只是其中之一。你感覺怎麼樣？」

男孩停頓了一下，彷彿正在評估。「比較好了。」他終於說。

「不怕嗎？」

「不怕。嗯……不那麼怕啦。」

事實上他現在說起話來比過去幾天都要有條理。「我可以問你一個問題嗎？」

男孩點點頭。

「昨天晚上你說你可以透過牆看東西。你說有道光，只有你能看到。現在還能看到嗎？」

他又點點頭。

「在哪裡？你能不能指出來？」

艾沙克遲疑了一下，但照做了。

「特克，」黛安說，「你的羅盤還在身上嗎？」

特克口袋放著一個黃銅外殼的羅盤。在米南加保村時他不肯丟掉，還讓伊布黛安很惱火呢！他拿出羅盤，順著艾沙克手臂對準食指比的方向。

「這不稀奇。」芮布卡太太不耐地說，「他一向指著相同的方向。西邊微微偏北。」

「現在差不多是正西邊了。確切地說，有點偏南。」特克抬頭，意識到他們的表情有些異樣。

「怎麼？這很重要嗎？」

ᔕ　ᔕ　ᔕ

下午過了一半，街上已經快恢復正常了。過去這幾個小時，沒有東西從落塵中長出來。偶爾塵灰會打起轉來，不過那可能是風吹的。一陣風吹了起來，空氣變得迷濛。風把灰色的廢物推向光禿禿的牆邊，也吹走一些落塵，露出了幾處柏油路面。

只有幾個怪東西撐到隔天早上，大多數都和中間有眼睛的那朵花一樣，被那些活蹦亂跳的小東西攻擊（不如說吃掉了，麗絲心想），轉眼間小東西又消逝不見了。有些大一點的生長物看起來比較完整。麗絲看過一個像是色彩鮮艷的風滾草的東西被吹著在街上滾動，顯然是某個已經沒有生命了的東西的外殼。還有一個用脆硬的白色細管做的、鏤空花樣的東西貼在旅館對面建築上，遮住一塊原本寫著「汽車零件」的招牌，如今在這白色鏤空的東西下已經看不出是什麼字了。

相對而言的平靜把人們從藏身處都引出來了。幾輛有大輪胎的車子隆隆開過，堆積的落塵還不至於無法通行。旅館職員敲了敲門，問每個人是不是都安然無恙，他多少也目睹早上那驚險的一幕了。特克說他們都很好。他又冒險出去了一次，這次他身後的門緊緊關上，麗絲在窗邊，隱藏住自己的焦慮。他從車上帶回足夠維持幾天的日用雜貨。

芮布卡太太仍然在艾沙克身邊來回照料，艾沙克已經清醒許多，顯然也沒有在受苦了。此刻他坐在床上，面向著房間的西面牆，彷彿在向某個反方向的麥加祈禱。麗絲能理解這個一再出現的舉動，只是仍然覺得非常詭異。趁芮布卡太太去浴室的空檔，麗絲走到男孩床邊，跟他坐在一起。

她打了招呼。他很快看了她一眼，又轉頭回去望著牆。

麗絲說：「那是什麼，艾沙克？」

「它住在地底下。」男孩說。

麗絲忍住戰慄，退了開來。

ꕥ　ꕥ　ꕥ

特克和杜瓦利博士正對著一張地圖在商議。

這是赤道洲山脈西邊地形和稀疏道路的標準摺疊地圖。麗絲站在特克肩膀後面，看他用筆和尺畫線。「這是在做什麼？」

「我們在做三角測量。」特克說。

「三角測量什麼？」

杜瓦利以稍嫌不自然的耐性指著地圖上一個點。「這裡是你遇見我們的圍場，亞當斯小姐。我們離開這裡，往北走了差不多三百二十公里到這裡。」一個小點標示著「巴斯提」。「艾沙克在圍場時一直感應到的某個方位，我們已經畫出來了。」一條通往西邊的長長直線。「可是在現在這個地方，他的方向感似乎略略改變了。」另一條長長的直線，和第一條微微不平行。兩條線在通過琥珀色的大片沙漠、深入國際採礦特區範圍內時逐漸接近，而在魯布艾爾卡里交叉，這是一片布滿砂石的台地，包括了赤道洲的西部地區。

「這裡就是他現在指著的地方嗎？」

「他整個夏天都一直指著這裡，這幾個星期以來變得更急切了。」

「那麼那是什麼？那裡有什麼？」

「據我所知，什麼也沒有。那裡什麼也沒有。」

「可是他就是想要去那裡。」

「是的。」杜瓦利博士視線越過麗絲，看著其他第四年期人。「這裡也是我們要帶他去的地方。」

那些第四年期女人都沒說話，只是凝視著。

最後是芮布卡太太勉強點了頭，表示同意。

ꩭ ꩭ ꩭ

這天晚上，大家都睡著了，除了麗絲。她在床墊上聽著其他人發出的聲音，輾轉難眠。不論第四年期療法能治好什麼疑難雜症，它顯然沒治好打鼾。

過了好長一段時間，到了半夜，她終於起身，跨過那些沉睡的身體走去浴室，用溫水潑了潑臉。她沒有回床上，而是走到窗前，特克正坐在一張椅子上守夜。

「我睡不著。」她低聲說。

特克目光盯著屋外街道。在塵灰迷濛的黯淡月光下，有如鬼魅般空蕩蕩的一片，沒有任何動靜。從落塵中迸出的怪東西看樣子也不會再出現。終於他說了：「你想要談談嗎？」

「我不想把別人吵醒。」

「到外頭車上。」特克和杜瓦利博士把車移到離旅館房間近一點的地方，這樣也比較容易監視。

「我們可以坐到車上。現在還算安全。」

從進到這裡以後，麗絲就沒離開過房間，這個主意讓她很高興。她穿著唯一條牛仔褲和一件大號襯衫，那是她從第四年期人的圍場借來的。她把鞋子穿上。

特克打開門，輕輕關上，兩人走出屋外。塵灰的味道立刻變濃。硫磺味，或是某種像硫磺一樣刺鼻的東西。為什麼落塵聞起來像是硫磺？假想智慧生物機器生長在寒冷的地方，至少麗絲在學校裡學到是這樣：遙遠的小行星，冰凍行星的冰凍衛星。那裡有硫磺嗎？她聽說過哪個行星（土星嗎？）的衛星上有硫磺。新世界的太陽系有一個像這樣的行星，那是一個冰冷的輻射巨星，離太陽非常遙遠。

風在夜晚來臨時已經止息。天空一片朦朧，不過她可以看見幾顆星星。在她很小的時候，她父親就喜歡把星星指給她看。他會說，星星需要名字呀！於是他倆就為星星取名字：大藍、三角點。或者取些搞笑的名字：貝琳達、葡萄柚、羚羊。

她鑽進前座，坐在特克身邊。

「我們必須討論下一步怎麼走。」他說。

是的，毫無疑問。她說：「第四年期的人要把艾沙克帶往西部。」

「是啊，不知道他們想要達成什麼目的。」

「他們認為他可以跟假想智慧生物說話。」

「好吧，他要說什麼呢？人類向你們致意嗎？請停止從外太空把亂七八糟的廢物丟到我們頭上嗎？」

「他們希望能得知一些深奧的事。」

「你相信？」

「我不相信。可是他們相信。至少杜瓦利相信。」

「第四年期人通常是相當有理性的人，可是你敢為這個結果打賭嗎？我可不敢。」

那就像是宗教，麗絲心想。你不用對神聖的事物下賭注，你只是用開闊的心胸去追尋它，希望一切如願。不過她沒有對特克說這些。「所以當他們要去沙漠的時候我們要怎麼辦？」

他說：「我打算要跟他們一起去。」

「你要……什麼？」

「別急，這是有道理的。你看到地圖了，對吧？他們要去的地方，在往西岸路上四分之三的地方，從那裡一直到海邊有一條滿好走的路。西岸那裡，麗絲，只有漁村和研究站。我可以搭一條船走南線回到麥哲倫港，那時候已經不會有人找我了，這整個第四年期的事情也結束了，遺傳安全部也許也弄清楚了。我在第四年期團體中有足夠的朋友，或許可以弄到全新的身分證明。」

每年這個時節，沙漠的夜晚都冷得刺骨。椅墊冰涼，他們的話在車窗上結成水氣。「我可以看出幾個問題。」

「我也是……你的問題有什麼？」

她想讓自己的話聽起來合乎邏輯。「這個嘛，落塵。就算路通了，就算開著一輛好車，你還是可能會發不動車子、汽油用完，或是引擎出問題。」

「這是個冒險，」他也承認，「可是你可以事先計畫好，帶著工具、零件和汽油。」

「第四年期人的這趟車程可不輕鬆。他們希望能在那裡找到什麼東西。萬一他們想的沒錯怎麼辦？我是說，你看那個會飛的東西追艾沙克的樣子。也許他確實是很特別，也許他對於，呃，落塵裡長出的不管什麼東西，的確有特別的吸引力。如果是這樣的話，這可就會是個大問題了。」

「我也想過這一點，不過沒有聽說有任何人被那些東西重傷到，除了意外受傷不算。甚至艾沙克。不管他發生了什麼事，似乎並沒有讓他身體變差。」

「它停在他臉上耶，特克。它滲進他皮膚裡了。」

「可是他能坐起來，又沒有發燒，病得也沒有以前厲害。」

「如果是停在你臉上，你就不會這樣說了。」

「這就是重點了。不是我。不管那東西是什麼，它要的可不是我。」

「所以我們就跟著走，等他們弄完艾沙克的事，不管那是什麼意思，我們就繼續往海岸走？這就是計畫？」

「不一定非我們兩個人不可。」他語氣中有些尷尬，即使在車內的陰暗中，麗絲都能感覺得到。「如果你想待在這裡也沒關係，等落塵清空以後再坐車過隘口。你有選擇，而我沒有。也許這樣比較安全，客觀看來。」

客觀看來。無疑特克以為他要給她從一個思慮欠詳的計畫中脫身的餘地。他過的生活中，運氣可以突然逆轉，命運的賭注也可以很高。她卻不是。這是他的含意，而這話，當然，大致上也沒有錯。不過最近情況有些改變了。

「我會考慮一下。」她說，然後下車，走入月光照亮的夜晚，但願自己能睡得著。

ᔓ ᔓ ᔓ

到了早晨，巴斯提恢復了一點生氣。街上有幾個行人、幾輛還開得動的車開始往南方較大城市前進。當地人張口結舌看著外星生命的殘餘物，它們或是貼著建築物的表面，或是散置人行道上，像是破損的、曾經色彩鮮艷的玩具。生命重新組合，麗絲心想，雖然是如此奇異。而她那支離四散的生命，要接合起來卻要慢得多。

第四年期的人當下就取得一致決議，要去購買補給品。杜瓦利博士、蘇麗安・莫埃、黛安・杜普雷和特克四人去查看在當地商店裡還能買到什麼東西。特克甚至還說幸運的話，也許能弄到一輛車。

麗絲陪芮布卡太太及艾沙克留在旅館房間，希望能再睡上幾個小時。結果事與願違，因為艾沙克又激動起來了。倒不是由於攻擊他的那個會飛的東西（這件事就像一場噩夢似的在他心中一晃而過），而是出於一種新的急切感，一種要趕赴遙遠西邊的需要，那兒有事正在發生。芮布卡太太問了幾個試探性的問題。他說有東西在「地下」，指的是什麼？但是艾沙克卻答不出來，他努力一試再試，卻變得更加挫折。

所以芮布卡太太告訴他說他們就要往西部去了，可以的話立刻就走。終於艾沙克接受了安撫，又沉沉睡去。

芮布卡太太離開床邊，坐到一張椅子上。麗絲把自己的椅子拉近些。

芮布卡太太看起來大約五十歲，麗絲原本猜想應該要更老，因為她是第四年期，而第四年期人看起來「大約五十歲」一個幾十年。但是如果艾沙克是她的小孩，她就不可能那麼老。何況，麗絲心想，不是說第四年期的人生理上是無法懷孕的嗎？所以芮布卡太太懷孕一定是在她的「轉變」以前。

這個問題有點露骨，不怎麼好開口問，但此時不問更待何時，麗絲打定主意要問。「這是怎麼發生的，芮布卡太太？我的意思是，這男孩，他是怎麼……我是說，如果這不是太私人的問題。」

芮布卡太太閉上眼睛，疲憊已經寫滿臉上。說是疲憊，不如說是某種深沉而頑強的絕望。「你的問題是什麼？亞當斯小姐。是問他是怎麼被改造，或是為什麼會懷了他？」

麗絲想要怎麼回答，不過芮布卡太太揮揮手要她不必了。「這是個很短而且不怎麼特別有趣的故事。我先生是講師，暫調到美利堅大學。他不是第四年期人，不過對他們很友善。要不是他是個虔誠而且傳統的猶太人，或許也會考慮接受這種療法。不過他的宗教禁止這麼做，他沒有接受這種療法因而過世了。他腦裡有個動脈瘤，沒辦法開刀。這種療法是唯一可能救命的東西。我求他接受，但是他不肯。我很傷心，也有一些恨他。因為……」

「因為你當時已經懷孕了。」

「是的。」

「他知道嗎？」

「等到我確定的時候，動脈瘤已經爆開了。他活了幾天，但是已經陷入昏迷。」

「那個孩子就是艾沙克？」

芮布卡太太閉起雙眼。「變成艾沙克的是肧胎組織。我知道這聽起來有多麼殘忍，可是一想到要獨力撫養這孩子，我就無法承受。我本來是要墮胎。是杜瓦利博士說服我不要這樣做。他曾經是我丈夫最好的朋友之一，後來成為我的好朋友。他承認他是個第四年期人。他跟我說到第四年期團體中的爭議，以及成為一種比較好的人類，至少在某種意義上，是什麼情形。他也跟我說起假想智慧生物，這話題一向讓我很有興趣。他把我介紹給他團體裡的其他人。他們都很支持我。」

「他們說服你去做他們想要你做的事嗎？」

「不是你說的那麼簡單。他們沒有一直對我強迫推銷。我喜歡這些人，我喜歡他們甚於那些沒有改造的人。那些人來看我是出於一種義務，他們不斷表達同情，私底下卻漠不關心。第四年期的人很真誠，他們說的都是他們相信的事。而艾夫蘭・杜瓦利相信的事情之一，就是與假想智慧生物溝通的可能性。他逐漸讓我相信，我或許可以對那個重要工作有所貢獻，因為我沒有被改造過，而且又懷孕了。」

「所以你就把艾沙克給他了？」

「不是艾沙克！我給他艾沙克的可能性。否則我永遠不可能懷胎足月。」她深深吸了一口氣，這聲音在麗絲耳裡聽來，就像是浪潮從一處古老沙灘退去。「這比成為第四年期的嚴酷考驗簡單多了。先是例行注射，然後過程中還要子宮內注射，使已經改造的嬰兒不會被我的身體排斥。大多數時間我都注射了鎮靜劑。我對懷孕過程的記憶有限。他在七個月就足月了。」

「之後呢？」

芮布卡太太別開目光。「艾夫蘭堅持要他由團體養大，不能由我一個人帶。他說我最好是不要和孩子太親密。」

「對你好還是對艾沙克好？」

「都好。我們當時並不確定他能不能活到長大成人。艾沙克是……是個實驗品，亞當斯小姐。艾夫蘭是保護我，不讓我受到更大的哀傷打擊。此外……雖然我想要做艾沙克的母親，但這孩子的性格很難捉摸。他不肯和任何人有親密的接觸，還是小嬰兒的時候就不願意讓人抱。他確實像是一種新的物種，似乎在最根本的生物層次上，他知道他跟我們不同類。」

「因為你們把他造成這樣。」麗絲忍不住說。

「沒錯。責任全在我們。罪過也是，當然。我只能說，但願他對於我們了解宇宙的貢獻，能夠彌補製造出他的醜陋。」

「這是你自己相信的，還是他們要你相信的？」

「謝謝你替我找理由，亞當斯小姐。不過，是的，是我相信的。我們所有人或多或少都相信，所以才會聚在一起。只是我們不像艾夫蘭．杜瓦利那麼信心十足，而且我不得不說他……勇氣十足。我們也有疑慮，當然有，也有懊悔的時候。這絕不是個快樂的故事吧？我相信你正在問自己，我們怎麼會想出這種事，更不用說去做出來了。不過人是可以做出各種各樣事情的，亞當斯小姐，即使是第四年期的人。你要記住這點。」芮布卡太太閉上眼。「現在我累了，而且我也沒有別的事好說了。」

ᘓ ᘓ ᘓ

其他人回來了，帶回食物、瓶裝水、備用零件，還有（奇蹟似的）第二輛車（另一輛大輪胎的多功能車），特克說是用一個很誇張的價錢向一個賊頭賊腦的本地車商買來的。第四年期的人隨身帶的現金比正常人要多，或者說他們比較知道什麼時候現金已經沒多大用處了。

她幫忙特克把補給品裝上車。他的動作有一種輕鬆的矯健，且旁若無人，跟他一起做事很快樂，不用想到芮布卡太太、艾沙克或杜瓦利博士，也不用想魯布艾爾卡里那裡會有些什麼。

「那……你是要和我們一起走呢，」終於他問了，「或者要等巴士回麥哲倫港？」

她沒給他答案。他不配得到。

因為，她當然要跟他一起走。走進未知當中，或是走到失蹤者最終所在，不管那是哪裡。

第四部

魯布艾爾卡里

第二十三章

第二次落塵發生時，布萊恩．蓋特利安全地待在麥哲倫港。席蒙和維爾飛過波迪隘口、低掠過海岸平原時，做了一件了不起的事：他們承認失敗了。維爾說，第四年期的人四散逃走；燒毀的圍場也不留任何證據，除了一具藏在地下室的生物反應器燒焦的殘骸；特克．芬雷那架偷來的飛機裡找不到任何可以拿來指控的東西；而那四名俘虜顯然是誘餌，即使以第四年期的標準來看都嫌老。

「那麼，」這時飛機飛過一處峽谷，下方遠處有一輛油槽車正駛在峽谷的之字形道路上，布萊恩說，「你們就回家囉？」

「當然啦，我們不會放棄。我們會繼續多年來一直在做的事：監視通訊、使用戰略監控地點的軟體。早晚會發現什麼的。現在又少了一架生物反應器，就算沒有別的成效，至少嚴重破壞了某人的計畫。」

「就為了這個，」布萊恩問，「人就送命了嗎？」

「誰送命？布萊恩，我可不記得有人送命。」

꩜ ꩜ ꩜

於是他終於回到這座多語城市裡的住處。當天空第二次充滿了古老而莫名其妙的機器那發亮的殘餘物時，他正獨自在屋裡。

他用一種無所謂的心態看著本地新聞報導。新聞播報員使用「奇異」和「空前」的字眼，但布萊恩並不為所動：那只是一種天上的破爛廢物、大規模瓦解的碎片。假想智慧生物把他們的情報機構建造在無數星星周圍和中間的冰冷地帶，建造時當然希望它們能持久延續，只不過任何做出來的東西都有壽命啊！埃及的金字塔被風蝕了，羅馬人的導水管斷成一截截的碎石。所以當假想智慧生物的建造物正常使用了千百萬年之後，也必然會瓦解、敗壞。

落塵裡生出畸形怪物，有一些他從窗戶就可以看到。路上過去十幾公尺的地方，就在阿拉伯商業區淪為一大片雜亂的露天市場和茶鋪子的迷宮那裡，一條像排水管那麼大的綠色管子扭動著，像是受到強風吹襲而滾到街上，擋住街道。

他心裡再次播放麗絲最後那通電話。她現在在哪裡？就連席蒙和維爾都無法答覆這個問題。她跟著那些孤僻的第四年期人逃走了，做了自己那瘋狂同情心的受害人。自由啦，也許吧，以這個詞某種令人討厭的意義而言。她還沒有碎裂。還沒有墜落到地上，像某個古老機器那樣。

ട ട ട

這次清理落塵比第一次費時要久。由於已經發生兩次了，於是電視上的人就問了一個比較悲觀的問題：這種事就到此為止了，或是它還會再發生？落塵的結果會不會循某種指數型曲線，一次比一次更奇特、也帶來更大災難，直到麥哲倫港掩埋在一大堆看起來像是巨大的兒童玩具下？

一部分的布萊恩想否認這種可能，而另一部分卻又喜歡這種可能。畢竟這裡是外星球，我們竟這麼輕易相信，認為可以不受干擾的住下來，過我們的生活，就像它是第二個地球一樣。

市政當局仍然像螞蟻一樣有條不紊地把殘餘物清除了，重新建立起他們的通訊線路。布萊恩再也無法逃避了。他從公寓開車沿著髒汙的大道到美國區，來到領事館大樓的遺傳安全部「麥哲倫港分部」辦公室。

他走過他的辦公室，到了直屬上司的辦公室門口。布萊恩的直屬上司是領事特使，名叫賴瑞·狄森豪，是個五十五歲、一心想成功的專業人士。他剃個光頭，眼睛顏色十分漂亮，像是用蠟筆畫出來的。狄森豪抬頭看看布萊恩，微微一笑。「很高興看到你回來，布萊恩。」

終於回來了。浪子回頭。布萊恩從外套口袋裡拿出信封，丟到狄森豪一絲不苟的辦公桌上。

「這是什麼？」

「你看看。」

信封裡有兩張同樣的相片，是彼得·柯區柏傳給他的，布萊恩今天早上從印表機印下的多餘複本。狄森豪打開信封時，立刻把眼光轉開。

「老天！」狄森豪說。「老天！我看的是什麼啊？」

死人，布萊恩心想。死人，通常在教堂野餐中和高雅的辦公室中缺席的人。他坐下來，解釋起托馬士．金恩、席蒙及維爾、沙漠裡焚燒的圍場，以及被人在特克．芬雷的飛機中找到的那四個倒楣的第四年期人，在逼供過程中可能受到酷刑，也可能沒有。有幾次狄森豪都想要打斷他的話，但是布萊恩一個勁兒地說，強迫式地，滔滔不絕，擋都擋不住。

等他說完話，狄森豪張口結舌盯著他看。

「布萊恩……這真讓人難過。」

這也是一種說法，布萊恩心想。

「我的意思是，哇……你明白你在這裡的職位有多麼低微嗎？你到我這裡，向我抱怨席蒙和維爾的事，可是我和他們一點關係也沒有。執行委員會做的事是在公開授權以外的。你我都不是這個委員會的成員，布萊恩，這個團體也不會理解我們這種人。和一個顯然跟已知的第四年期人有很深關係的女人談感情，對你而言後果可能會更糟，我希望你能明白這一點。已經有人向我問起你了，問你的忠誠度。我可是挺你的喔，我很高興這麼做。現在你來找我，提出這些沒有根據的陳述，還給我看這種……」指的是相片，「這種下流的東西。你想我要怎麼辦？」

「我不知道。難過，抱怨，寫報告。」

「真的？你真的要我去做這些事？你知不知道那對我們兩人來說代表什麼意思？你認為那會有任

何差別嗎？你認為會有什麼好結果嗎？除了我們，會有任何事改變嗎？」

布萊恩思索了一下。他沒有反對的論證。也許狄森豪的話是對的。

他從外套裡拿出第二個信封，丟到狄森豪的桌上。狄森豪立刻退縮，兩手很快縮到辦公桌邊緣。

「老天，這又是什麼？」

「我的辭呈。」布萊恩說。

第二十四章

他們在巴斯提以西看到的最後一個人類，是個正要關上一座「信諾石油」加油站的胖碩女人。加油站本來已經關了，不過她又開了一段時間，讓兩輛車加了油。她用帶有廣東腔的口音對著杜瓦利博士訓話，說深入沙漠中有多麼不智。那裡已經空無一人了，就連鑽油工和油管工人、就連身上沒錢但卻一心希望能拿到錢的僱工，他們也都在第一次落塵以後全都往沙漠東部去了。「那裡更糟了。」她說。

「什麼更糟？」

「就是更糟。還有地震。」

「地震？」

「小型的地震。破壞了很多東西，那些全都得修理，等到可以安全回來的時候……如果回得來的話。」

杜瓦利博士皺著眉頭。特克說：「其實我們是要到西岸，沙漠的另一邊。」

「要去那裡，這方法很笨。」這個廣東女人說，而特克對這話只能點頭，聳肩。

ᔕ ᔕ ᔕ

外星塵灰混雜了沙子堆積在加油站被太陽曬白了的鋪板上。風從南面吹來，又熱又乾。一個撲上爽身粉的世界，麗絲心想。她想到特克說的西岸，沙漠的另一邊。她想像海浪打在海灘上、幾艘冒險的拖網漁船停泊在某個天然港口中。陣雨、蒼翠、水的味道。

和這個無情的、飽受陽光摧殘的地平線正好相反。

要去那裡，這方法很笨。唉，沒錯，一點都沒錯。

ᔕ ᔕ ᔕ

在漫長的開車途中，蘇麗安・莫埃觀察艾夫蘭・杜瓦利和安娜・芮布卡在男孩周遭的舉動。幾乎算是男孩母親的芮布卡太太對男孩呵護備至。杜瓦利比較不那麼直接（艾沙克對他的碰觸表現出退縮的樣子），不過他的注意力總是會繞回到男孩身上。

杜瓦利是個偶像崇拜者，蘇麗安心想。他崇拜醜怪畸形的東西。他相信艾沙克擁有某把鑰匙：不是「與假想智慧生物溝通」，他早就放棄這個乾淨俐落又直接的目標了。他要認知的躍進、要與一種塑造凡俗和天國世界的浩瀚力量親近。杜瓦利要艾沙克做一個神，或至少是被神觸碰過的人，而他希望再去觸摸他袍子的邊緣，藉以獲得啟發。

蘇麗安心想：我呢？我對艾沙克有什麼希求？她原本想要阻止他出生，最重要的是，她就是為了要防止這種悲劇，才離開紐約的火星大使館。她讓自己在地球第四年期團體中成為一個陰沉而經常不受歡迎的人，一方面靠他們的慈悲過日子，一方面又要責怪他們的驕傲。不要崇拜假想智慧生物，他們不是神。不要企圖為假想智慧生物和人類間的分界搭起橋樑，這道鴻溝是無法用橋樑跨過的。我們知道，我們試過了，我們也失敗了。在這個過程中，我們犯下的錯誤堪稱罪孽。我們為了自己的目的，塑造出一個人類生命，而到頭來造成的卻只有痛苦、只有死亡。

她在地球的漫遊中有兩次事先阻止了這種計畫。當時有兩個與世隔絕的第四年期團體（一個在佛蒙特、一個在丹麥鄉下），試圖創造出雜種小孩。在這兩次裡，蘇麗安都驚動了更多的保守派第四年期人，發揮了他們賦與她的火星第四年期人的道德壓力，成功避免了悲劇發生。在這裡她卻失敗了。她晚了十二年。

但是她卻堅持要在無疑是這個孩子最後一趟的旅行中陪伴他。她明明就可以走開，繼續在別處的工作。為什麼要留下來？她猜想，自己會不會也像杜瓦利博士一樣，容易受到「接觸」的誘惑……雖然她知道那是不可能而且荒謬。

比較可能的理由是，艾沙克說了他不可能會的語言。

這也就是說：因為她怕他。

「大半是你的猜測，」特克說，「那位女士是怎麼說地震的？」

他和杜瓦利博士坐在領頭的車上，由杜瓦利博士駕駛。風依然把如蛇一般彎曲堆積的塵灰吹過馬路，不過大部分的落塵似乎都被吹走了，再不就是被吸收到土裡，就像那拍動飛舞的東西被吸進艾沙克皮膚裡一樣。

ઽ ઽ ઽ

再開上一天的車，他們就會抵達石油特區的外緣了。他們用三角測量量出的目標就在那裡以西幾百公里處。

「我不是不相信她。」杜瓦利博士平靜地說。「新聞說了什麼？」

特克之前就把無線電塞進一隻耳朵，不過收訊始終是斷斷續續。他們離浮空器好遠。「沒有提到地震的事。不過我不會排除地震的可能。」在這種時候，就連夢奇金國的小人兒和恐龍的可能性他都不會排除。「他們說落塵還可能會發生。你想這可能嗎？」

「我不知道。」杜瓦利博士說。「誰也不知道。」

也許除了艾沙克吧，特克心想。

ઽ ઽ ઽ

他們在一處有加油站、有食物、又可以落腳的地方停下來過夜。這裡曾經是服務油槽車司機的地方，如今已經荒廢。

荒廢的原因顯而易見。外星生長物趴在這座建築的屋頂上，是些顏色俗麗的管狀東西，因解體而變得有如蕾絲花邊。不過他們活著時一定很重，因為有好幾塊屋頂在他們的重壓下坍掉了。還不只這樣，一種藍色卷鬚形成的東西，也侵入了餐館，粗細線條任意交織，掩蓋了進門處幾公尺內所有的東西（包括地板、天花板、餐桌、椅子、一架推車）。這些卷鬚正在腐壞，一碰到就化為惡臭的粉末。

特克找到了房間鑰匙。他打開每個房間，找出一些沒有受損的，足夠讓所有人都能享有一些求之不得的隱私。特克和麗絲住一間，杜瓦利住一間。蘇麗安．莫埃同意和黛安、芮布卡太太及艾沙克共住一間套房。

ꕥ ꕥ ꕥ

蘇麗安對於房間的安排還算高興。她並不喜歡芮布卡太太，不過她希望能有機會單獨和男孩在一起。

當天晚上，機會來了。杜瓦利召集所有人參加他所謂的「團體會議」。艾沙克當然是不能參加，於是蘇麗安自願留下來陪他。對於討論她沒有什麼可以貢獻的，她說。

芮布卡太太勉強同意了。她一走出房間，蘇麗安就走到男孩床邊。

他沒發燒，甚至相當警覺，還可以坐起來、走一走、吃點東西。幸好他在車上時很安靜，彷彿從那會飛的東西攻擊了他以後，一些可怕的迫切需求已經離他而去了。杜瓦利很不喜歡討論那個事件，因為他無法理解，不過這卻是這孩子頭一次與假想智慧生物那些半生命的創造物深入接觸。蘇麗安猜想那是什麼樣的感覺。那東西是不是現在還在他身體裡？有沒有分解為零星的分子，好在他血液中循環？如果有的話，原因何在？這其中究竟有沒有理性，或者這只是經過數不清的百萬年而演化出的另一種無心的向性？

她希望能問問艾沙克，不過她只有一點時間問最急迫的問題。

她勉強自己對男孩擠出個笑容。艾沙克也以最快的速度回她一笑。我是他的朋友呢，她心想，他的火星朋友。「我認識一個像你一樣的人，」她說，「那是很久以前的事。」

「我記得。」艾沙克說。

蘇麗安感到胸口一陣怦然跳動。

「你知道我說的是誰嗎？」

兩個字。「埃許。」

「你知道埃許的事？」

艾沙克嚴肅地點點頭，他那閃著金色光點的眼睛露出遙遠的眼神。

「你知道他什麼事？」

艾沙克開始說起埃許在巴基亞站的短暫童年，蘇麗安驚訝地聽到男孩又說著埃許的火星方言。

她感到頭暈。「埃許。」她低聲說。

艾沙克這回說的是英語：「他聽不見你說的話。」

「可是你卻能聽到他？」

「他不能說話，蘇麗安。他已經死了。你知道的。」

她當然知道。她曾經把他垂死的身體抱在懷裡，痛恨自己幫助他逃到沙漠，迎向他如此迫切想要的東西。這也是艾沙克想要的東西，也就是假想智慧生物，也就是死亡。

她說：「可是你能用他的聲音說話。」

「因為我記得他。」

「你記得他？」

「就是，他……我不知道要怎麼解釋！」

男孩著急了起來。蘇麗安克制自己的驚恐，擠出一個她希望是讓人安心的笑容。「你用不著解釋。這是一個謎。我也不明白呢！你只要告訴我那是什麼感覺就好了。」

「我知道我是什麼，我知道他們要我做成什麼，杜瓦利博士、芮布卡太太，他們要我跟假想智慧生物說話，可是我不能。對不起，可是我不能。不過我身體裡有東西……」他指著他的肋骨。「那裡也有……」指著沙漠。「有樣東西會記得上百萬件事，埃許只是其中一件。只是因為他很像我，所以那東西把關於他的記憶給了我。我的意思是……」

蘇麗安揉揉男孩的頭。他直長的頭髮裡還有砂礫。這趟長途奔波，根本沒有水可以洗澡。可憐的孩子。「請不要難過。」

「我身體裡的東西記得埃許，而我也記得埃許記得的事情。當我看你時，我看到兩個。」

「兩個？」

「一個是你現在的樣子，一個是你那時候的樣子。」

那應該是很大的對比了，蘇麗安想。

「那埃許也能看到我嗎？」

「不能，我跟你說過了，他已經死了，什麼也看不見了。他不在這裡。不過我知道如果他在這裡會說什麼。」

「他會說什麼呢，艾沙克？」

「他會說……」艾沙克又說起火星語了。即使這麼漫長而艱困的歲月過去了，他的音調依然如此熟悉。「他會說：『你好，大姐姐。』」

這是埃許的聲音，絕對錯不了。

「他也會說……」

「說什麼？告訴我。」

「他會說：『不要害怕。』」

噢，但是我做不到，蘇麗安想。於是她從床邊退開，幾乎退到門邊。她沒有聽到進門的聲音，但她知道杜瓦利博士就站在門邊聽著。他的臉孔因為某種激動的情緒而漲紅，那是種不亞於憤怒的嫉妒。

ꩮ ꩮ ꩮ

「你知道他這種事有多久了？」

為了離開其他人，杜瓦利堅持從貨車停靠站走一小段路，到那已經包圍他們好幾天的可怕地景當中。這片地方彷彿火星沙漠在這個更炎熱的異世界裡重新創造出來。巨大的天空如圓頂般罩在夜晚的空曠之上，至於人類的作品，這裡只剩下最俗麗的。

埃許，埃許，她想。走了這麼遠的路，再次聽到他的聲音。「幾個星期。」她好不容易說。

「幾個星期！你有打算要把這個資訊告訴我們嗎？」

「從來也沒有什麼資訊。只是一種可能性。」

「卻是一種很重要的可能。艾沙克和你的火星實驗品，這個叫埃許的，有相同的記憶……」

「埃許不是實驗品。他是個孩子，杜瓦利博士。他是我朋友。」

「你在迴避問題。」

「我沒有迴避任何事。我可不是你的共犯。如果可能的話，在你計畫一開始時我就會阻止。」

「可是你沒成功，而現在你人就在這裡。我認為你應該檢討一下你自己的動機，莫埃女士。我認為你在這裡的原因和我們創造出艾沙克的原因相同。因為你花了一輩子時間想要了解假想智慧生物，過了……多久？八十年？九十年？卻沒有比你年輕時有多大的進展。」

當然，假想智慧生物從沒有遠離她的思緒，尤其在它們吞噬了埃許以後。一種執迷，是的，也許，不過這從沒有影響過她的判斷……沒有嗎？

至於她是不是「了解」假想智慧生物……「他們並不存在。」她說。

「對不起，你再說一遍？」

「假想智慧生物。他們不存在，不是以你想像的那種方式存在。當你想到他們的時候，你想像的樣子是什麼？某個巨大而聰明的古老身形？具有我們渺小心智無法理解的無限智慧生物？這正是火星第四年期人所犯的錯。只要有可以和上帝對話的可能，哪種風險是沒道理的？可是他們並不存在！在那繁星點點的天空中，除了某種巨型的運作邏輯，將一個沒有思想的機器連接到另一個沒有思想的機器以外，什麼也沒有。古老，複雜，但它不是心智。」

「如果是這樣，」杜瓦利說，「那麼你剛才是在跟誰說話？」

蘇麗安張嘴欲言，卻又閉上了。

ട ട ട

這天晚上，麗絲和特克有了這些日子以來的第一次親熱。單獨處於一室的隱私性是催情素。他們沒有討論，用不著討論的。在點著燭火的黑暗中，麗絲褪了衣裳，特克也脫下衣服。她吹熄蠟燭，藉著塵灰掩映下的黯淡月光找到了他。他聞起來有臭味，她也是。不要緊的。此刻是他倆向來擅長的一種溝通。有那麼一刻，她猜想在這處廢墟中其他地方的第四年期人會不會聽到彈簧床的吱嘎聲。也許會吧，她想。不過如果聽到，也許對他們也好，說不定可以為他們那年老而死氣沉沉的生活帶來一些生氣。

特克終於睡著，一手還摟過她的胸口。她心滿意足地在漸暗的光線中和他依偎在一起。不過最後她還是得從他懷中移開身體。雖然激情過後，她卻無法成眠。她想到他們走了多遠的路，回憶起一段曾在一本很舊的書裡看過的文字：「茫茫荒地的細薄末端，被削成一丁點兒。」

夜涼如水。她再次蜷身貼著特克，尋求他的溫暖。

房子開始搖晃時，她仍然醒著。

ᔕ ᔕ ᔕ

在和蘇麗安・莫埃、芮布卡太太、艾沙克共住的房裡，黛安・杜普雷仍然沒睡。她把注意力放在艾沙克的呼吸上，心想生命對於艾沙克而言必然有多麼奇怪。他從小無母（芮布卡太太不是十足的母親）、無父（除非把杜瓦利博士那不懷好意的巡視也算進去），對於感情漠不關心。這是個不好照顧、頑固的孩子。

今天稍早時候，她無意間聽到一部分蘇麗安・莫埃和杜瓦利博士的爭執，她心中浮現一些不安的疑問。

火星女人是對的，當然。杜瓦利博士和芮布卡太太不是科學家，他們是用非傳統方法研究假想智慧生物。他們走在一條朝聖的路上，而在這條路的盡頭，他們期望有個神聖、有救贖力量的東西。

同樣的渴望曾經幾乎把她帶上死路。那是好多年前的事了。黛安曾經熱中於她第一任丈夫的信仰，他帶她去一處宗教僻所，結果她染上一種病，幾乎要了命。治好她的療法，就是轉成火星人萬諾文所稱的第四年期階段，成年期的成年期。

當她成為第四年期人以後，她以為她已經丟開那種渴望了。就好像是接受長壽療法以後，某種冷靜而理智有條理的東西躍然而出，控制了她的生活。這是某種撫慰人心的東西，即使有些暮氣沉沉。不再會去莽撞地怪罪上天了。她過著一種平穩而有益的生活。

不過，對於自己拋下多少，以及仍然保留多少，她會不會錯了呢？當用三角測量法量出艾沙克的衝動所在，而線條在地圖上交叉時，黛安感覺到一陣熟悉的渴望感，那是在……噢，好多年來的頭一次。

當她發現艾沙克能夠取得一個他素昧平生而且死去已久的火星孩子的記憶時，她再度感受到這種渴望。

假想智慧生物記得埃許，黛安想。

假想智慧生物還可能會記得什麼？

她哥哥傑森是在試圖與假想智慧生物契合的狀態中過世。他們記得這件事嗎？他們是不是還真的記得傑森？

如果她問了，艾沙克會不會用傑森的聲音說話呢？

她坐直身體，幾乎愧疚得像是做錯事一樣。就在這時候，房子開始震動搖晃。恍惚中她想道：要塞被攻破了，天堂的四牆倒塌了。

ᔕ ᔕ ᔕ

等到特克好不容易點亮一根蠟燭，晃動已經停了。

那個廣東女人沒錯，他心想。是地震！

他轉頭看著麗絲，她坐在床上，毯子擁在腰間。他說：「你還好嗎？只是場微震。」

「答應我，我們不要停下。」她說。

特克眨了眨眼。燭光下她的皮膚顯得不自然的蒼白。「停下？」

「等他們到了他們要去的地方，」她頭一撇，他才明白她指的是第四年期那些人。「我們不會停下來，對吧？我們繼續往西岸前進？像你說的？」

「當然啦。你在擔心什麼？這只是微震，麗絲。你住在加州，一定經歷過許多像這樣子的小地震吧。」

「他們瘋了，特克。他們聽起來很理智，不過這個瘋狂的盛會是他們早就計畫好的。我不要和它有任何關係。」

特克走到窗前，確定一下天上的星星沒有爆炸或什麼的，因為她的話沒錯，瘋狂的事情正在進行。不過眼前只有中部赤道洲沙漠在那瘦小的月亮下延伸開來。這個景象，這片沙漠，會讓人感覺到渺小，他心想。

又一陣微震把小桌上沒用的檯燈震得喀啦喀啦響。

ꕥ ꕥ ꕥ

艾沙克感覺到微震，但卻醒不大過來。最近他睡得很多，已經喪失部分分辨睡醒的能力了。星星的時鐘在他體內毫不留情地移動著。在黑暗中，他會夢到一些無法用文字描述的事情。有許多事情他沒有辦法說，也有些話他知道但不明白，也沒辦法定義。比方說，「愛」這個字。

我愛你，芮布卡太太曾經在只有艾沙克可以聽到的時候輕聲對他說。

他不知道該回答什麼，不過這不要緊。她似乎也不需要回答。我愛你，艾沙克，我唯一的兒子。她說得如此輕聲，然後把臉轉過去。

這是什麼意思？

當他閉起眼睛，看到繞著圈子打轉的眾星，或是深藏在西部沙漠底下一個看不見的東西悶燒的火時，那是什麼意思？他能感覺到它的活潑和力量，這是什麼意思？

他能聽到一百萬種人聲，多到比天上的星星更多的人聲，這是什麼意思？而從那麼多的人聲中，他卻能記起埃許這個死去的火星男孩的聲音，這又是什麼意思？是他記起埃許，還是有東西透過他而記起埃許……用艾沙克肺裡的空氣去記起埃許的聲音？

艾沙克確實知道的是：因為他被召喚的動作，還有假想智慧生物那些坍落的機器碎片從天空中的緩慢路徑上被召喚的動作，就是記憶的行為。

這記憶動作要比整個世界都大。

他感覺到它來了。行星的地殼在顫抖，顫動透過這幢舊房子的地基、透過地板、柱子、橫樑、床架和床墊傳上來，直到艾沙克隨著它震動，這動作讓他充滿一種冰冷的喜悅，記憶和虛無跨著大步逼進，腳步遠得有如大陸陸塊，直到終於他問自己：

這是愛嗎？

第五部

與無以名狀之物相伴

第二十五章

他們抵達石油特區的郊外（茫茫荒地那荒涼的薄細末端）。這時，第三次也是最強烈的落塵開始了。

之前已經發出警告了，杜瓦利博士那時有時無的廣播接收器傳出這個消息。落塵在麥哲倫港比較輕微，但在西部卻是一陣陣綿密的塵浪，彷彿就對準著這裡落下。

等到杜瓦利博士宣布這個消息時，威脅已經迫在眼前了，充滿不祥的意味。在兩塊同樣平坦的地面間，車子疾馳在高速公路上，麗絲從車後窗看到雲團從一片灰藍色的天空中浮現，顏色有如燒滾的石板。

「我們必須再躲到有掩護的地方。」她聽到特克說。

§ § §

朝西南方看去，特克可以看出阿蘭科鑽油設備那銀黑色的輪廓。也許都撤走了吧。遠方幾座塔台似乎有些歪斜，然而這可能是幻覺。特克猜想那裡應該還有人看守，有機器和武裝人員在守衛。

幸好他們用不著往那個方向前進。石油特區周遭形成商業區，都是些單身者為單身者開的店：脫衣舞俱樂部、酒吧、黃色刊物商店等，這就表示再過去不遠的路上就能找到比較正經的商業特區和工人住處。兩輛車和從東邊翻過來的烏雲賽跑之際，這個商業特區也出現了：一條彎曲的路，路的大門沒有用鍊條鎖上；一座購物中心（雜貨店、媒體零售店、複合商場）；許多堅固的混凝土建築，裡頭像盒子般堆疊著一房或兩房的公寓。

特克和麗絲及杜瓦利博士坐在第一輛車上，他回頭看到第二輛車要開進購物中心停車場。杜瓦利把車調頭，在雜貨店前面攔下他們。

「買些補給品。」黛安解釋。

「我們沒有時間，」杜瓦利嚴峻說道，「我們必須找到掩護。」

「比方說前面那個房子？我建議你闖進去，或用任何必要的方式進去。我們找到食物就會立刻跟上。」

杜瓦利顯然不喜歡這個主意。但是這話不無道理，特克心想，擺在眼前的事實是，他們的必要物資已經所剩不多，而這落塵暴也可能會讓他們孤立無援好一段時間。「那就動作快一點。」杜瓦利不高興地說。

∽ ∽ ∽

不管是誰設計了這個工人宿舍，他可是一點也不想掩藏這工程的瘋人院氣息。外頭看起來，這建築是歷經風吹日曬的混凝土、路面裂開的人行道和一座空蕩蕩的停車場。停車場和一個網球場相連，圍在一道鐵網圍籬內，球網凌亂鬆垮。特克走近一扇鏤空的鋼門，鋼門漆成工業黃色，而且顯然在這些年間，飽受上百個爛醉鑽油工的靴子踹踢。門還是鎖著的，不過鎖不牢，用一根撬胎棒撬幾次就鬆脫了。特克撬門時，杜瓦利顯得煩躁不安，一直回頭看著逼近的落塵暴。天色已經逐漸黯淡，周圍的陽光也愈來愈黯淡無力。

門開了，特克走進室內的黑暗中，杜瓦利跟在後面，最後是麗絲。

「噁！老天，好臭！」麗絲說。

撤走的時候必定很匆促，許多房間的門朝走廊打開。這些房間與其說是住家，不如說是牢房，窗戶又小又高，浴室也很小。房裡食物任由它放到腐爛，馬桶像幾百年沒沖水了。他們尋找一樓最適合的住處，最後選定三處，一是相鄰的兩間，一是隔著走廊的對面一間。之前住在這幾間房間的人，已經把最易腐爛的食品都帶走了。麗絲伸手要把一扇窗打開，但杜瓦利說：「不行，塵灰會進來。我們必須忍受臭味了。」

這裡沒有電，天色暗得很快。特克和杜瓦利把東西從車上搬下來，下午的天色已經變成黯淡的微光，塵灰開始像雪花一樣落下。杜瓦利說：「他們人呢？」

「我去催他們。」特克自告奮勇。

「不用……他們知道到哪裡找我們。」

ഗ ഗ ഗ

黛安和蘇麗安・莫埃留芮布卡太太在車上陪艾沙克，由她們去找雜貨。店裡東西幾乎全被搬光，不過她們在店後面一間儲藏室裡發現幾箱湯罐頭，不怎麼特別引人食欲，但是如果這陣落塵暴會把他們關在室內一段或長或短時間，這些可能就是維持生命的必需品了。她們運了幾箱到車上，這時天色變暗。「再一箱，」最後黛安說了，一邊打量那步步進逼的塵沙雲，「然後我們就應該進到屋裡了。」

食品店商品走道上方的天窗投下淡淡亮光，打在空蕩蕩的貨架上。之前一次微震已經震倒了一些貨架。黛安和蘇麗安各抬起最後一個紙箱往門口走去，腳踩在玻璃和垃圾上，發出嘎吱嘎吱的聲音。剛走到人行道，就聽到艾沙克的尖叫聲。黛安立刻丟下手中的紙箱，某樣奶油什麼的罐頭撒了人行道一地。她用力拉開乘客邊的車門，把頭伸向後面。「救我！」

男孩的叫聲被掙扎著要呼吸的喘氣打斷。黛安忍不住心想，光是發出這種聲音就很痛了，一個小孩的肺不可能承受發出如此可怕的聲音。他又滾又踢，她抓住他兩個手腕要按住他，但這需要的力量比想像的還大。芮布卡太太已經到了前面，正慌亂地把鑰匙卡插進發動槽。「他突然就叫起來了……

我沒辦法要他安靜下來！」

目前重要的事是進到有掩護的室內。「發動車子。」黛安說。

「我試了！發不動！」

此刻落塵暴已經在她們頭上了。已經不再只是一些塵沙碎片，而是一片渾濁的鋒面，以驚人的速度和力道從沙漠中吹來。黛安還沒來得及再說一個字，這陣落塵暴就散開來，立刻吞噬了她們，幾乎讓她們窒息。

是真的快窒息了。她張嘴作嘔，就連艾沙克，也在深深吸進一口全是塵沙的空氣之後變得安靜了。所有光線都暗了，空氣變成穿不透的漆黑和濃密。黛安吐出一嘴的惡臭氣息，好不容易大喊：「我們必須把他帶到室內！」

芮布卡太太聽到了嗎？蘇麗安聽到了嗎？顯然聽到了，蘇麗安看起來僅剩勉強可見的身形，幫忙黛安把男孩抱起，從車上抱進食品店。芮布卡太太跟在後面，一隻手搭在黛安背上。

進到店裡面也沒有好到哪裡去。大量塵灰從破碎的天窗傾瀉而入。她們想辦法讓艾沙克在她們中間站好，當她們摸索著要找到儲藏室時，他還得靠自己的力量撐住。她們找到了儲藏室，把自己關在裡面。在漆黑一片中，要等著塵沙落定才能夠好好呼吸。她們意識到情況比預料中的更糟。黛安心想：都過了這麼些年了，這裡就是我要葬身之處嗎？

第二十六章

落塵暴一散開，就可以明顯知道艾沙克和那些第四年期女人被困在哪個地方了。

因為這一回的沙塵暴可不只是個抽象名詞。這不是塵沙零零星星的掉落，麗絲想道，像佛蒙特一陣初秋的飄雪；也不是一種令人困惑的天文物理現象，天亮就一掃而空。如果還是發生在麥哲倫港，這個城市就得關閉好幾個月。它是一場洪荒大難，尤其因為它是發生在人員已撤出的遠西，沒有幾雙眼睛看見，也沒有人可以去求救。

最慘的是，身陷在伸手不見五指的黑暗裡。由於和另一輛車分開了，杜瓦利駕駛的車上東西不多，手電筒就只有這麼一兩支。雖然手電筒滿電，標籤上也寫了保證可用一百小時，但那點電力在大片令人窒息的黑暗中，也只能照出一小撮令人膽寒的光。特克和杜瓦利博士堅持仔細檢查三層樓，確定所有窗戶都已經關緊，以防止塵灰進入。這是一項恐怖又辛苦的工作，始終在提醒他們在這幢空曠而有風聲呼嘯的建築裡有多麼孤單。即使窗戶都緊閉著，塵灰仍不免從裂口和縫隙入侵，在樓梯間灑落。塵沙細粒在手電筒光束中徘徊游移。空氣裡、衣服上還有身體上都瀰漫著臭氣。

最後他們選定三樓一個房間。房裡有一扇窗可以評估室外的情況：早晨會不會來臨？陽光還可不可能再次照到他們？麗絲心想。特克用小刀開了一罐醃牛肉，擺放在從廚房櫃櫥裡找到的塑膠盤子上讓大家吃。

鑽油工的生活和大學新鮮人沒兩樣，麗絲得出這個結論。憤怒的、沮喪的大一新鮮人。證據是：四散各處的空酒瓶、丟棄在角落的成堆衣服，以及「全世界最大胸脯」的破海報，供他們膜拜。

杜瓦利又提起艾沙克了。麗絲覺得他說艾沙克已經說了好幾個小時了，為他身陷在某處而不安，也為這場最近的流星現象焦慮不已，這現象對於「他身為溝通者的地位」有什麼意義呢……他的話愈來愈瘋狂了，直到她忍不住問：「如果你這麼關心他，不是該給他取個姓嗎？」

杜瓦利斜眼看她。「我們共同撫養他。芮布卡太太為他取名叫艾沙克，這就夠了吧。」

「你可以叫他艾沙克．假想智慧生物，以他父親身分而言。」特克說。

「我不認為這很好笑。」杜瓦利說，不過至少他閉嘴了。

落塵愈來愈厚。當她用手電筒往外照去時，可以看到窗外的落塵，但再遠一步就只是一片朦朧不清的亮灰色。她想，比麥哲倫港還要多……比巴斯提還多。

她不敢去想這其中會長出什麼東西。

ꩻ ꩻ ꩻ

雜物儲藏室不夠密閉，過了好一段時間，裡面的空氣才逐漸平定下來。空氣中仍布滿了塵灰細粒，不過黛安終於覺得她的肺不那麼痛苦了，喉嚨比較不澀，暈眩也慢慢變得比較可以忍受了。

塵灰暴開始後已經過了多久？兩小時？十二個小時？她不確定。陽光消失了，事實上四周連一絲光線都沒有。他們沒有時間去車上拿手電筒或是任何其他東西，只能靠著觸摸和記憶搜索窄小的儲藏室，找點什麼把嘴裡的塵灰沖掉。他們找到一批塑膠瓶裝的碳酸飲料，溫熱的液體在舌頭上冒出泡沫，混雜著吸入的細粒，嘗起來像是燒焦的法蘭絨。但至少喝多一點的話，就能說話了。

三個女人圍著艾沙克。只見艾沙克躺在水泥地上，大聲呼吸著。艾沙克已經變成她們測試生還希望的試金石了，黛安心想。他已經喝了幾小口瓶中的飲料，可是他卻發著燒，皮膚上再度發散著一股嚇人的熱氣。從落塵開始後，他就沒有開口，或者是沒法開口。

我們像是《馬克白》裡的女巫，黛安心想，而艾沙克就是我們的大鍋子，鍋中的水沸騰滾動。

「艾沙克，」安娜．芮布卡說，「艾沙克，你能聽到我說話嗎？」

艾沙克四肢動了動，喃喃低哼一聲。算是給了肯定的答覆。

黛安意識到他們可能會死在這裡，他們所有人。這念頭倒也不特別讓她困擾，她怕的是那疼痛和不適。這個房裡所有人都是第四年期，即使艾沙克就某種程度上說也算是。而進入第四年期的好處之一，就是對自身死亡不再焦慮。畢竟她活了很久了。她仍然懷著時間迴旋出現前的世界的記憶，對那個已消失的地球的記憶：在她還小的時候，在最後那一晚看到的那幢房屋、那面草坪、那片天空。那時候她相信上帝，那個神用愛使這個世界有條有理。

她懷念的神，甚至也可能是杜瓦利博士在創造艾沙克時不自覺想要喚出來的神。噢，她都見識過了，那破裂的救贖的渴望：她曾經跟它一起生活，確確實實活在其中。它驅策過她哥哥傑森，就像驅策她一樣。傑森的執迷不悔與杜瓦利並無多大不同，差別在於傑森最後是把自己放在祭壇上奉獻了，而不是送個孩子去犧牲。

艾沙克的呼吸開始變得深沉，身體也稍稍變涼。黛安思量他對於落塵的反應。當然，他們之間的聯繫是透過假想智慧生物的機器，也就是那從落塵中產生、在落塵中居住並且現身的半生命體。但是這意味著什麼呢？它的道理何在？它打算完成什麼？

雖然還迷迷糊糊的，但她必定是大聲說出最後這句話，因為蘇麗安．莫埃說：「什麼也不是，它沒有打算完成任何事。」她的聲音粗嘎。「這是杜瓦利博士想要否認的事實。我們大致都同意，假想智慧生物是由一些自我複製機器的網狀組織所構成。但是他們不是一種心靈，黛安。他們不能跟艾沙克說話，不能像我跟你這樣說話。」

「這樣說太傲慢了，」芮布卡太太從黑暗中角落說，「而且也不對。你就是透過艾沙克跟死去的男孩埃許說話。這難道不是溝通嗎？」

火星女人沉默了。黛安心想，在一片黑暗中還能這樣交談真是不可思議，好個「第四年期」呀！在接受這種療法之前，對這種困境，她會如何反應呢？也許恐懼會將她淹沒。恐懼、密室恐懼症，和塵灰（不僅僅是塵灰）穩定灑落的聲音。塵灰落在屋頂，重壓建築的橫樑和木材。

蘇麗安說：「他告訴我說他記得埃許。記憶也是機器的一項屬性。現代的電話記憶比某些哺乳動物都要強。我猜想第一批假想智慧生物機器被送進宇宙，目的是要蒐集資訊，我猜他們仍然這麼做，以更為精密的方式進行。不知怎麼，埃許的記憶被殺害他的機器取得。他變成一筆艾沙克能夠收取的資訊。」

「那麼……我想艾沙克也會成為一筆資訊了。」芮布卡太太說，突然間變得很溫和。黛安心想，這裡才顯露出她的真心。芮布卡太太知道艾沙克會死，他和假想智慧生物的打交道沒有其他可能的結果。她心中一部分已經接受這可怕的事實了。

「就像他可能記得傑森．羅頓一樣，」蘇麗安．莫埃說，「這不是你心中的疑問嗎，黛安？」她的觀察真教人討厭！這個火星老太婆。她命中注定要從她的星球、她的同胞，甚至她的第四年期中流亡。她全身浸淫在尖酸刻薄中。更糟的是，她的話沒錯。這是黛安不敢問的問題。「也許我最好還是不要知道。」

「杜瓦利博士也不會贊成，他寧願把艾沙克頓悟的事藏在心中。不過杜瓦利博士不在這裡。」

「這沒有關係。」黛安說，微微驚慌。

「艾沙克。」蘇麗安．莫埃說。

「不要說了。」芮布卡太太說。

「艾沙克，你能聽到我說話嗎？」

芮布卡太太又說了一次「不要說了」。但是艾沙克的聲音卻微弱地傳來，是一句輕聲細語：「是的。」

「艾沙克，你記得傑森．羅頓嗎？」蘇麗安．莫埃說。

拜託，不要。黛安心想。

但男孩卻說：「記得。」

「那如果他在這裡，他會說什麼？」

艾沙克清清喉嚨，用一種哽咽、嘶啞的聲音說：

「他會說：『你好，黛安。』他會說……」

「不要再說了！」黛安求他。「拜託。」

「他會說：『要小心，黛安。』因為那就要發生了。那是最後一件事。」

什麼最後的事？不過還沒有時間提出這個問題，這最後的事就從地底深處的石灰石和岩床冒出來了。它撼動這幢建築、搖晃地面、打斷所有思考。沒有停止。

第二十七章

只有艾沙克目睹了整件事，因為只有他的眼睛才看得到。

他能看到許多事，但他不曾向芮布卡太太或蘇麗安．莫埃提起，這兩人是他最信任的朋友。比方說，他可以「看見」自己。而在儲藏室一片漆黑中，他比以往看得更加清楚。看到的不能完全說是他的身體，而是假想智慧生物在體內形成一束銀白色的東西。那發亮的細蔓和他的神經系統交織在一起，然後一束一束連到他發亮的脊柱。別人要是看到他這副模樣，一定嚇壞了。艾沙克的某部分（人類那部分）也嚇壞了。但是那個聲音逐漸消失，而另一個持異議的聲音卻認為他這樣很美。說他看起來像電，說他看起來像煙火。

他也可以「看見」這些女人（芮布卡太太、蘇麗安．莫埃、黛安），不過她們發出的亮光要暗得多了。艾沙克猜想是第四年期療法，使她們感染到一點點（就只有一點點）假想智慧生物的生命。她們好比霧中幽微的路燈，而艾沙克……艾沙克卻是閃著強光的探照燈。

而他也可以看見別的東西，在牆以外。

他看到落塵。在艾沙克眼裡，這是一場星星的風暴，每一顆塵粒各自發著亮光，併入一大片明亮中，一種光耀的氛圍。明亮，沒錯，但是卻也是透明的。他能夠看穿它，尤其一眼到底就能看到西部。

這些極小的假想智慧生物機器碎片並不是任意落下的。大體上，它們的軌道都集中在某個古老東西上。它從沙漠的岩床中冒出來，在睡眠中動了動身體，像是一頭慵懶的巨獸。於是地面搖動了，鐵塔傾斜，鑽油機和油管斷裂。當更多塵灰被莫名的牽引而落下時，它動了又動。

而現在它又動了，十分劇烈。這次大地不只是搖晃，更伴隨著怒吼。雖然艾沙克人類的部分在黑暗中看不見，但卻能清清楚楚聽到地底深處岩石被壓得瀕臨斷裂的呻吟聲、正在倒塌的牆壁的迸裂撞擊聲。他感覺到一股惡臭氣流撲面而來，呼吸再次變得吃力而疼痛。

但是艾沙克能「看見」的那部分，對這一切卻絲毫不受影響。

他看著西邊一百多公里處那個巨大的裝置從沉睡沙漠中升起。那是個機器。機器，沒錯，但是活生生的……活生生的機器。在他身體裡那個傑森．羅頓的聲音說：一個活細胞是一個蛋白質做成的機器。天上落下來的，土裡冒出來的，不過都是以其他方式存在的生命罷了。

從西部地面鑽出來的那個巨大的構造，就像一座拱門，和艾沙克在照片中看過的拱門非常類似。它是個巨大的半橢圓形，組成物和天外落下的塵灰一樣，它的分子和不尋常的原子十分密實，排列特殊，顛覆了自然律。艾沙克不知該怎麼稱呼這自然律，只能稱做傑森．羅頓記憶中所謂的「強力」和「弱力」。這巨大構造本身散發一種亮光，十分美麗，像是彩虹般，以各種無名的顏色閃亮著。這個拱門是要讓東西從中穿過，但並不是通向另一個行星。

現在就有東西正在通過這道拱門了。從拱門內連艾沙克都看不見的一片漆黑中，發著亮光的雲團上升到星星之間。

ꩨ ꩨ ꩨ

傑森的種種仍然在黛安心中徘徊不去，即使在她受傷之後。

地震造成一連串的顛簸撞擊，在黑暗中幾乎讓人無法忍受。她能夠了解這些，而她也壓抑了恐懼，至少在最初一段時間。接著建築就開始倒塌了。

也許是倒塌吧，她憑直覺知道。先是感覺到右臂和右頸猛烈重擊，接著是一陣暈眩。從迷迷糊糊中醒來之後，感覺到疼痛、噁心，和可怕的窒息感。她大口大口地吸氣，少量空氣進到肺裡，但是遠遠不夠。

「躺著不要動。」聲音粗嘎，是從喉嚨發出來的。是芮布卡太太嗎？不，一定是蘇麗安·莫埃。黛安想要回答卻做不到。她的肺只能勉強吸進空氣，除了一陣陣抽搐外，什麼也不能做。她想要坐起來，至少轉向一側，免得到時吐了自己一身。

這時候她發現左半身麻木了，死掉了，沒有用了。

「天花板壓到你了。」蘇麗安·莫埃說。

黛安張嘴乾嘔，但吐不出東西，她反倒有點欣慰。地震也停了，很好。她想評估自己的傷勢，但是腦子不夠清楚，再加上竭盡全力想要呼吸空氣，因此根本管不了哪裡受了傷。她很痛，也很害怕。她不特別害怕死亡，可是這個……噢，這比死亡還難受。這就是為什麼人會「選擇」死亡，這樣才能結束活受罪。

她又想到傑森了。為什麼一直想起傑森呢？然後是泰勒，她逝去的丈夫。然後就連這些思緒也變得沉重而難以維持，於是她昏了過去。

೨　೨　೨

艾沙克看得出黛安傷得很重。即使在黑暗中，仍然可能看見。她那微弱的亮光幾乎要滅了。和蘇麗安．莫埃相比，黛安就像是風中殘燭。

要集中注意力很難。他被圍繞他的那些看不見的景物魅惑住了。魅惑住了，因為他是其中一部分，他正在變成那些景物……不過這是可以等的。新的拱門既然已經在西部組合而成（用假想智慧生物的分子、花崗岩、岩漿、記憶組裝而成），於是情況暫時停頓下來。在他周遭方圓好幾公里，那新鋪的落塵毯開始進入新陳代謝的新階段。那要花上一些時間。艾沙克是能有耐心的。

蘇麗安．莫埃和芮布卡太太被艾沙克嚇了一跳。只見他爬過倒下的橫樑、乾砌石牆的碎塊、四散的乳膠絕緣材料和倒落的鋁質通風管，到了黛安．杜普雷那兒。她被一根重重的柱樑壓得動彈不得。

艾沙克覺得肺很吃力，嘴裡全是塵灰，不過至少還能呼吸，而黛安顯然不能好好地呼吸。當他伸手去摸時，便知道落下的破片打傷她的頭了。他想要撫摸她的頭髮，就像芮布卡太太在他生病時撫摸他的頭髮那樣。但是當碰到黛安左耳上方時，那裡卻凹了一塊。他把手移開，感覺黏答答的。

ᔕ ᔕ ᔕ

泰勒．杜普雷是兩年前八月裡某一天死的。那個年比較長，是赤道洲的年；那個八月也是比較長的赤道洲八月。

那天，黛安和他一起健行，爬上海岸那些陡峭起伏的山脊之一。不為別的，只為坐在山頂上，看那森林直落而下，像一大片黑綠色的布鋪展至海邊。

他倆都不年輕了，都活過延長壽命的大半了。近來泰勒不時訴說自己疲倦，不過他仍然繼續看病，對象主要是些年輕的拆船工（他們受的傷有些十分嚇人），以及和他們住一起的米南加保村民。今天他說他感覺很不錯，還堅持要長途健行。他說這是「我最可能有的類似假期的東西」。因此黛安陪他一起，好好品味樹下的幽暗和高高草地的明亮，同時機警地觀察著他。

第四年期的新陳代謝很旺盛，但維持穩定卻不容易。雖然可以不斷加強，但是就像其他實體一樣，也有個斷裂點。年齡不可能永遠往後推，因為療法本身也會老化。當第四年期的人衰竭時，他們多半是立刻衰竭了。

泰勒就是這樣衰竭的。

她想他也許已經感覺到了，所以他才堅持要走這趟路。他們走到一個他很喜歡但很少有時間去的地方，那裡有一大片花崗岩，還長滿了山間小草。他們鋪上一條毯子，黛安打開背包，拿出特地為這個場合準備的好東西：澳大利亞葡萄酒、麥哲倫港麵包店買來的麵包、冰涼的烤牛肉，這些都是米南加保村少見的飲食，他們已經吃慣這裡的食物了。不過泰勒不餓。他躺下來，用一簇青苔枕著頭。這些日子以來他瘦了，雖然在陽光下曝曬，皮膚卻很白。看起來就像是個小精靈，黛安想。

「我想我要睡一下。」他說。就在這一刻，在八月的陽光下，在混雜著岩石、水和黑色泥土的味道裡，她知道他要死了。

她身上有種原始的衝動想要救他，想把他背下山，就像當年她生病時他背著她橫越大半個美洲大陸時那樣。但是現在已經沒有藥救了，第四年期療法只能使用一次。

留待以後再哀傷吧。她跪在他身旁，撫摸他的頭。她說：「要不要幫你拿什麼？」他說：「我在這裡很開心。」

於是她在他身旁躺下，雙手將他摟住。這時，下午陽光也漸漸逝去。又過了很久（卻又太快了），夕陽西沉。該回家了，卻只有黛安起身。

我在這裡很開心。

在黑暗中和她在一起的這個是傑森嗎？是她多年前過世的哥哥傑森嗎？不是，這是那個奇異的男孩艾沙克，可是聲音聽起來好像傑森……

「我可以記得你，黛安。如果你希望這樣，我可以做到。」

她明白他要給她的是什麼。假想智慧生物記得傑森，她也記得，不過假想智慧生物漫長而緩慢的記憶卻比較不容易磨滅，可以持續好幾百萬年。她想要在那麼無邊無際的時間中與他相逢嗎？

她想要轉頭，卻動不了。她吸了一口氣，僅僅夠她吐出一個詞。

「不用。」

第二十八章

地震發生時，特克正在睡覺。他和麗絲以及杜瓦利博士在水泥地上鋪了床墊睡覺，或者說試圖睡覺。在黑暗中某個時刻，麗絲來到他旁邊，他倆身上仍是穿了好幾天的臭衣服，不過這無所謂。她蜷曲身體貼著他的背，把膝蓋彎進他的膝蓋窩裡。她的呼吸讓他的頸子暖烘烘的，還吹起那裡的汗毛。接著，地面上下搖動，像活了起來，空氣中充滿了嘈雜的怒吼，唯一聽得出來的是麗絲近在耳邊的尖叫。他設法翻過身子抱住她，兩人互相摟住了。喧囂聲愈來愈大，簡直大到難以想像。房間那扇小心封起的窗子飛出窗緣，碎裂在地上。這時地面傾斜，猛烈跳動，就像坐在沒打上檔的汽車，他們只能盡可能撐住。

他們抱住彼此，直到地震終於停了下來。震了多久，特克也說不上來。算是中等的永恆之久吧。

地震讓他耳中嗡嗡作響，身體到處瘀青。他吸足一口氣，問麗絲怎麼樣，她也吸足一口氣回他：「應該還好。」於是特克呼叫杜瓦利博士，他回答晚了些：「我的腿好痛，除此以外都還好。」

地震過後很久都還有耳鳴，而且暈眩不止，不過特克開始恢復鎮靜了。他想到餘震。「也許我們該到外面去。」他說，但是杜瓦利說不行，不能到塵灰暴當中。

特克離開麗絲身邊，在地上垃圾中翻找，終於找到他之前放在床墊旁的手電筒，原來一路滾到靠窗的牆邊了。打開手電筒，射出一道滿是塵粒和碎屑的光柱。房間沒事，但只是還算沒事而已。麗絲縮著身子坐在床墊上，像鬼一樣慘白。杜瓦利也同樣蒼白，撐靠著牆角坐著。尖銳東西落下來砸到他的左腿，傷口淌著血，不過看來不嚴重。

「我們現在要怎麼辦？」麗絲問。

杜瓦利說：「等到天亮，祈禱地震不要再發生。」

如果天會亮的話，特克心想。如果任何像是陽光的東西還能夠蒞臨這上帝遺忘的荒地的話。

麗絲說：「這時候我真不願意這麼實際，不過我必須去上廁所。真的很急。」

特克把手電筒往隔壁的浴室一晃。「看起來馬桶沒壞，不過要我是不會去沖水的。而且門掉了。」

「那你們看別的地方。」麗絲說著，把毯子包住身體，特克心想，要是他沒有這麼愛她的話，這一切會多麼容易。

ၒ　ၒ　ၒ

「有光線從窗子照進來。」過了一小時左右，她說。特克小心翼翼踩著碎玻璃走過去。

顯然落塵已經停止了。因為若是落塵像昨天一樣濃密，他們早就窒息了。現在只有一些零星的塵渣飄進來，而且特克也覺得空氣聞起來清爽多了，沒有那麼重的硫磺味，除非他已經習慣了。

麗絲讓他注意到的那道光線是真的，他關掉手電筒，光線就很明顯了。不過現在時間還不到黎明時刻，這光也不是從天上照下，而是從下方。

光是發自這個偏遠商業小城的街道、發自受損建築的屋頂、發自沙漠、發自塵灰落下的任何地方。他叫麗絲和杜瓦利過來看。

特克在海上時，有幾個晚上會看到船尾水面發亮，那是因為船隻駛過，驚動了那些發出生物光的藻類。一向很詭異，而現在這景象這就使他想到那種情形，可是現在發生的事卻更加詭異。這片沙漠，或者說是落在上面的那些星際塵沙，此刻閃著五顏六色的磷光：寶石紅、玻璃黃、閃亮藍。這些顏色不是靜止不動，而是不斷在變換，像北極光一樣。

「你想那是什麼？」麗絲問。

杜瓦利博士臉上反映著色彩。他有點喘不過氣地說：「我想我們是有史以來最接近假想智慧生物真面目的人。」

特克說：「那麼他們在外頭做什麼？」

但是就連杜瓦利博士也無法回答這個問題。

下了樓，就發現他們真走運。

建築物北邊廂房大半都已坍塌。走廊通過去，不是成堆成塊的瓦礫，就是掀了屋頂。特克心想，如果當初是向左而不是向右轉，我們就要被埋在這裡了。

一等到有足夠的光線可以行進，他們就往樓下走。這裡的結構撐不過再一次的震動。「而且我們必須找到艾沙克。」杜瓦利說。

不過杜瓦利不確定要從何開始，因為還有一件顯而易見的事發生了：地面上的情況改變了。

原本是沙漠的地方，現在是一座森林。

或是像一座森林。

ര ര ര

等到他們下了樓梯，走到完好無缺的這一頭的門口，杜瓦利已經跛著走了，不過他不肯停下來休息。他說，一定要找到艾沙克和其他人。「其他人」在杜瓦利心裡只是一個注腳，麗絲心想。對杜瓦利而言，只有艾沙克一個人，只有艾沙克和神化了的假想智慧生物，不管這究竟意味著什麼。

「去啊，打開呀。」杜瓦利說，一邊朝著門揮手。

麗絲和特克也同意他們唯一能做的事，就是想辦法到當地購物中心。他們之前和艾沙克以及那些第四年期女人就是在那裡分手的。要怎麼去那裡？什麼答案都可能。當麗絲就著黎明的光線往外看，她看到一個完全改觀了的景象：一片樹篷，如果樹木是由光滑的管子和七彩繽紛的海灘球做成的話。於是她忍不住問了那個老掉牙的蠢問題：「為什麼？這是要做什麼？為什麼是現在，為什麼在這裡？」

「我們還得去找出答案呢。」杜瓦利博士說。

꩜ ꩜ ꩜

特克心想，如果過去的經歷能夠當作參考的話，那麼這些假想智慧生物的生長物應該會忽視人類（艾沙克只有部分是人類，是明顯的例外）。可是這回還是如此嗎？

他把門推開小小幾公分，眼見沒有東西湧入，就冒險往外看了看。

冷空氣接觸到他的臉。硫磺臭味沒有了。落塵也不見了，全都變成一片色彩鮮艷的森林。相較之下，巴斯提那裡的生長物就像在冷風中凋零的黃水仙。這裡是盛夏。彷彿是假想智慧生物的伊甸園。

他把門完全打開，但卻裹足不前。麗絲和杜瓦利博士在後面擠了上來。

落塵已經變成一座森林了，由長出球狀果實而沒有葉子的莖桿構成。這些莖桿有多種顏色，不過主要是紫藍色，它們高高聳立，約六到九公尺高，間隔很密，人要是穿梭其中恐怕得側著身子才能過。構成樹篷的那些圓球大小不一，從金魚缸到海灘球大小都有，還有的大到可以鑽進一個人、站直身體頭卻不會頂到。這些球彼此推擠，碰觸到的地方微微凹下，形成幾近密實但半透明的一大團。陽光透過這些東西照下來，變得黯淡了，呈現出不斷變換的七彩顏色。

特克遲疑地向前踩了一步。他從這裡可以順著工人宿舍的牆，一直看到宿舍倒塌的地方，北翼的三層樓如今坍塌成不到一層樓高。如果我們是在那裡的話就慘了，他想。但願上天保佑艾沙克和那些女士，不管他們在哪裡找到掩身處。

這些奇怪的樹木（其實要說是燈柱也同樣正確）的樹身（他開始這麼認為了）是立在土裡，原本是鋪路面的地方，被它們撐裂穿過。特克往任何方向都無法看遠，所以找不出他的方位。三四十公尺以外，每樣東西都模模糊糊的，淡化成閃亮的藍色一片。要找到最後看到那些女士和艾沙克的地方，得靠羅盤和腳下的線索。

「它們靠什麼活？」麗絲壓低聲音問。「這裡又沒有水。」

「這裡的水搞不好比它們習慣生長的地方還多呢。」特克說。

杜瓦利說：「或者靠某種不需要水的催化過程，是一種完全不同類的新陳代謝。它們必定在一個比這裡更嚴苛的環境中演化了十億年。」

十億年的演化。特克心想，如果這話沒錯，那麼這些東西做為一種物種（如果這說得通的話），可是比人類古老得多呢。

ᔕ ᔕ ᔕ

他們靜靜地走在假想智慧生物森林中。這裡並不完全是個寂靜的地方。他們走的地方並沒有風吹來，不過這裡一定有風在吹，特克猜想，因為掛在那些管狀樹身頂端的五彩圓球時不時會互相碰撞，發出清脆的叩叩聲，讓人想到橡膠小槌敲打在木琴上的聲音。地面上也有動靜。像樹根一樣的藍色小管子在樹木間彎彎曲曲不斷穿梭，像抽動的鞭子那樣奔跑。如果剛好不湊巧碰上一根這種管子，它的速度和力道足以把腿打斷。有兩次特克都看到像紙一樣的東西在上方拍動，偶爾會碰到圓球或者併進圓球，是曾在巴斯提攻擊艾沙克的東西的變種。它們大概誤以為艾沙克是同類吧，特克心想，也許不算誤認。

麗絲緊跟在他身後。每當不斷移動的幽暗光線下有東西發出喀啦聲或振動時，他可以聽到她倒抽的氣。為了她此刻承受的恐懼，為了這些事告一段落以前她必須承受的一切，他感到過意不去。於是他轉頭說：「很抱歉我把你拖累到這裡。」

她不讓他說完。「你真的認為你要為發生的事負責嗎？」

「為帶你走上這趟差勁的西行之旅負責，也許是吧。」

「這是我的選擇。」

這話不假。只是……特克想。她是因為我才在這裡的。他的生平如眾聲齊唱般出現在他面前，彷彿是被那不可信賴的光所召喚而來：失去或偷來的情人、反目成仇的朋友、在酒吧打架或船上意外中受傷或死亡的朋友。看我的橋在燃燒，他想。看我一路走來的斑斑淚痕。他不希望麗絲這樣。他不想拖她過界，過了一種生活的界，在這種生活中，她仍然可以做主；在這種生活中，善意不是稍縱即逝，而且還有其他更有意義的事情發生的可能。而不是關在飛機駕駛艙中度過夜晚；在某艘貨輪甲板下臭烘烘的臥鋪睡上好幾個月；或長年鎖在他腦袋裡的城堡中，苦等他無法給她的東西，愈來愈失望，終至充滿怨恨。

他會幫助她逃離這座叢林，他想。之後，如果他能鼓起必要的勇氣，或下夠狠的心，他會找個方法離開她。

꩜　꩜　꩜

這是一種溝通。艾夫蘭．杜瓦利心想。

這是不容否認的。假想智慧生物全都在他四周，這是構成他們那種無法理解的浩瀚智慧網的一小部分，但卻是重要的部分。這些都是過程，那個獨斷的火星女人曾在一次爭辯中說，意義不會大過石松或長春花開花；隨你怎麼想，但它只是演化，就像大海一樣沒有意識。可是她錯了。他能感覺到。他不明白，也無法明白這些有機體如何生長，或是它們能從這枯乾土地上獲得什麼養分，但是它們之間是有溝通程序的，這點他很肯定。它們不是胡亂生長的，而是受到某個催促信號的驅使。

他一直在觀察這座森林的樹篷。那一簇簇的圓球經常變換顏色，他覺得每個圓球的顏色似乎受到緊鄰圓球的影響，也許是根據某個規則或某些規則，使得那些七彩繽紛的圖案在森林中移動，像是一群群無形的鳥兒。這就是溝通連繫，就像人類腦部細胞彼此溝通，並且協調產生出心靈。或許他正走在某種龐大思維的實體構造中間，這種思維是他永遠也無法了解的……

不過也許艾沙克可以了解。如果艾沙克還活著，而且終能了解艾夫蘭．杜瓦利送給他的禮物是什麼性質的話。

第二十九章

儲藏室坍塌了。大多數的塵灰都不見了，不知怎的，似乎被瓦礫吸收了。然而卻沒有新鮮空氣進來，裡面熱烘烘的。早晚這會是個問題，蘇麗安．莫埃心想，而且時間很可能是早不是晚。而現在還有黛安．杜普雷的屍體要考慮，如果她還能承受得了這樣的考慮的話。

她再次沿著房間裡還能容身的牆邊匍匐而行，用兩手去摸索任何能帶來希望的東西，也許是一個通風地方，或是一堆鬆散的瓦礫。卻仍然什麼也沒找到。

她開始相信，她也許會死在這個可怕的地方了。這個星球上有埃許的鬼魂徘徊不去，也就是說，有假想智慧生物在此流連不去。

她並不相信假想智慧生物，至少不像艾夫蘭．杜瓦利的那種相信。假想智慧生物是一種能自我複製的太空機器網絡。必定是某種早已滅絕的文明曾經將這些設施的種子撒在當地的環境中，或者這件事發生了不止一次，在千百萬年間有多次的文明創始。不管是什麼情形，一旦會變化的自我複製被引進行星間及恆星間的太空媒介中，演化的過程就開始了。和有機物在各個細節上的演化都不同，但原理是相同的。和有機物的演化一樣，這個過程引發了奇異且眩麗的複雜性。就連那些顯然是「經過設計處理」的裝置，例如包圍地球的時間迴旋膜，或是將相隔遙遠的行星相連的拱門，也不見得比一片珊瑚礁或一座白蟻丘這種生物構造來得本質上聰明多少。

落塵的周期性和它所造成的短暫怪誕現象就足以證明這點了，她想。安裝在埃許以及艾沙克身體裡的，不過是一種悲慘的對外星事物的敏銳趨向性。埃許不可能是個「溝通者」，因為他沒有人可以溝通。

證據顯示，演化的確能夠產生心智。她猜想假想智慧生物機器在漫長的星際演化中，也可能會產生心智（局部的、暫時的）。但是這樣的心智，如果存在，也只是副產品，而不是過程。它們控制的只有自己。不可能是杜瓦利博士想像的那種「假想智慧生物」。

然而，艾沙克能記得自己出生前就死去多年的埃許，這擺在眼前的事實依然讓她心驚膽顫。如果埃許在假想智慧生物的網絡生態中成為一種記憶，這種記憶能夠具有意志嗎？而記憶者是誰或是什麼呢？

「蘇麗安……」

這是芮布卡太太，她不肯離開艾沙克身邊。她的聲音從這座封死的墓穴黑暗中傳來，彷彿來自無垠的遠方。「什麼事？」

「你聽到了嗎？」

蘇麗安定下心來，仔細傾聽。

那是一種斷斷續續的敲鑿聲。達、達、達……像是某種堅硬的東西敲在石頭上。跟著是游移不定的刮鑿聲。

「有人正在把我們挖出來。」芮布卡太太說。「一定是艾夫蘭，他們知道我們在這裡！」

滴……卡擦……滴。是的，也許吧，蘇麗安想。但是艾沙克卻突然用再清晰不過的語氣說：「不是，芮布卡太太。不是別人要進來，根本不是人。是他們。」

蘇麗安朝艾沙克聲音傳來的方向轉過去。她壓抑自己的恐懼。「艾沙克，你真的知道發生什麼事嗎？」

「是的。」他的語氣沒有絲毫激動。「我可以看到他們。」

「假想智慧生物嗎？」

停頓一下。「你可以這麼稱呼他們。」

「那麼請你解釋給我聽，艾沙克。你現在是它的一部分了，不是嗎？埃許卻從來也不是。告訴我發生什麼事！」

此時此刻，只有倒塌建築物牆邊，滴、卡擦、滴的聲音。

接著，艾沙克開始說了。

第三十章

特克靠著殘餘的路面和人行道走在這座外星森林中，這裡不久前還是鑽油工的聚居地。他設法依著白線和柏油路面找到購物中心的停車場，從那裡只要走一小段路，就可以到達最後一次看到蘇麗安·莫埃他們時的那幢建築。

只不過它已經不在那裡了。眼前只見一大片瓦礫碎石，樹木更為濃密了，遮擋住下午的幽暗光線。這裡已成為一道堤防，由破碎的瓷磚、壁板、木頭、扭曲成不可思議形狀的鋁板所構成。這道堤防過去，在昏暗中，只見房屋骨架的鋼樑立成長方形。有些樑柱爬滿了那些像樹根一樣的延伸物。

「我們要斜斜朝購物中心的南端走。」他說。那裡是食品店的所在，或是之前的所在。「也許那裡還在。」

ꕥ ꕥ ꕥ

鬧鬼的森林，麗絲想。

噢，還真奇怪呢。

她發現自己正在默唸一句話，出自小時候父親讀給她聽的一本故事書，書名和故事她全都忘了，只記得（她父親那誇張的慢吞吞口氣）「他們走進黑暗森林裡」。他們走進黑暗森林裡。這黑暗森林裡的樹上藏著像破紙片做成的鳥兒，這森林是（同一個故事的另一段）「他們必須逃離」的，但是說得容易做起來難，因為這裡有野狼，或是更糟的東西，而夜晚即將來到，她又不知道出去的路。她想要從被單下衝出來抓住父親的手。比任何事情都想要。

但是不能。她斥責自己，這回用她母親的聲音：別傻了，麗絲。把自己打點好。規矩點，丫頭。

她差點就踩到一堆沾了點點灰泥的金屬，特克認出來，那就是芮布卡太太開著的車。她認出鋼絲胎，十分醒目，因為一根像桿子一樣的樹身從裂開的路面鑽出，把車子推倒側翻。這車現在已經沒有用了，除非這座森林再縮回地裡，要不然任何車子都沒有用。看來森林也不像是很快就會縮回去。麗絲想，如果我們要離開這裡，就得用走的，這真是一幕可怕的景象。好消息是車裡是空的，艾沙克他們不在車裡，所以他們可能在別的地方，仍然活著。

「現在我們已經接近食品店了。」特克說，而杜瓦利博士一鼓作氣跑在前面幾公尺。只見在一排外星生長物後面隱約可以看到殘破的商店門口。

地震沒有放過這裡，如果艾沙克他們是躲在這裡，可能都喪命了。事情不言而喻，再明顯不過了。杜瓦利博士想要立刻開挖，但他們三個人對上成噸的瓦礫碎片，能做什麼呢？特克說：「我們先繞到後面去，看樣子可能後面比較沒有損傷。」

杜瓦利垂頭喪氣站在瓦礫堆邊緣好一會兒，麗絲頭一次覺得他有點可憐。整個晚上，整個早晨，麗絲一直想像著那些女人和艾沙克擠在一個安全地方，全部人又可以團聚了，然後她和特克就可以朝某個安全港口出發，即使這些瘋狂的第四年期人堅持要留在這個變態地方。這是她最期待的皆大歡喜場面。

如今看起來這個場面不會發生了。整件事很可能以悲劇收場。可能沒辦法逃離這座黑暗森林了。也許對艾沙克和那些女人而言，這故事已經結束了。

ട ട ട

購物中心的後面乍看之下似乎比前面要完整，不過那只是因為水泥裝貨區沒有受地震損害。其他部分全是一團糟。麗絲很難過，杜瓦利博士似乎在強忍淚水。

特克依然以堅毅的決心小心翼翼走在碎片區域的邊緣，而最後也是特克轉過身來，舉起手掌比了個「停下」的手勢，並靜靜說：「你們聽。」

麗絲站定了。她聽到森林啪啦啪啦響，這聲音她幾乎已經聽習慣了。風吹起來了，那些發亮的圓球敲著那清靜的木頭音樂。但在這聲音之外，細細微微的，那是什麼？

一個像是搔刮的聲音，一個像是挖掘的聲音。

杜瓦利說：「他們還活著！一定是的！」

「別急著下定論。」特克說，「跟我走，保持安靜。」

杜瓦利不愧是第四年期的人，他抑制住重新升起的樂觀心態。他們三人彼此相隔不到一個手臂的長度，特克跟隨聲音走在最前頭。每走一步，這挖掘和搔刮的聲音也就聽得愈清楚。但麗絲樂觀的心卻開始遲疑了。這聲音有些地方不對勁。那無情的輕柔節奏，似乎太有耐心，不完全像是人類……

然後特克又做了一個「停止」的手勢，再招手要他們趨前去看。

在一處斷裂的裝貨區有動靜。果然如同麗絲所懷疑的，這是假想智慧生物的動作。這裡長了密密一排生長物圍籬，杜瓦利稱那種生長物為「有眼玫瑰」，那有花瓣的眼睛全都注視著那些殘餘瓦礫。周圍是一片由不斷扭動的樹根所形成的厚墊，有些樹根很尖銳，有些則扁扁的一片，像刮刀。是這一大團樹根在挖掘。太超現實了！這些殘破的東西不只是混凝土、鋼鐵和塑膠製品，還有壓扁的早餐麥片紙盒、牛奶瓶、罐頭食物。麗絲頓時頭暈目眩了起來。她看到有根黑藍色卷鬚纏住一個營業用的大型湯罐頭，把紅白紙標籤弄皺，再舉起來，好讓最近的「眼睛」可以檢查，然後再轉給另一根觸鬚，依次傳下去。一直到最後，罐頭被丟在已清理過的碎屑殘餘堆上。

這過程如此一絲不茍、又如此詭異，幾乎令她啞然失笑。不過她沒有笑，而是目不轉睛看著，似乎過了好久好久的時間。就算有眼玫瑰知道他們在場，也沒有任何反應。就這樣耐心十足地挖掘下去，刮搔、探尋、敲打、篩選……

當特克突然把一隻手放在她肩膀上時，她壓抑住尖叫。「我們應該後退一些。」他輕聲說。她認為這是個絕佳的好主意。

ഗ ഗ ഗ

太陽已經西沉了嗎？麗絲的手錶在路上或早在工人宿舍裡就丟了。她不喜歡即將到來的夜晚。

一等到他們可以自由說話（不過仍然是輕聲細語，好像有眼玫瑰會聽到他們說話一樣，而她知道它們是聽得到的），特克就對杜瓦利說：「很抱歉我們聽到的不是那些女士……」

可是杜瓦利仍然眼神發亮，充滿希望。「你看不出這代表什麼意思嗎？他們一定還活著，就在這下面……至少艾沙克，必定還活著！」

因為假想智慧生物要的是艾沙克。這些生長物或許不見得有感覺（不管是單獨或集體），但是它們知道自己的一部分被岩石和廢墟隔開了。

它們想要艾沙克。可是，找到他以後要把他怎麼辦呢？

「我們只能觀察了。」杜瓦利博士說，「露宿這裡觀察，一直到這孩子活著出來。」

出來迎接他的命運。麗絲想。

第三十一章

在黑漆漆的儲藏室中，艾沙克努力要抓住自己身上還剩下的那些東西。

在包圍住他的殘餘物之外，他可以看到那座發亮的森林、大片亮光草原，以及草原中央那從斷裂的沙岩和沙漠岩床中冒出來的構造物，真美得教人受不了！傑森．羅頓的記憶會管這個東西叫「臨時拱門」。在岩窟中蟄居，沉睡萬年之後，從羅盤指向最西點的地方召喚他。如今它衝破了束縛，抖落身上的泥土，變得無比龐大、充滿力量。只要能穿過這些牆壁，他就會過去找它。

「艾沙克……」

火星女人的聲音像是從遙遠的地方傳來。他不想理會。

他可以看到這臨時拱門，也可以看到其他東西。可以看到……很不幸的，黛安．杜普雷的遺體。已經死了，但是她身上不完全是人類的部分，第四年期部分，仍然奄奄一息，努力想要修復她的軀體。當然，那是做不到的。她的光逐漸微弱，像蠟燭燒得只剩一灘滴蠟和最後一截燈蕊。艾沙克身上那傑森．羅頓的部分為她哀悼。

這些分別屬於傑森和埃許的記憶，在艾沙克心中已經有了獨自的生命，鮮明到艾沙克害怕自己將迷失其中。「我記得」，他會這麼想，但是這些記憶卻是沒完沒了，而且只有一小部分是他自己的。就連「我」這個字也都分成兩個或三個意思了。我住在火星。我住在地球。我住在赤道洲。這些話全都沒錯。

他也不想完全壓抑這些競相出現的記憶，因為它們雖然讓他害怕，卻也給他安慰。如果沒有傑森和埃許，誰會陪他一起進入臨時拱門的漩渦中？

「艾沙克，你真的知道發生了什麼事嗎？」

是的，他知道，至少知道部分。

「那麼，」這時他聽出這是蘇麗安．莫埃的聲音，她是埃許的朋友、艾沙克的朋友，「請你解釋給我聽。」

這些話必須從傑森．羅頓口中說出。他轉向蘇麗安，朝她那邊移動，在黑暗中伸手握住她的手，就像埃許或艾沙克會做的一樣，並且用傑森的聲音說：

「這是……假想智慧生物的周期和季節裡一種『嵌入循環』。」季節，他感覺到這個字用得真貼切：新紀元的季節中的季節、銀河生命海洋的潮起潮落……「在一個……在你們會稱做成熟的太陽系中，假想智慧生物的元素會擴增質量、累積資訊、複製，直到某個關鍵時刻，最古老的、活存下來的樣本就會展開一種孢子繁殖……產生他們自己的精簡版本。這些精簡版本很像是由塵或灰構成的雲……而這些雲就循著漫長的橢圓形軌道前進，軌道和行星交會的地方它們就會集合……」

「它們在這裡集合？」蘇麗安問。

這裡，沒錯。他說，或者他是在心裡想。就在這個表面崎嶇的行星上，這行星被創造成適於一種文明生存，就是最終會和這個行星連接的文明……

「那麼他們知道我們嗎？」蘇麗安．莫埃尖銳地問道。

艾沙克被這個問題問得困惑，不過傑森．羅頓的記憶卻似乎很了解。「網絡處理若干光年和好幾世紀間的資訊，然而有些生物文明存活夠久，久到可以察覺到它，是的，而且這些文明也很有用，因為它們會產生新的機器生命，可以被吸收和了解，或者……」

「或被吞噬。」蘇麗安．莫埃說。

「或是，某方面而言，被吞噬。而這些文明會產生別種東西，使網絡感興趣。」

「什麼？」

「廢墟。」傑森．羅頓的記憶說，「它們會產生廢墟。」

ᔕ ᔕ ᔕ

外面，在人類視線無法穿透的混凝土和瓦礫堆的牆外，記憶的芭蕾舞以加快的步調繼續跳著。

這裡發生的事，正是記憶。他告訴蘇麗安．莫埃。一萬年間毫不懈怠地蒐集、分享而來的知識，壓縮成構成假想智慧生物森林樹籓的那些球體，這些資訊將要被修訂並且傳送出去。穿過臨時拱門過去，這個拱門正張開大口，要吸入全部知識：該區行星軌道和氣候和演化的說明、冰冷衛星星體數百萬交織軌道的說明，假想智慧生物的機器從這些衛星星體汲取質量，未來也將繼續汲取。還有在銀河系其他地方接收後吸收並再發出的訊號的說明……

「為什麼是記憶？」蘇麗安・莫埃逼問。「目的是什麼？艾沙克……那會記憶的東西是什麼？」

雖然他看到許多東西，但那會記憶的東西是他看不見的。就連傑森・羅頓也無法回答蘇麗安・莫埃提的問題。這裡發生的事，只是網絡中一件微不足道的小事。這是……是誰的想法？噢，黛安。那個你從前多麼想要相信的東西，真的在星際之間長成了嗎？

「艾沙克！你能聽到我說話嗎？」

他跌回自己思緒的深淵。

ஞ　ஞ　ஞ

因為艾沙克記得傑森，所以傑森也記得艾沙克。傑森對大人世界的的了解與艾沙克粗略的經驗重疊，造成一種雙重影像，令人深深不安。

這雙重影像如哈哈鏡般呈現出他的生命。比方說，芮布卡太太。她是和他很親的人，是他信任的人。但是當傑森檢視同樣的記憶時，她卻變成冷漠、疏遠，和真正的母親差得很遠。對艾沙克來說，她是在一個不能去評斷的範圍裡。對傑森而言，她犯了一個輕忽道德的重罪。

對杜瓦利博士的記憶也是。杜瓦利博士是定義艾沙克的世界的冷漠神祇，而傑森卻認為他是個固執妄想的怪物。

艾沙克非常不想恨這些人，就連他身體裡傑森．羅頓的部分，也對芮布卡太太保有幾分同情。她愛艾沙克，雖然她極力想要掩飾；而艾沙克也有幾分內疚，他明白自己是多難讓人疼愛。他回報她的是斟酌過的漠然。他也不夠聰明，沒能看出她的痛苦和她的毅力。

現在他看出來了。她有一個多小時沒有說話，當艾沙克走到她身邊坐下，當他用他開始認為是假想智慧生物的眼睛看著她時，他明白為什麼了。

這建築在地震中倒塌時，她並沒有逃過。她受傷了，受到內傷，外表看不出來，但是傷得太重，連她的第四年期部分也無法修復這損傷。她內臟出血。全身周遭有一團赤銅色的鮮血氛圍。她輕聲叫著他的名字。她的聲音比不過假想智慧生物在瓦礫堆中的挖鑿聲（這陣聲音在這幾個小時中愈來愈大）。

「我可以帶你一起走。」艾沙克說。

聽到這話，蘇麗安．莫埃說：「你的意思是？」

艾沙克的母親只點了點頭。

接著一陣快速的冷空氣吹來，黑暗被外星森林的光亮驅散了。

第三十二章

麗絲說：「我們必須在太陽下山以前弄清楚我們的方位。」

特克不解地看著她。他才剛剛幫忙杜瓦利博士，在一個混凝土裝貨台的背風處下方弄出一個簡陋的住處，接近（但沒有太接近）正在挖掘的樹木。然後他看著她對杜瓦利皺眉頭的目光，提出他的解釋：「是啊，沒錯，我們會這樣做。」他請杜瓦利到挖出來的瓦礫堆裡蒐集仍完好無缺的食物罐頭，他要和麗絲去「探查」一番。身為第四年期的人，杜瓦利可能聽得出話裡的真假。他狐疑地瞪著他，不過很快點了點頭，揮手要他們走。

於是他陪著麗絲沿著倒塌的購物中心周邊往回走，遠遠避開挖掘地點。一等到他們走到沒人聽得見的地方，特克就說：「弄清楚我們的方位？」

她承認說她主要是想離開杜瓦利，即使是一下子也好。「而且我想我們可以到這些樹的上面，看看周圍情形。」

「那你打算怎麼做？」

她說，在購物中心南端有一個四方院，外牆都還完好，還有一架拴住的鋼質防火梯。她白天就注意到了。特克察看了梯子，確定夠堅固，可以承受兩人的重量。也好，趁著還有些天光，去看一下四周也許是個好主意，小心點就是了。於是他們爬到屋頂，站在一片高出圓球樹篷的鋼網平台上。在逐漸昏暗、純粹的黃昏光線下，他們對於眼前所見驚嘆不已。

ര ര ര

這幕景色類似麗絲今天早晨從鑽油工宿舍看出去的景象。往四面八方延伸出去，當然，包括西方。這是艾沙克的方向，她有些頭昏地想著。那裡是某種可怕的東西從地裡竄出來的地方。

從黑暗森林樹篷上，很容易辨識出人類建築的遺跡。倒塌的購物中心那條長線橫躺在森林主體上，像一列失事的火車。他們昨晚避難的建築從樹木間冒出，像是一艘擱淺船的船頭。更遠處，她可以看到鑽油設備和斷裂的高塔及倉庫的輪廓。油田中有東西在燒，風在地平線上畫出一條灰黑的線。假想智慧生物的生長物鋪滿四面八方的沙漠，反射出夕陽的光，也散發著自己的光，一片黑沉沉的珠寶海，她想。這些東西必定從灰塵、或土地、或空氣中抽取質量而長大，為了建造這些東西，整個赤道洲的內陸盆地是不是都挖空了？在西邊，在陽光的猛烈照射之下……

「穩住！」一陣強風吹得平台喀啦作響，特克連忙喊了一聲。她早就緊緊抓住欄杆，緊到兩手隱隱作痛。

西邊升起一個好大的東西，像是一道拱門。

麗絲通過假想智慧生物的拱門共三次：少年時期兩次，和父母親到麥哲倫港（離去時已沒了父親），一次是成人後。那道拱門雖然令人望而生畏，卻因為太大而看不出整體。能看到的只是最靠近的一根門柱，直衝天外；或是在天黑後幾小時內仍然繼續反射出日光的那個部分，像是海面上方懸浮的一道銀色閃光。

此刻她看到的比較沒有那麼巨大。她能一眼望見全貌，在夕陽襯托下呈現一個倒U形。但這更使得它的龐大格外顯眼。它一定有三十公里或八十公里高，高到最高處曲線被一片雲霧淡化了。它似乎很纖細，幾乎可以說是脆弱，要怎麼承受自己的重量呢？更重要的是，它為什麼會在那裡？它的用意是什麼？

一陣更強的風把平台吹得上下震動，把特克的亂髮吹進眼睛。她不喜歡他盯著西邊那東西時臉上的表情。從她認識他以來，這是他頭一次看起來茫然，茫然中帶點害怕。

「我們不應該待在這上頭。」他說。「風太大了。」

她同意。這景色有種超自然的美，但是卻也讓人無法承受。它包含太多了。於是她跟著他走下去。

他們回到圓球樹篷下方，在防火梯底休息。像磨菇房裡兩隻老鼠，她想，躲避風的侵害。此刻，他們都沒有開口。

然後特克伸手從他髒兮兮的牛仔褲左邊口袋裡拿出羅盤，這是他第一次載她去山區時帶著的軍用品，裝在一個歷經撞擊的黃銅盒子裡。他打開盒子，看著那輕輕搖動的指針，彷彿要確認有沒有對正。然後他握起麗絲的手，把羅盤放進她手心。

「這是做什麼？」

「我不知道這座該死的森林有沒有邊，不過如果有的話，你也許會需要羅盤找路出去。」

「那又怎樣？我反正是跟你走。你留著。」

「我要你收下。」

「可是……」

「別這樣，麗絲。我們在一起這段時間，我給過你什麼嗎？我想要送你一樣東西。這樣會讓我開心。你就收下吧。」

感激卻也不安地，她握緊了冰涼的黃銅盒子。

ᔕ ᔕ ᔕ

「我正在想杜瓦利。」他們往營地走回去時麗絲說。她知道自己不應該說出這件事，不過疲倦加上森林朦朧的亮光（其實森林並不完全是黑暗的，她必須承認），再加上特克這個奇特的禮物，三者結合造成的影響使她變得衝動了。「我想到杜瓦利在沙漠裡建立起這個團體。蘇麗安．莫埃說還有其他人也嘗試做同樣的事，不過都被及時制止了。杜瓦利必定知道吧？」

「我猜是的。」

「不過看來他的口風很鬆。他讓很多人知道他的祕密，包括我父親。」

「他不會太大意的，否則他們會抓到他。」

「他改變計畫了。他這麼告訴我。他原本要把圍場建在西海岸，但是離開大學以後就改變心意了。」

「他可不笨呢，麗絲。」

「我不認為他笨。我認為他騙人。他從來就沒打算要去西岸。西岸的計畫根本是胡說，一開始就是胡說。」

「也許吧，可是這有差別嗎？」

「他這套說詞是為了要轉移任何追捕他的人的注意。可是你明白這代表什麼意思嗎？杜瓦利知道遺傳安全部在找他，他也一定知道他們會來找我父親。特克，他就坐在離我不到半公尺的地方，告訴我說他知道我父親有原則又忠誠，不會告訴遺傳安全部他們想要知道的事，除非是在極端脅迫之下。杜瓦利一聽說遺傳安全部的人到了麥哲倫港，大可以警告他，即使不是事先警告。但是這並不是他想要做的。我父親基於道德原因不贊同杜瓦利的計畫，於是杜瓦利就把他高高掛出來，像面紅旗子一樣吸引敵人。」

「他不可能知道你父親會被害死。」

「但是他必定知道會有這樣可能性，而他當然也會料到他會受到苦刑逼供。就算那不是謀殺，也僅次於謀殺了。」間接謀殺，這是第四年期的人唯一可能犯的殺人罪。

她不知道該怎麼看待這件事，這想法已經開始在她心中像一場小型戰爭般煎熬著她。她還能再次面對杜瓦利嗎？應該對他說出她的猜想，或是假裝什麼也不知道，直到他們逃離這裡？然後呢？第四年期的人有真正的正義嗎？她想黛安．杜普雷也許能夠回答這個問題，再不然蘇麗安．莫埃……如果她們仍然活著的話。

「你聽！」特克說。

麗絲只能聽見這片黑暗森林樹篷在漸起的風中嘩嘩作響。他們現在已經回到裝貨台了，回到長出那令人毛骨聳然的有眼玫瑰圍籬的地方，可是現在就連那令人發狂的挖鑿敲打聲都沒了，因為……

她睜大了眼睛。

「停了。」特克說。

挖鑿停止了。

第三十三章

挖鑿聲突然中止時，艾夫蘭．杜瓦利正在撿罐頭，擔心風勢愈來愈大。此刻他站直身體，感到一陣寒意。

他的第一個想法是：男孩死了。假想智慧生物的樹木停止挖掘，是因為男孩死了。在一個長長的心跳瞬間，這似乎不只是個想法，更是件鮮明的事實。然後他想到：或者他們找到他了。

他丟下手裡的東西，朝挖掘處跑去。

匆忙中他幾乎撞上那些有眼玫瑰圍籬。其中一朵最高的花轉過來，用那隻黑珍珠般的單眼漠然地打量他。他不理會。

他被眼前由這些樹木挖出來的成果嚇了一跳。刮刀狀的扁平樹根動作緩慢，但是在全體的摸索和挖鑿下，已經讓一座完整的牆面出現了。而牆後通到裡面的，是在瓦礫碎石堆中的一個開口。

他推開有眼玫瑰那些肉質的花莖往前走。在那幽蔽的黑暗中的某個地方，艾沙克必定還活著，不但活著，而且還在跟某個力量談話。從這些力量包圍住地球，並且把它從時間中偷出以後，杜瓦利就愛上那些假想智慧生物了。

假想智慧生物的樹根已經從挖掘處縮回來，糾纏成一團，動也不動地攤在被掩埋房間的入口。杜瓦利在洞口遲疑了。這個洞大小剛好可以容他穿過，他知道再往前進並不明智，成噸的殘瓦碎土必定重重壓在殘存的天花板上，除了幾根托樑和哀哀呻吟的木頭外無所支撐。但是，他知道他克制不住自己。

轉強的風開始以急切的警笛聲呼嘯，吹過廢墟。

他往陰暗處又邁前一步，對著令人喪膽的氣味皺起鼻子。沒錯，這裡有東西死掉了。他的心下沉。「艾沙克！」他喊道。周遭昏暗的光線讓他什麼也看不見，直到眼睛適應了，於是某個身形顯現了。

那是火星女人蘇麗安．莫埃。她死了嗎？沒有。她從這間半塌房間的地上抬頭看著他，表情驚恐，突如其來的天光或許讓她的眼睛一時花了。裡面的情形必定是慘不忍睹，杜瓦利心想。她靠雙手和膝蓋朝開口爬，他很想幫她，只是他的念頭仍然集中在艾沙克身上。他希望他有燈、有個手電筒，任何東西都好。

風號叫著，猶如受了傷的狗。一陣泥灰從天花板上掉落。杜瓦利進入混雜了臭味和髒東西的房間。

他碰到的第二具人體是黛安．杜普雷。這個來自海岸的第四年期女人已經死了，他一確定這點就立刻拋下她。天花板很低，他彎著身走。在更暗處他終於看見艾沙克了。令人興奮的是，艾沙克還活著！他跪在安娜．芮布卡趴俯的身體旁。

杜瓦利走近時，艾沙克一點點往後挪動。男孩的眼睛發亮，虹膜中的金色光點明顯的閃耀著。就連皮膚，似乎也淡淡發著光。他看起來不像人類。他本來就不是人類嘛，杜瓦利提醒自己。

安娜．芮布卡仍然沒有動。他問：「她死了嗎？」

「沒有。」艾沙克說。

ꕥ ꕥ ꕥ

「離開她！」蘇麗安．莫埃在這被掩埋的儲藏室入口外喊道。天色正在轉暗。「艾沙克，離開她。出來，那裡不安全！」

但是她的喉嚨乾澀，這命令說出口卻像是一句無力的懇求。

ꕥ ꕥ ꕥ

杜瓦利用手指按著安娜的喉頭，想要找出脈搏，但是他一碰到她就知道不可能了。艾沙克錯了，再不就是他否認這個明顯的事實。「不，艾沙克，」他溫柔地說，「她死了。」

「那只是她的身體。」艾沙克說。

「這是什麼意思？」

遲疑著，也讓杜瓦利驚異不已地，男孩開始解釋了。

ᔕ ᔕ ᔕ

這陣風，早晚會害死我們。蘇麗安．莫埃心想。

她看到特克和麗絲穿過堆積的外星生長物跑向她。這些生長物像是一種森林，被埋在儲藏室中好幾小時什麼也看不見，乍見這個景象，她實在承受不住。上方有一片由發著怪異亮光的圓球構成的樹篷，跟這些相連……她該說是樹嗎？附近還長了一叢有眼玫瑰，其中有幾朵還把它們那沒有意識的目光轉向她。

這世界被改觀得不成樣了。

還有這陣風。是從哪來的？強度幾乎與秒俱增。用力拉扯她身後的廢墟，把破裂的乾砌石牆和柏油紙像風箏一樣吹得高高，在外星樹之間飛旋。

她回過頭大喊，這回聽得比較清楚了。「艾沙克！」

要緊的是這個男孩，而不是那個愚蠢的艾夫蘭．杜瓦利。

「艾沙克！出來！」

這時，那些搖搖欲墜的殘破瓦礫開始震動，發出隆隆聲。

ꕥ ꕥ ꕥ

杜瓦利立刻就聽懂了男孩告訴他的事了。這和他長久以來所想像的差不多：艾沙克已經變成一個對假想智慧生物的導管。但是有一項驚人的差別：艾沙克能夠在安娜．芮布卡死前獲得她的記憶！她活在他身體裡，就像那個火星男孩埃許一樣。

他輕聲說：「安娜？」

彷彿他能從男孩身上召喚出她，像是召魂者召喚出鬼魂那樣。男孩的眼睛不知怎的改變了，嘴角往下撇，彷彿嫌惡的樣子，而這正是安娜最近看他的表情。

接著杜瓦利說了一句他沒料到會說出來的話，雖然這句話就像一段漫漫長路的最後一步，那麼合乎邏輯也不可避免。

「帶我走。」他說。

男孩退後，搖搖頭。

「帶我走，艾沙克。不管你在哪裡，不管你要去哪裡，帶我去。」

木頭發出吱軋聲，彷彿承受了全世界的重量。木頭斷裂時發出像是槍擊的聲音。

「不要。」男孩平靜而且堅定地說。

這真是教人氣壞了，因為他已經這麼近了。這麼的近！也因為回絕他的聲音聽起來太像是安娜了。

第三十四章

蘇麗安．莫埃張著四肢躺在有眼玫瑰園籬旁的地上。麗絲嚇下對假想智慧生物生長物的恐懼，把她從被風猛吹的破瓦礫堆那兒，拉到比較安全的距離內。

特克靠近火星女人問：「其他人呢？」

一時間蘇麗安似乎無法回答。她張開嘴，又閉上。她仍然處於驚嚇中，麗絲想。「死了。」火星女人終於說出來。「黛安死了。安娜．芮布卡……」

「艾沙克呢？」

「還活著。杜瓦利跟他在一起……在裡面，在那裡。他們為什麼不出來？那裡不安全！」

特克站起來，打量著瓦礫碎石和那些樹木挖開的小小開口。

麗絲抓住他的手臂。他不可以進去那裡，不能進到那個還在搖晃的洞穴裡。不可以！

但是他卻把手抽開。她將永遠記得他的前臂從她緊抓的手中滑出的感覺，一如最好和最糟的記憶。在她後半生的漫漫長夜中，這記憶將始終縈繞不去。

她阻止不了他，也無法跟他進去。

ꕥ ꕥ ꕥ

儲藏室裡黑漆一片。特克差點被黛安．杜普雷的屍體絆倒。過了一段時間他才看出來，艾沙克跟杜瓦利博士面對面，站在一面堆了破櫃櫥和裂開煤渣磚的牆邊。杜瓦利要去抓男孩，而男孩一步步後退，既不想被碰到卻也還不願意跑開。特克可以聽到杜瓦利低低的懇求聲，這聲音掩蓋在風聲之下。那該死的風不知從何處來，像是要把這片大陸都掀了。今天他看到的怪事夠他一輩子去想的了！但是他又看到了一幕更詭異的奇景：男孩的皮膚變成乳白色，發出淡淡的光；他那雙金色眼睛周圍的臉，像被燭光照亮了；他的身體有如南瓜燈，透過那又破又髒的襯衫，肋骨依稀可見。

「艾沙克。」特克說。男孩轉向他。「不要緊的。門開著，你可以走。」

艾沙克感激地看著他。

然後，狂風發出像是某艘怪物船隻離港的汽笛聲，原先懸在他們上方的碎石瓦礫轟然落下。

ꕥ ꕥ ꕥ

當這幢建築搖搖晃晃，不斷擠壓時，蘇麗安．莫埃將麗絲．亞當斯抱在懷裡。一陣混凝土灰和灰泥粉撒了她們全身，又被狂風捲走。「坐下！」蘇麗安說。「你現在救不了他們。」

麗絲又掙扎了一會兒，最後全身虛脫。蘇麗安將她擁向肩膀，輕輕搖著她。這最後一次的崩塌下了一個恐怖的決定，蘇麗安心想。沒有人能倖存。

接著，她修正了想法。

被風吹得彎了身子的有眼玫瑰，再次集中它們眼睛，嚴肅地凝視。

「你看。」蘇麗安說。

假想智慧生物很有耐心地，重新開始挖掘。

第六部
時間的命令

第三十五章

當一切都落幕，也就是說，當大片閃亮的森林消失不見，只剩下幾根癱軟而且迅速腐爛的花莖；當高聳的拱門完成任務，重返塵土；當魯布艾爾卡里的沙漠盆地再度開始沉睡一萬年之後，麗絲回到了麥哲倫港。

天朗氣清。港邊停泊了五六十艘船，不過沒有從前的多；也可以說，沒有將來的多，也就是沒有石油業重新建立，觀光業也復甦之後多。

她在一家旅館住下。自從杜瓦利的第四年期人炸了庫伯利克墓的生物反應器以後，遺傳安全部似乎對她失了興趣。不過她的名字仍然可能在某人要找的名單上，所以她用假名租了一間房，同時盤算要如何著手重新整理她的生活。終於，在抵達之後一個星期（倒不是如她曾想像的搭拖網漁船，而是和其他四五十個從魯布艾爾卡里來的難民一起坐巴士抵達），她鼓起勇氣，鼓起殘存的勇氣，打電話給布萊恩·蓋特利。

在他一陣驚喜和難以置信的感嘆過後，她同意和他在一個兩人都覺得可以的地點會面：哈雷餐廳。時間約在煦暖的下午，預訂的席位可以俯視整片山丘，從這座白色城市一直延伸到海灣。

麗絲很早就到了，利用空檔尋思要對他說些什麼，但是她的心思卻無法專注。服務生端上冰水和麵包，分散了她的注意力。服務生的名牌寫著「瑪哈莫德」，於是她問泰瑞爾是不是還在餐廳工作。她記得泰瑞爾，那是八月三十四日第一次落塵那個晚上，她帶特克來這裡，要看蘇麗安．莫埃的相片。不做了，泰瑞爾回美國了，瑪哈莫德說。從天上掉下怪東西以後，很多人都離開麥哲倫港。每樣事情依舊沒變，麗絲心想，是的，每樣事情又都不同了。瑪哈莫德離開桌子以後，她看到布萊恩走進門。他遲疑了一下，笑了笑。她點點頭。

他走過來，在桌邊坐下。布萊恩．蓋特利，不再是遺傳安全部的人了。這是她打電話時他最先告訴她的事情之一。「我不再為他們工作了。」他說，好像很認真地要證明他的誠意。「我辭職了。」但沒說是為什麼。

「你找我還真是巧，」他說，「下星期我就不住這公寓了。目前我全部的家當，就是四件打包好的行李和一張回家的票。」

「你要回美國嗎？」

「沒有理由留在這裡了。告訴你個祕密，麗絲。我討厭這個城市，連帶的也討厭這整個星球。」

因為他已經不在遺傳安全部做事，所以幫不了她的忙。不過他也沒辦法傷害她了。做為威脅，他已經或多或少是沒有作用的了。所以問題只剩下，她願不願意告訴他沙漠發生了什麼事？因為他想問。她確定他會問的。

꩜ ꩜ ꩜

「穩住。」蘇麗安．莫埃這麼告訴她，而這也是麗絲所做的，即使當時似乎整個世界都在她下方傾倒。四周那些閃著鮮艷螢光的圓球紛紛從假想智慧生物樹上掉落，被吸向臨時拱門的中央漩渦。風變成強風，強風變成颶風。她緊緊抵住一根水泥台柱，由於太過驚嚇，竟然喊叫不出來。她只模模糊糊感覺到蘇麗安．莫埃縮在不遠處同樣的石頭台面下。

風吹個不停，她一忽兒清醒，一忽兒昏迷，不過始終都能撐住。她也一次次醒來，但卻不像是從噩夢醒來，反倒像是進入噩夢中。這夜晚過了嗎？過了一天，又過了一晚嗎？

到底狂風還是停了，風勢減為微風，世界又恢復了正常。蘇麗安．莫埃呼喊她的名字：「麗絲．亞當斯！你受傷了嗎？」

這問題可以有一千種回答，但是她卻說不出來。

꩜ ꩜ ꩜

她想必睡了一些時候。西邊那個不可思議的拱門不見了，跟它一起不見了的，還有大部分的黑暗森林。剩下的只有破損的建築、粗糙的地基、裂開而坍塌的路面，以及假想智慧生物樹木的殘幹。這裡又是沙漠了，麗絲心想。還有肌肉抽筋難以忍受的的疼痛，以及無盡深沉的哀慟。

幾天後，她和蘇麗安．莫埃坐在一條荒涼道路邊，飢餓憔悴，衣裳襤褸。不遠處是十幾個疲憊不堪的男女，大部分是男人。都是在廢棄建築或毀壞的石油設施的裂縫中躲過危機的人。他們正在等救援工人口中隨時會開來的巴士，要載往東北海岸的一個恢復區。不過麗絲和蘇麗安計畫在之前就要溜走，也許在巴斯提吧。她們要翻過山脈走她們的路。

她轉向蘇麗安，蘇麗安兩手頂著下巴坐著。「你渴嗎？」

「只是累。」火星女人說。麗絲覺得，她那蒼老的聲音有如一枝沒有塗松脂的琴弓在折磨著小提琴的E弦。「我在想杜瓦利博士。」

艾夫蘭．杜瓦利。死了。永不得救贖。「他怎麼樣？」

「他對很多事看法都錯了。不過他對假想智慧生物或許看法是對的。」火星女人的神情變得更哀傷了。「我相信假想智慧生物並非有意識地行動，也就是並非有意識的實體。只有過程。演化的織針，永遠在編織。」

此刻麗絲並不在乎這些，不過這對蘇麗安來說很重要，而蘇麗安也一直對她很好，所以她說：「唉，可不是嗎？這裡發生的事，你說這是事先計畫好了的？」

「不是計畫的。從來也沒有任何一種類似『銀河議會』的東西決定在赤道洲中央立起一道臨時大門。我猜它是歷經無數千萬年發展出來的，是無法事先預測的後果，就像每一種演化行為一樣。」

「所以杜瓦利錯了。」

「不過只錯在最表面的意義上，」她說，在那個殘破的購物中心時，艾沙克曾經解釋給她聽。

「上百萬個高度演化的自我複製機器，會針對太空某空間蒐集並且修訂資訊。這些資訊會定期送到這裡編纂。臨時拱門將這資訊推送到一萬年以後，而同時一個類似的古老資訊體被釋放到現在，以便重新吸收並且將因失序混亂而喪失的部分恢復。這不是消極的記憶，而是記憶的行為。有機體會記憶，是為了要存續，或是改善其行為。」

「這是假想智慧生物記憶的情形，好吧，我懂了。可是……」

「可是如果這個網絡能夠記憶，必然會有某種意志，至少是一種基本的知道自己與其餘的自然界是分開的感覺。換句話說，整體而言，正是杜瓦利博士想像的那樣，是一種超越的存在，浩瀚宏大，就連一個人類生命的詳細紀錄都只是那最小的成分的極小的量。」

一個人類生命的詳細紀錄。比方說，埃許的。比方說……

「而這就暗示了另外的事……或許還更嚇人的事。就拿傑森．羅頓來說，因為他被假想智慧生物的網絡記得，所以他達到一種超越死亡的存在了。也許是消極的存在，但是仍然有深重的意義。當這個事實為人所知以後，亞當斯小姐，我們對這件事會怎麼想？用最簡單的話說，是有一個神，而這個神可以讓人不死，而這種不死是可以經由藥物促成。也就是傑森．羅頓服用的藥，在把他殺死前將他和假想智慧生物相連的藥。」蘇麗安．莫埃說。

麗絲說：「但是如果它是致命的……」

「身體上說來是致死的，但是如果一個人被記得，如果一個人從死亡直接就進入一個非常真實的神的心中……」

「人會很動心。」

「何止動心。他們會稱它是『第五年期』。注意我說的話。他們會稱它是『第五年期』，不是成年期之後的成年期，而是死後的重生。他們會期待，會為它爭鬥，會創立他們的『精神安全部』……這最終會把我們變成什麼樣子？我不敢多想。」

火星女人閉上眼睛，彷彿不願見到這令人無法忍受的未來景象。

麗絲仍然想要了解蘇麗安所說關於假想智慧生物的話。如果他們能夠記憶，他們必定是一種具有某些意識的東西，也就是說具有某種心靈。這心靈由無數千百萬個沒有意識的部分構成，可是每個一個心靈不都是如此嗎？比方說，她自己的心靈？

午後的陽光十分無情。麗絲就著救援人員發放的瓶裝水喝了好大一口。她調整一下帽子的邊緣，這帽子也是他們發的。她說：「如果它有記憶，那麼還會有什麼？這是不是表示它也有……比方說，憐憫，或是想像力？」

蘇麗安就這個問題想了一會兒，然後她微微一笑。她那蒼老的嘴唇都乾裂了，有些地方還流著血。這一定很痛，麗絲想。「我不知道。也許我們有我們自己的角色要扮演。我指的是物種的角色。假想智慧生物的介入，使有些事變得無法預測。你不會說這就是一個想像的行為嗎？」

這麼說來，假想智慧生物的網絡能夠記憶，也許甚至還能做夢，並且把人類分解成它的夢。但是它會感到哀傷嗎？會對在它界限外的銀河感到神奇嗎？它有跟那些銀河說過話嗎？而那些銀河有回答嗎？

這些是她父親會提出的問題。

她的影子躺在她前方，像是一個黝黑的孿生姐妹，她瞇起眼看著遠處。毫無樹蔭的沙漠中那個小點，可能是開近的巴士。

如果它活著，她想，這是不是意謂它也會死呢？它知不知道自己會死呢？

它想不想永生不死呢？

ഽ ഽ ഽ

麗絲親眼所見的大部分情形（外星森林、臨時拱門冒出和最後坍塌），都被無人攝影機拍下，並且轉回麥哲倫港。現在這些影像早已在這個世界各處播放，也傳近隔壁那更擁擠的世界中。新聞評論員已經習慣稱之為「重要性不明的一次假想智慧生物事件」。她告訴布萊恩說事情發生時她在很近的地方，她很幸運活下來，不過她不肯詳述情形。並不是因為她不信任他，而是因為記憶歷歷在目，卻無法用言語表達。

布萊恩似乎接受這番說法，不過他接著問（用盡他所能想到的技巧），特克．芬雷發生什麼事了。麗絲閉起眼睛，想想她要怎麼說。

ᔕ ᔕ ᔕ

她所能想到的（而她不能提到這些），是他的聲音，從風和夜晚中傳出來。

從那片黑暗中傳出來，而那黑暗靠著仍然掛在假想智慧生物樹上的果實照亮。即使狂風在周圍咆哮，吹走愈來愈多的圓球，莖幹上那些圓球依然發出一種集體的、看似不真實的星光。那不停變換的色彩映照在蘇麗安．莫埃臉上，她全身裹著一片防水布，爬進混凝土台下的小小避身處。等到早晨，麗絲心下暗許，等到風停了（如果風停了），只要人得站起來，她就要去挖。她要在假想智慧生物挖掘的地方挖，她要把特克和艾沙克、甚至杜瓦利博士都挖出來。但是建築倒塌後好久，好幾個小時了，只見風勢更持續不斷地加強，把那些假想智慧生物樹木吹得彎腰駝背，像是在祈禱的懺悔者。陣陣呼嘯的強風從混凝土台的縫隙中灌進，麗絲可以聽到被捲上空中的壁板和金屬板的低吟。發亮的圓球在僵硬的枝幹上喀啦作響，再不就是被風吹落又往上捲走。她看到（或者是夢到她看到）它們在空中聚集，形成一條河流，在如今已光禿禿的假想智慧生物樹枝上方流淌；也像一群遷移中的發亮候鳥，正流進或飛進那臨時的拱門。

「麗絲。」她身後一個聲音呼喚，聲音大到在那驚人的嘈雜風聲陣陣的嘶喊中還能聽到。那是特克的聲音！驚訝中她坐起來，想要轉頭去面對他。他就在這些混凝土墩後面某個地方，這些石墩承受住強風猛吹。「特克！」

「不要看我，麗絲。你最好不要看。」

這話讓她嚇得不敢看，想像他必定受到或輕或重的傷了。於是她看著地面，不過這也不見得更好，因為她可以從影子看出來。特克站立的地方一定有一道清晰的光亮照進來，這光可能就是從特克身上發出來的。這使她陷入更深的驚恐，所以她乾脆閉上雙眼。緊緊閉住，使勁握住拳，讓他說話。

ဢ ဢ ဢ

「麗絲？」布萊恩說。「你還好嗎？」

「沒事。」她說。她面前有個酒杯，瑪哈莫德正在倒酒。又倒一次。她把酒杯推開。「對不起。」

ဢ ဢ ဢ

特克說了幾件事。

是些私密的事。是她要帶到墳墓裡的事。那些字句是只說給她一個人聽的。

他用簡單字句為離開她向她道歉。他沒有選擇，他說。只剩一扇門給他走。

當她問他要去哪裡時，他只說：「西邊。」

「他去西邊了。」她告訴布萊恩。

ᔕ ᔕ ᔕ

當她終於強迫自己抬起頭去看，真正的去看時，她看到的卻不是特克而是艾沙克。艾沙克衣裳襤褸，受了傷，一隻手臂反折了兩次，不過卻像一輪滿月般散發著亮光。他的皮膚變得像那些記憶圓球般光亮，顏色變幻不定，彷彿已經變成圓球之一。她想他的確是變成其中之一了。

她明白這一點，因為特克曾經解釋過。特克的身體還在廢墟中，但是他那活生生的記憶卻在這裡，和這個艾沙克破碎殘餘的部分一起，被假想智慧生物樹木挖了出來。而埃許也和他在一起，還有傑森．羅頓，以及安娜．芮布卡。

黛安呢？

黛安，他說，比較喜歡待在後面。

杜瓦利博士呢？她還問。

沒有。杜瓦利博士不在。

然後艾沙克發亮的軀殼飄進風中，讓風帶往西邊。

* * *

布萊恩正說到什麼「你的書」的事。

「根本沒有什麼書。」

「那你有沒有得知任何關於你父親的事？」

「有幾件。」

「我自己也做了些調查，你提到托馬士·金恩以後，我去打聽了一下。金恩死了，麗絲。他是在一項祕密偵訊中遇害的。」

麗絲什麼話也沒有說。

「你父親也可能遇上同樣的事。」

「可能？」

「這個嘛……不，是的確遇上了。」

「你有證據嗎？」

「有一張相片。不算是證據。這是沒有辦法起訴的。不過這是實情，麗絲，如果你要找的是實情的話。」

她父親的相片……她父親遺體的相片。布萊恩似乎如此暗示。她不想看。「我知道發生了什麼事。」她說。

「是嗎？」

她知道她無辜的父親發生了什麼事。她還知道一些連布萊恩都不知道的事，知道是什麼害死了他，也知道原因。她已經傳了簡訊給在加州的母親：

他不是離開我們。他是被人帶走的。我知道。

她母親也傳了簡訊回來：那麼你可以回家了。

可是，家是在我所在的地方。麗絲回答。之後，當她在晨霧中走在碼頭邊時，她明白這話是真的。

∽ ∽ ∽

在進入麥哲倫港的路上，她在一個小小的鄉間巴士站和蘇麗安．莫埃道別。麗絲之前問過這個火星女人，她自己一個人有沒有問題，但是她當然不會有問題；她已經靠著自己的機智和第四年期人樂善好施的慷慨過了好幾十年。況且她仍然有工作要做，她說。艾沙克是一項重大挫敗，但是未來還會有更多場仗要打。不論假想智慧生物網絡真正是什麼，蘇麗安．莫埃仍然不贊同它和人類之間有溝通。「我不希望我自己或我身為的物種成為某種生物大規模交換中的一個元素。」她說。

「那你要去哪裡？」麗絲問。這個火星女人微笑著說：「也許我要往西部去。你呢？你還好嗎？」

不好，她當然不好。麗絲對魯布艾爾卡里的記憶即使不是好幾年，也將會一連幾個月引發冷汗直流的噩夢。不過她聳聳肩說：「我會活下去的。」這話想必很真誠，因為火星女人握起她一隻手，凝視她眼睛深處，並且嚴肅地點點頭。

ら　ら　ら

「我希望我們兩人之間能夠更好。」布萊恩說，這是他承認這場婚姻已經真正結束了的方式。「我希望很多事都能夠更好。」

這樣她就比較容易感謝他，感謝他為她所做或想做的每件事。她也比較不容易責怪他。他們這頓午餐吃得很久。已經是薄暮時分了。下方的港口，燈光已經開始閃爍，從沿著馬達加斯加街亮著的招牌，到將露天市場妝點得華麗耀眼的一束束多彩的ＬＥＤ燈。這些多語城市多美啊！彷彿這座城市是一個有機體，遵循她自己的白日節奏，沉浸在她自己的演化想像中。麗絲心想，一千年後，這城市是否還會在這裡……或者是一萬年後，那時候特克的鬼魂會從那臨時拱門走出來，開始另一個周期。

任何對於假想智慧生物性質的真正理解，都必須考慮這一點。當我們初次遇見他們時他們很古老，如今他們更為古老。

這是她父親著作的導論。

布萊恩最後一次握了她的手，然後轉身走開。麗絲在桌邊又坐了一會兒。中庭吹來的涼爽空氣十分怡人，星星都出來了。瑪哈莫德用一只銀壺倒了咖啡。

「我們無法記得的，必須去重新發現。」

「抱歉……你說什麼？」

「我說，天要黑了。」

瑪哈莫德笑了。「是這夕陽的關係。像是永恆不變一樣。」

時間迴旋三部曲：時間軸

作　　者　羅伯特・查爾斯・威爾森
譯　　者　張琰
責任編輯　陳湘婷、曾令儀（初版）、王正緯（二版）
校　　對　魏秋綢
版面構成　張靜怡
裝幀設計　徐睿紳

行銷業務　鄭詠文、陳昱甄
總 編 輯　謝宜英
出 版 者　貓頭鷹出版

發 行 人　凃玉雲
發　　行　英屬蓋曼群島商家庭傳媒股份有限公司城邦分公司
　　　　　104 台北市中山區民生東路二段 141 號 11 樓
　　　　　畫撥帳號：19863813；戶名：書虫股份有限公司
城邦讀書花園：www.cite.com.tw　購書服務信箱：service@readingclub.com.tw
購書服務專線：02-2500-7718~9（周一至周五上午 09:30-12:00；下午 13:30-17:00）
24 小時傳真專線：02-2500-1990；25001991
香港發行所　城邦（香港）出版集團／電話：852-2877-8606 ／傳真：852-2578-9337
馬新發行所　城邦（馬新）出版集團／電話：603-9056-3833 ／傳真：603-9057-6622
印 製 廠　中原造像股份有限公司
初　　版　2008 年 8 月
二　　版　2019 年 7 月
定　　價　新台幣 1599 元／港幣 533 元（《時間迴旋三部曲》套書不分售）
I S B N　978-986-262-385-5

讀者意見信箱　owl@cph.com.tw
投稿信箱　owl.book@gmail.com
貓頭鷹知識網　www.owls.tw
貓頭鷹臉書　facebook.com/owlpublishing

國家圖書館出版品預行編目資料

時間迴旋三部曲：時間軸 / 羅伯特・查爾斯・威爾森 (Robert Charles Wilson) 著；張琰譯. -- 二版. -- 臺北市：貓頭鷹出版：家庭傳媒城邦分公司發行, 2019.07
面；　公分
譯自：Axis
ISBN 978-986-262-385-5（平裝）

874.57　　108007701